Die verhängnisvolle Reise nach Wien

Krimi
von Alf Barari

Die verhängnisvolle Reise nach Wien

Krimi
von Alf Barari

Bibliografische Information der Deutschen Nationalbibliothek:
Die Deutsche Nationalbibliothek verzeichnet diese Publikation in der
Deutschen Nationalbibliografie; detaillierte bibliografische Daten
sind im Internet über http://dnb.dnb.de abrufbar.
© 2015 Alf Barari

Umschlaggestaltung, Herstellung und Verlag: BoD – Books on Demand,
Norderstedt

ISBN: 978-3-7392-5604-7

Inhalt

Kapitel 1	Verhaftet und verhört	7
Kapitel 2	Ein Telegramm aus Wien	24
Kapitel 3	Plötzlich Stadtgespräch	42
Kapitel 4	Verfängliche Fragen	57
Kapitel 5	Schlechte Nachrichten	77
Kapitel 6	Sonderdruck	90
Kapitel 7	Glück und Verhängnis	106
Kapitel 8	Innerer Umbruch	120
Kapitel 9	Ausverkauf	133
Kapitel 10	Abartige Veranlagung	149
Kapitel 11	Auflösung	165
Kapitel 12	Miserabler Abgang	178
Kapitel 13	Fremde Verwandtschaft	186
Kapitel 14	Unglaubwürdiger Angeklagter	199
Kapitel 15	Bekenntnis	219
Kapitel 16	Keine Zeugen?	230
Kapitel 17	Dunkle Machenschaften	245
Kapitel 18	In neuem Licht	260
Kapitel 19	Scheiden und Meiden	277
Kapitel 20	Die letzte Entscheidung	283

Kapitel 1   Verhaftet und verhört

Der Schnellzug aus Wien stand schon über zwanzig Minuten in Salzburg. Die Reisenden wurden ungeduldig, da sie die Zoll- und Passkontrolle bereits hinter sich hatten und keine Ursache mehr fanden für den verlängerten Aufenthalt. So wurde die Anzahl der Missmutigen zusehends größer, die sich forschend und fragend aus den Zugfenstern beugten. Wenn ein Bahnbediensteter aufkreuzte, wurde er mit Fragen traktiert, aber von keinem war eine genaue Antwort zu erhalten.

Nur die paar Fahrgäste eines Abteils der ersten Wagenklasse glaubten schließlich den wahren Grund der Verzögerung zu erkennen. So einfach er war, so ausreichend war er auch, den erstaunten Mitreisenden Rätsel über die soeben stattgefundene Verhaftung aufzugeben. Die Fahrgäste konnten sich noch eine ganze Weile damit beschäftigen, wirklich lösen konnten sie es sie nicht. Auf die Feststellung eines Wichtigtuers aus der Fensterecke, dass ihm der Abgeführte schon von Anfang an höchst seltsam vorgekommen sei, folgte die erstaunt naive Frage des jungen Mädchens, das zwei Plätze von ihm entfernt saß: „Glauben Sie, dass er ein Verbrechen begangen hat?"

Der Snob am Fensterplatz verzog sein blondes Lippenbärtchen, das wie ein Tropfenfänger unter seine Nase geklebt schien. Er versuchte seinen Scharfsinn zu beweisen: „Wenn jemand an der Grenze abgefasst wird, so sagt das nicht unbedingt, dass gleich ein Verbrechen dahinterstecken muss. Es könnte sich auch um ein Vergehen gegen die Zollvorschriften handeln. Sicher – doch das hätte meines Erachtens etwas anders aussehen sollen – nicht so geheimnisvoll! Etwas professioneller, meine ich. Es scheint wirklich einiges dahinterzustecken. Haben Sie gemerkt? Die Kriminaler sind erst später gekommen. Natürlich sind sie von der Passkontrolle aufmerksam gemacht worden; natürlich hat man den Mann erkannt. Für mich besteht kein Zweifel: Das sieht ganz nach Steckbrief aus! Nun, und wer auf diese Weise gesucht wird, der hat nicht nur ein Paar Schuhe gestohlen, denke ich."

Jetzt mischte sich die Dame ins Gespräch, die brünette Mittvierzigerin, die den beiden gegenübersaß, und die bisher – zigarettenrauchend und bücherlesend – ihre Umgebung kaum beachtet hatte. „Wenn man in einen Zug steigt, weiß man nie, mit wem man das Vergnügen hat zu fahren", sagte sie, während sie ihre dickrandige Hornbrille abnahm und neben sich auf das Polster legte, auf dem schon einige ihrer Bücher ausgebreitet waren.

Der Herr am Fenster, der sich durch ihre Bemerkung offenbar angesprochen gefühlt hatte, schickte sich an, sich vorzustellen; doch die Dame ließ ihn nicht dazu kommen. Mit einem feinen Lächeln, das ihr sonst strenges Gesicht sogar freundlich erscheinen ließ, sagte sie: „Angenommen, der Herr Braunmiller hätte sich uns schon in Wien bekannt gemacht, wir würden wohl trotzdem nicht geahnt haben, dass er in Salzburg verhaftet wird."

„Wie sagten Sie? *Braunmiller*? Haben Sie das vorhin gehört?", fragte der Blender und beugte sich, seine Haltung ganz vergessend, erwartungsvoll angeregt nach vorn.

„Ich glaube nicht, dass ich mich getäuscht habe. Die Schiebetür hat einen Spalt offen gestanden – und ich höre sehr gut", gab die Dame zurück.

„Interessant", sagte er und zog ein Büchlein aus der Tasche. „Braunmiller – den Namen muss ich mir aufschreiben, vielleicht liest man noch etwas davon."

Das Mädchen neben ihm folgte seinem Beispiel aber es benützte nur einen leeren Briefumschlag für die Notiz.

„Der Name ist einfach und gefällig", sagte die Dame und zündete sich dabei die wer weiß wievielte Zigarette an. Sie fand die volle Zustimmung des jungen Mädchens, das ihr jetzt ebenso lebhaft zunickte, wie zuerst seinem rechten Nachbarn.

„Ich finde das auch, und ich finde, dass der Name vortrefflich zu dem Mann passt – er war mir überhaupt nicht unsympathisch", verriet es in jugendlicher Ungezwungenheit.

„Dann war er Ihnen also sympathisch?" Mit dieser Frage wollte der Platznachbar das Mädchen festlegen. Das junge Ding errötete zart, und er genoss mit sichtlichem Vergnügen dessen Verlegenheit.

Die Dame, die mit der Kleinen so ins Gespräch gekommen war, lächelte ein wenig, durchaus nicht hochnäsig, eher freundlich und gutmütig. Dann sagte sie: „Damit sind Sie nicht allein, mein Fräulein. Auch mir hat er ganz gut gefallen, und ich wünsche ihm, dass sich diese Verhaftung als Missverständnis erweist – aber wir sind eben beide Frauen und lassen uns wohl zu sehr von unseren Gefühlen leiten. Sicher hat Herr ..."

„Konz", beeilte sich der Angesprochene zu ergänzen.

„Sicher hat Herr Konz schärfer und kühler beobachtet."

Erkennbar froh über die entgegenkommende Wendung, die ihn wieder in die Unterhaltung mit einbezog, nahm er den Faden auf und revanchierte sich zunächst mit einer kleinen Höflichkeit.

„Die Damen haben natürlich recht, gefühlsmäßig gesehen machte der Mann einen weitgehend sympathischen Eindruck. Und oft ist es ja so, dass das Gefühl, namentlich bei Frauen, von bestechender Treffsicherheit ist. – Haben Sie nicht das unruhige Flackern in seinen Augen gesehen?"

Das Mädchen wandte sich der Dame zu; es wollte ihr den Vorrang bei der Beantwortung der Frage lassen. Und die Dame sagte, sie habe nur gesehen, wie dunkel seine Augen waren. Darauf nickte das Mädchen wieder. Es hatte wohl dasselbe beobachtet.

Konz aber fühlte sich veranlasst, seine intellektuelle Überlegenheit durch eine geschraubte Äußerung ins richtige Licht zu bringen: „Ja, meine Damen, das ist die typisch emotionelle Betrachtungsweise", sagte er und zog dabei die Kummerfalten seiner Stirn zusammen, als handelte es sich um eine wichtige Erkenntnis. „Sie haben nur die Farbe, also die Beschaffenheit, gesehen, ich aber das Verhalten. Und nicht nur das seiner Augen. Jedenfalls – mir kam er scheu und niedergedrückt vor."

„Halten Sie das für hervorstechende Verbrechermerkmale? Ich würde lieber sagen: Er ist ein melancholischer Typ", verteidigte die Dame immer noch den Abgeführten.

„Träumerisch waren sie, nicht wahr?", warf das Mädchen sicher ungewollt schnell ein.

Darauf bemerkte Konz, wie erstaunt er über den Eindruck sei, den dieser Mann bei Frauen zweifellos hinterlasse. Es war ihm ja nicht neu, dass Frauen häufig der Zauberkraft des spielerisch erotischen Wortes mancher oft auch unscheinbarer Männer leicht erliegen; aber dieser

Braunmiller hatte ja nicht einmal den Mund aufgemacht. Es musste noch ein anderes Fluidum geben, das Konz nicht kannte und schon gar nicht besaß. Er wirkte jedenfalls nie so einnehmend auf Frauen – das alles sagte er natürlich nicht. Er fuhr lieber fort, seine anfänglich gemachte Feststellung zu untermauern.

„Ist Ihnen denn nicht aufgefallen, dass er seit Wien nicht ein einziges Wort gesprochen hat? Und dass er mit seinen Fingern ein wahres Trommelsolo veranstaltete, wenn er nicht gerade dabei war, nach irgendeinem Zettel in seinen Taschen zu suchen, um ihn, kaum gelesen, wieder wegzustecken? Und ist es Ihnen nicht aufgefallen, dass er ohne Krawatte war? Ein frisch gestärktes Hemd und keine Krawatte! Und seine Frisur – ich möchte sagen: Es war überhaupt keine Frisur. Einfach ungekämmt. Es ist auch bestimmt keine Absicht, es ist ein Versehen. Er hatte wohl den Kopf so voll, dass er die Haare vergaß, die darauf wachsen."

„Eine leicht saloppe Erscheinung, würde ich sagen." Es machte der Dame anscheinend Spaß, den Übereifer, mit dem sich dieser Konz ins Zeug legte, herauszufordern.

Das Mädchen schnitt in die gleiche Kerbe. „Und trotzdem elegant", sagte es mit gedämpfter Begeisterung. „Die lavendelblaue Jacke und das blütenweiße Hemd passten doch ausgezeichnet zusammen, da habe ich die Krawatte wirklich nicht vermisst."

Die Angriffe mussten den Scharfsinn von Konz auf die Spitze treiben. „Zu einer saloppen Erscheinung gehört jedenfalls kein gestärktes Hemd, meine Damen. Hier stimmt schon etwas nicht. Er hat gewiss eine Krawatte gehabt, aber er hat sie vergessen, aus irgendeinem Grund einfach vergessen – so wie er vergessen hat, sich zu kämmen. Ja, und was die Farbe der Jacke anbelangt, mein Fräulein, da scheinen Sie sich tatsächlich zu irren, sie war nämlich blaugrau."

„*Blaugrau* sagen Sie?!", entsetzte sich das Mädchen beinahe. „Niemals! Es war ein ausgesprochenes Lavendelblau."

Sie wurden sich nicht einig über die tatsächliche Farbe. Konz bestand auf seinem Blaugrau, das Mädchen blieb bei Lavendel, und die Dame konnte kein entscheidendes Wort mitsprechen; sie gab zu, in dieser Sache nicht ganz sicher zu sein. Da drängte sich das Mädchen kurzerhand ans Fenster.

„Vielleicht ist er noch zu sehen?", sagte es und beugte sich hinaus. Konz erhob sich leicht indigniert und versuchte, mit vornehmer Zurückhaltung, auch etwas zu erspähen. Weit hinten, fast bei den Ausgängen, flankiert von den beiden Kriminalbeamten, sahen sie diesen Herrn Braunmiller noch; die Farbfrage ließ sich dennoch nicht mehr genau beantworten.

–

Der Untersuchungsrichter, dem Braunmiller in Wien vorgeführt worden war, las das Protokoll noch einmal durch, das die Kriminalpolizei in Salzburg aufgrund der sofortigen Vernehmung erstellt hatte. Er verglich es mit dem Ergebnis der soeben von ihm durchgeführten Befragung und stellte keine Unterschiede in entscheidenden Punkten fest.

Wenig später kam er jedoch in den Besitz der Untersuchungsergebnisse des gerichtsmedizinischen Institutes und alsbald zu einer anderen Auffassung. Nach den ersten

Angaben hätte sich der Untersuchungshäftling Braunmiller bereits um Mitternacht von Carla Turner getrennt, und zwar schon auf dem Treppenhaus und ohne mit ihr in ihrer Wohnung gewesen zu sein. Demnach käme er als Täter nicht in Frage, denn der Tod der Ermordeten konnte nach den nun vorliegenden Befunden nicht vor halb sechs Uhr eingetreten sein. So weit, so gut. Aber da war auch noch etwas anderes, was dem Untersuchungsrichter sofort in die Augen sprang. In diesen Befunden war von einem vielfach besudelten Herrentaschentuch die Rede, das neben Blut- und Schmutzspuren auch solche einer vorangegangenen Ejakulation aufwies und überdies mit dem Monogramm SB gezeichnet war. Es lag also auf der Hand, dass hier versucht wurde, einen wesentlichen Tatbestand wegzuleugnen. Der Untersuchungsrichter blies tonlos durch die Zähne, nachdem er sich beim zweiten Durchlesen davon überzeugt hatte, dass seine Überlegungen richtig waren. „Sieh mal einer an", sagte er und kratzte sich, wie gelegentlich, am Hinterkopf. Selbstverständlich war da eine nochmalige, am besten sofortige Einvernahme notwendig. Er ließ sich den Häftling wieder vorführen.

„Nehmen Sie Platz, Herr Braunmiller", sagte er in nahezu jovialer Art, wobei er auf einen der hochlehnigen Stühle wies, die, wie das ganze Inventar des Büros, aus der Zeit um die Jahrhundertwende zu stammen schienen. Die dumpfe, fast muffige Atmosphäre des ganzen Zimmers kam nicht allein von der altmodischen Einrichtung, es trug auch das kahle Nordfenster dazu bei, das nur einen Ausblick auf einen engen Hof erlaubte und zudem vergittert war. Ein dürftiger Kronleuchter, der von der Mitte des Zimmers herunterhing, vermochte das Niveau ebenso wenig zu heben wie die beiden schwarz gerahmten Ölgemälde, bei denen die Motive infolge fortgeschrittener Patina kaum noch zu erkennen waren. Die übrigens wirklich lavendelblaue Joppe Braunmillers wäre eigentlich das einzig Erquickliche gewesen. Doch schien sie niemanden von ihrem Vorzug zu überzeugen. Dem Untersuchungsrichter mochte sie eher unangenehm erscheinen bei seiner Vorliebe für dunkle, graue Töne: Sein Anzug war grau, seine Haare waren grau, selbst seine Gesichtsfarbe zeigte schon eine graue Schattierung, wenn sie auch noch weit von dem Tiefgrau seiner Akten- und Bucheinbände entfernt war.

Dessen ungeachtet war er aber ein beschlagener und gerissener Könner in seinem Fach, der von den Kollegen geachtet und von den Gaunern gefürchtet war. Nicht umsonst bekam er die schwierigsten Fälle zur Bearbeitung. Mancher Inhaftierte, der schon vor ihm gesessen und sich von der nichtssagenden Anonymität seiner gemeinhin alltäglichen Erscheinung ein womöglich leichteres Davonkommen erhofft hatte, wurde jämmerlich enttäuscht. Auch Siegfried Braunmiller mochte im Augenblick noch nicht ahnen, dass bald er in die Enge getrieben werden sollte. Er nahm die angebotene Zigarette dankend an, obwohl er nur ein Gelegenheitsraucher war, lehnte auch die Tasse Kaffee nicht ab, die er serviert bekam. Er genoss alles, die Zigarette, den Kaffee und die Freizügigkeit, aber mit Vorsicht und wacher Überlegung.

„Ich hätte Ihnen auch Alkohol vorsetzen können", sagte der Untersuchungsrichter mit einem freundlichen, aber unpersönlichen Lächeln. „Bei manchen Leuten wirkt ein Gläschen davon oft Wunder. Bei Ihnen halte ich Kaffee für angebracht. Er macht einen klaren Kopf, regt das Erinnerungsvermögen an und schafft eine gute Grundlage für ein offenes Gespräch."

Braunmiller gab keine Antwort. Woanders hätte dieses Verhalten als grober Verstoß gegen die Regeln des Anstandes gegolten, aber in dieser Situation besagte es nicht viel. Der Untersuchungsrichter war daran gewöhnt und legte auf Höflichkeit seitens seiner vorgeführten Besucher keinen Wert. Ihm genügte es vollauf, zu gegebener Zeit eine Antwort zu bekommen, mit der er etwas anfangen konnte. Außerdem gelang es ihm fast immer, selbst den verstocktesten Sünder durch eine unvermutete Bemerkung zum Sprechen zu bringen. Hier, bei diesem Braunmiller, schien es ihm nicht besonders schwer zu werden; dennoch überrumpelte er ihn mit einer gezielten Frage: „Warum geben Sie eigentlich nicht zu, Carla Turner ermordet zu haben?"

Als erste Reaktion auf diese brüske Unterstellung drückte Braunmiller seine Zigarette aus; dabei merkte der Untersuchungsrichter, dass der Beschuldigte zitterte, und dann, dass seine Stimme bebte, während er ihm entgegnete: „Ich protestiere! Ich lasse mich nicht einfach zum Mörder abstempeln! Ich habe Carla Turner nicht ermordet, und niemand ist von ihrem Tod ärger betroffen als ich."

„Nun regen Sie sich nicht gleich so auf, Herr Braunmiller. Für mich *könnten* Sie halt der Mörder sein, und dann wäre es eben für mich am einfachsten, wenn Sie ein Geständnis ablegen würden. Das müssen Sie verstehen. Kein Mensch arbeitet gerne mehr als notwendig."

Der Untersuchungsrichter sagte das, während er ihm bewegungslos gegenübersaß und ihn mit jenem Maß von unerschütterlichem Gleichmut betrachtete, über das sich zwar staunen lässt, das auf erregte Gemüter jedoch meist beruhigend wirkt.

„Und nun glauben Sie, ich nähme aus reiner Gefälligkeit einfach einen Mord auf mich?!", schrie ihn der Häftling an. Er tat es bestimmt nicht, um die Geduld seines Gegners auf die Spitze zu treiben; viel eher befand er sich in einem Zustand, in dem die Nerven zu versagen drohen. Umso überraschter war er von der stoischen Ruhe, mit der ihm entgegnet wurde: „Nein, nein, Herr Braunmiller, das wäre wirklich zu viel verlangt. Wo denken Sie denn hin? Damit wäre mir auch gar nicht gedient. Wenn Sie sicher sind, kein Mörder zu sein, dann haben Sie natürlich nicht nur das Recht, sondern auch die Pflicht, sich gehörig zur Wehr zu setzen – das ist doch ganz klar." Unmittelbar nach dieser entwaffnenden Rede schoss er einen neuen Pfeil ab: „Sind Sie sich aber auch wirklich ganz sicher?" Braunmiller starrte ihn an, für einen Augenblick schien er keine Worte mehr zu finden. Der Untersuchungsrichter aber fuhr in der gleichmäßig freundlichen Tonart fort: „Wissen Sie, man ist sich hernach oft gar nicht mehr ganz sicher, ob man das jetzt wirklich getan hat oder nicht. Es ist mitunter so, als ob einem das Bewusstsein einen Streich spielte, wenn es Augenblicke zulässt, wo der Gedanke von der Tat nicht mehr unterschieden werden kann – aber wie gesagt, wenn Sie sich ganz sicher sind – wenn Sie der Meinung sind, dass es ein anderer gewesen sein muss – bitte sehr! – Wann haben Sie Carla Turner zum letzten Mal gesehen?"

„Das habe ich Ihnen schon gesagt."

„Oh, bitte sagen Sie es doch noch einmal."

Braunmiller spielte den Beleidigten; er antwortete nicht.

„Morgens, zwischen fünf und sechs Uhr, nicht wahr?"

„Nein! Sie wissen es genau – es war kurz nach Mitternacht."

„Wieso soll ich das so genau wissen? – *Genau* wissen es nur Sie selbst."

„Gut – und ich habe es Ihnen gesagt."

„Es war also Mitternacht."

„Ja."

„Und Sie täuschen sich nicht?"

„Nein."

„Jeh, das ist aber peinlich. Ich habe geglaubt, der Kaffee würde Ihr Gedächtnis auffrischen", sagte der Untersuchungsrichter milde und heftete seinen samtenen Blick, der fast etwas von der Treuherzigkeit eines Cockerspaniels hatte, für eine Weile auf das unruhige Geschaue des Verhörten. Der Ausdruck des Untersuchungsrichters zeigte teilnehmendes Bedauern. Denn, und das hatte offenbar auch Braunmiller schon gemerkt, nichts täuschte weniger an ihm als seine Mimik. Dann die ganze Gemütlichkeit, das spießbürgerliche Gehabe, die Seelenruhe – alles wohl nichts anderes als zweckdienliche Pose. Aus Klugheit angelernt und mit Verstand berechnet! Am unangenehmsten war der oft scheinbar sprunghafte Wechsel des Themas, weil er verwirrte und zugleich ein ausgeklügeltes System erkennen ließ.

„Die kurze Zeit Ihrer Bekanntschaft mit Carla Turner hatte genügt, um ein freundschaftliches Verhältnis hervorzubringen; hat sie auch genügt, um ein intimes Verhältnis entstehen zu lassen?"

„Wir haben uns verliebt; das war auch der Grund, warum ich so plötzlich weggefahren bin – schließlich habe ich eine

Familie –, und da war mir klar, dass ich eine Entscheidung herbeiführen musste, und zwar so rasch wie möglich."

Das interessierte den Untersuchungsrichter anscheinend nicht besonders, denn er bestand auf seiner Frage. „Mir liegt sehr viel an einer exakten Beantwortung, Herr Braunmiller. Haben Sie nun mit Carla Turner intime Beziehungen gehabt oder nicht?"

Die Verzögerung, die der Befragte vor seinem dann allerdings klaren Nein eintreten ließ, war nicht groß, aber groß genug, um vom Untersuchungsrichter sofort erfasst zu werden. Sie hatte nach seinen Erfahrungen genau das Maß, das in der Regel gebraucht wird, wenn es sich bei einer Aussage um einen zwar festen Entschluss, aber auch um die Unwahrheit handelt.

„So – nun, die Liebe muss sich aber doch ganz schön entfaltet haben. Sie haben doch noch einen Brief an Carla Turner geschrieben? Ich kenne den Inhalt – übrigens ein sehr schöner Liebesbrief. Aber einige Stellen weisen da eine erotische Anschaulichkeit auf, hinter der man schon eher Erlebnisse als Phantasie vermuten möchte – ich weiß nicht …"

Der Untersuchungsrichter hätte seine grüblerischen Überlegungen sicher noch fortgesetzt, Braunmiller unterbrach ihn jedoch: „Sie dürfen nicht vergessen, wir hatten den Abend in Grinzing verbracht – auf dem Heimweg war es dann zu innigen körperlichen Berührungen gekommen."

„Mhm. Mit Grenzen sozusagen, nicht?"

„Ja, mit Grenzen."

„Ich verstehe – schließlich war ja auch noch die Wohnung da."

„Die ich aber …"

„… nicht betreten habe", fiel ihm der Untersuchungsrichter kopfnickend ins Wort. „Natürlich, das habe ich ganz vergessen. Und vorher hatten Sie auch keine intimen Beziehungen aufgenommen? Ich meine, bevor Sie mit ihr ausgegangen waren?"

„Nein."

Dieses Nein ist ohne Zögern gekommen; es dürfte der Wahrheit entsprechen, dachte der Untersuchungsrichter. Und wenn er sich damit eine kleine Chance verbaut hat, ist das nur vorteilhaft für die schrittweise Überführung. Manchmal ist es eben die Wahrheit, manchmal die Lüge, was gefährlich werden kann bei einer Vernehmung, überlegte der Untersuchungsrichter. Schließlich fragte er Braunmiller noch einmal, da er ganz sichergehen wollte: „Also *vorher* auf keinen Fall?"

„Weder noch!"

Die Augenbrauen des Untersuchungsrichters, an und für sich schon geneigt, in der Mitte zusammenzuwachsen, schoben sich noch enger aneinander.

„Nun, formulieren wir es doch so: Vorher auf gar keinen Fall – und nachher auch nicht –, sind Sie damit einverstanden?"

„Ja."

„Gut. Mit dieser Antwort kann ich etwas anfangen; aber es wird nicht zu Ihrem Vorteil sein, Herr Braunmiller. Sie haben nicht scharf genug überlegt und einen Denkfehler hineingebracht; Sie haben verkehrt gelogen. Sie hätten die chronologische Abfolge umdrehen müssen. Vielleicht wäre dann noch etwas drin gewesen für Sie, vielleicht hätten Sie dann, wenigstens vorläufig, die Möglichkeit gehabt, einen gefährlichen Beweis zu entschärfen."

Braunmiller, der plötzlich Aug und Ohr wurde, wollte etwas einwenden, doch der Untersuchungsrichter wies ihn mit freundlicher Bestimmtheit zurück: „Es wäre mir recht, wenn Sie mich jetzt nicht unterbrechen würden. Übrigens, möchten Sie nicht so gütig sein, mir für einen Augenblick Ihr Taschentuch zu zeigen?" Braunmiller richtete seine vor Entsetzen geweiteten Augen auf das Gesicht des Mannes, der ihn mit vorbildlicher Höflichkeit und tödlicher Sicherheit in die Enge zu treiben verstand. Diese harmlos klingende freundliche Aufforderung wirkte auf ihn, als ob ihm jemand den Boden unter den Füßen weggezogen hätte. Eine Weile glaubte er nichts als zu fallen, ins Endlose abzusinken und nie mehr einen Halt zu finden. Blitzartig musste in ihm ein fürchterliches Erinnern und ein auswegloses Erkennen eingesetzt haben, nachdem er dieses einzige Wort *Taschentuch* vernommen hatte.

Und der Untersuchungsrichter ließ ihm Zeit, diese Phase des Erschauerns durchzustehen. Die Gefahr, dass Braunmiller durch den Zeitgewinn zu einer neuen Überlegung, zu einer neuen Ausrede fände, wertete er gering gegen die heilsame Beizkraft dieser Anspannung. Er kalkulierte richtig: Braunmiller gab – wenigstens in einem Punkt – auf. Zwar machte er noch einen lauen Versuch, die Sache zu verflachen, doch sah er offenbar ein, dass die Argumente der Beweisführung erdrückend waren.

„Sie haben mein Taschentuch bei Carla Turner gefunden?"

„Stimmt."

„Ich könnte es in den vorvergangenen Tagen bei ihr verloren haben."

„Das könnten Sie – aber Sie haben es nicht verloren. Sie haben es vergessen, und zwar nach einer Liebesnacht! Die Spuren sind sehr eindeutig, wie die Analyse der kriminaltechnischen Untersuchung ergeben hat. Möchten Sie, dass ich ausführlicher werde?"

Braunmiller senkte den Kopf, als wollte er damit ausdrücken, dass er sich geschlagen gebe. Nun hielt es der Untersuchungsrichter für angebracht, die Pause nicht mehr länger auszudehnen. Jetzt durfte er dem Verdächtigen keine Ruhe mehr gönnen, jetzt musste es Schlag auf Schlag gehen, wenn er dessen völligen Zusammenbruch herbeiführen wollte.

„Sie haben Carla Turner nicht zum letzten Mal um Mitternacht gesehen!", sagte er und legte etwas Heftigkeit in seine Rede. „Sie waren noch mit ihr in der Wohnung und haben mit ihr geschlafen! Wir haben dafür den Beweis in Händen und damit zugleich den Beweis, dass Sie bewusst die Unwahrheit gesagt haben. Es ist Ihnen nicht gelungen, durch Irreführung ein Alibi zu erstellen. Sie haben sich mehr geschadet als genützt. Sie haben den Kredit Ihrer Vertrauenswürdigkeit so gut wie eingebüßt! Durch eine einzige Lüge schon – und man wird Ihnen noch mehrere nachweisen, wenn Sie nicht zur Einsicht gelangen. Man wird Schritt für Schritt weiterkommen und Sie endgültig überführen können. Glauben Sie, dass es dann besser aussehen wird für Sie? Mensch, geben Sie doch Ihren Widerstand auf und die Tat zu; machen Sie ein Geständnis! Sie befreien damit Ihr Gewissen."

„Ich brauche mein Gewissen nicht zu befreien; es ist frei, und es wird frei sein, auch dann, wenn ich mich selbst nicht mehr aus dieser Verstrickung lösen könnte", warf Braunmiller, eine kleine Pause benützend, ein.

„Diese Phrasen kenne ich, mein Lieber, damit kommen Sie nicht sehr weit", sagte der Untersuchungsrichter und verzog dabei seinen Mund, als ob er einen Wein probiert hätte, der nicht nach seinem Geschmack war.

„Ich habe nichts mit dem Mord zu tun!", rief Braunmiller erregt und voller Nachdruck.

„Aber Sie waren doch die ganze Nacht bei ihr."

„Nein – ich war nicht die ganze Nacht bei ihr."

„*Vor* Mitternacht waren Sie mit ihr aus, und *nach* Mitternacht haben Sie bei ihr geschlafen."

„Das stimmt nicht. Ich war nur kurze Zeit bei ihr."

„Zuerst haben Sie gesagt, Sie seien überhaupt nicht bei ihr gewesen."

„Ja, leider – das war ungeschickt von mir. Ich habe geglaubt, mich dadurch am ehesten von dem Verdacht befreien zu können."

„Das wird Ihnen nun ja reichlich schwerfallen, das Taschentuch ist auch voller Blutspuren."

„Nein!" Es klang wie ein verhaltener Angstschrei.

„Was heißt *nein*? Das steht fest, Herr Braunmiller!"

„Ich meine – ich wollte sagen, das betrifft mich nicht –, ich war höchstens bis zwei Uhr morgens bei ihr. Ich habe sie heimlich still und leise verlassen, während sie geschlafen hat. Das Taschentuch ist liegen geblieben und zufällig in die schreckliche Tat hineingekommen; es kann nicht anders sein."

„Hören Sie, Herr Braunmiller, wenn Sie hartnäckig bleiben wollen, dann haben wir uns vorläufig nichts mehr zu sagen; dann müssen wir eben abwarten, was die Kriminalpolizei noch alles ermittelt."

Der Untersuchungsrichter stand auf und ging an die Tür, um die Wache hereinzurufen; er tat es nicht sehr eilig, und er schloss die Tür wieder, um sich noch einmal an Braunmiller zu wenden. „Passen Sie auf – ich sorge dafür, dass Sie einen guten Anwalt bekommen. Sie werden sich mit ihm aussprechen können. Und wenn Sie vernünftig sind, schenken Sie ihm reinen Wein ein. Er wird dann bestimmt noch das Beste für Sie herausholen können – ja?"

Siegfried Braunmiller hob nur die Achseln – eine Antwort, die alles offenließ. Der Untersuchungsrichter wartete noch eine Zeit lang, dann antwortete er mit der gleichen Geste und schritt schließlich zur Tür, um seine vorherige Absicht endgültig auszuführen.

Kapitel 2   Ein Telegramm aus Wien

Das kleine hessische Städtchen N. hatte weder etwas von dem romantischen Zauber seiner nahen Schwestern, noch war es durch eine besonders schöne landschaftliche Lage ausgezeichnet. Es entbehrte auch jeglicher historischer Andenken. Nicht einmal eine alte Burg oder ein Schloss war in seiner Umgebung zu finden, und nur der Umstand, dass es an einem – allerdings nicht sehr wichtigen – Bahnknotenpunkt lag, verschaffte ihm einige Bedeutung, wenigstens soweit es den mäßigen Wohlstand seiner Bürger betraf. Der altherkömmliche Wochen- und Schweinemarkt sowie ein paar neuangesiedelte mittlere Industriebetriebe halfen redlich mit, Bedeutung und Wohlstand zu mehren. Vom Bahnhof her hörte man die Züge wegfahren; die Dampflokomotiven schrien; das gab der Bahnhofstraße etwas Leben; sonst war sie so eintönig freudlos wie fast alle Bahnhofstraßen in den Kleinstädten. Selbst die Villen, die vereinzelt zwischen öden Zweckbauten lagen, wirkten verloren, weil sie sich in der vorherrschenden Werkstätten- und Lagerhausatmosphäre einfach nicht behaupten konnten. Und wenn sich hier auch eine Dienststelle der Landes- und Kriminalpolizei niedergelassen hatte, so trug das in keiner Weise dazu bei, diesem langweiligen Straßenzug einen freundlicheren Anstrich zu geben.

Polizeiobermeister Korner las den Text noch einmal durch, den der Fernschreiber soeben heruntergetippt hatte; er kam aus Frankfurt und hinterließ einen so erregenden Eindruck, dass der Beamte den Inhalt beim ersten Mal gar nicht richtig verdauen konnte:

„KRIMINALPOLIZEI WIEN FORDERT AN: VERNEHMUNG DER FRAU HELGA BRAUNMILLER UEBER GENAUE ZEIT UND URSACHE

DER ABREISE IHRES GATTEN. HERR SIEGFRIED BRAUNMILLER IST VERHAFTET UND STEHT UNTER MORDVERDACHT – VORLAEUFIG NICHTS DAVON ERWAEHNEN."

Sein Atem ging hörbar schwerer; sein Blick blieb an dem Wort *mordverdächtig* hängen, und sein Kopfschütteln, wenn auch langsam schwächer werdend, schien in einen Dauerzustand auszuarten.

Dass der Herr Braunmiller wegen eines derartigen Verdachtes in Wien festsaß, war eine packende Sensation für ihn. Eine solche Nachricht wirkte in einem kleinen Städtchen, wo einer den andern kannte, wo ein Geschäftsmann wie der Herr Braunmiller schon zu den Honoratioren gezählt wurde, besonders schwer. Sie wirkte auch auf den Polizeibeamten, und zwar vor allem, weil eine persönliche Bekanntschaft dahintersteckte.

„Ist das denn die Möglichkeit?!", murmelte er vor sich hin und richtete seine Froschaugen wiederum auf die erschreckende Textstelle, und sein Kopf wackelte erneut heftig.

Der Tag war ja sonnig, und es war ganz schön warm, aber dass ihm jetzt die Schweißperlen auf der Stirn standen, das musste auch noch von der Aufregung kommen. Er zog sein großes blaues Taschentuch hervor und wischte sich damit mehrmals von der Nasenwurzel bis zum Hinterkopf und wieder vor. Er verdarb sich dabei keine Frisur, denn was noch an spärlichem Haarwuchs vorhanden war, überschritt kaum die Millimeterlänge. Dann fing er noch einmal an, den ganzen Wortlaut des Schreibens durchzulesen, und blieb an derselben Stelle hängen: „... steht unter Mordverdacht ..."

Eine Zeitlang starrte er darauf, dann zwickte er die Augen kurz zusammen, um sich zu kontrollieren. Es konnte doch nicht sein, dass diese Zeile besonders stark geschrieben war, sein erregtes Gemüt musste ihn getäuscht haben.

Nachdem sein Bürgerherz genügend erschüttert war, besann er sich wieder auf seine Beamtenwürde, schließlich war er Polizeiobermeister, und zurzeit vertrat er außerdem den erkrankten Vorgesetzten. Eine klare Sache, dass er den Fall selbst in die Hand nehmen und mit gebührender Gründlichkeit behandeln wird. Er legte eine Akte an und heftete die Nachricht als erste Unterlage ein; dann machte er sich fertig, um schnurstracks den Weg zu Braunmillers Frau Helga einzuschlagen. Waren es auch gute zehn Minuten, die er zu gehen hatte, im Geiste war er bereits bei ihr angelangt. Was wird die Gute für Augen machen? Selbst wenn es ihm gelingt, die Sache noch so harmlos hinzustellen, muss es ihr nicht angst und bange werden? Schon wieder etwas mit der Polizei!

Er verlangsamte sein Tempo etwas und überlegte die Worte, mit denen er ihr begegnen würde. Das Gefährlichste konnte er ihr ja zunächst noch verheimlichen, aber was noch alles daraus werden wird, das befürchtete er, und sie tat ihm aufrichtig leid. Das Schicksal schien es nicht sehr gut mit ihr zu meinen in den letzten Jahren. Mit einem Mitgefühl, das einer abgehärteten Polizistenbrust eigentlich spottete, dachte er an das schreckliche Ereignis zurück, das sich vor knapp zwei Jahren innerhalb der Familie Braunmiller abgespielt hatte. Über seine wulstigen Lippen zwängte sich ein kleiner Seufzer – schwer zu beurteilen, ob ihn die leichte Steigung des Weges oder der Gedanke an das arme Mädchen dazu veranlasste: die bildschöne Gerda mit ihren sechzehneinhalb Jahren, die einzige und verwöhnte Tochter der Braunmillers. Dieses liebliche Geschöpf, das von so feiner und doch heiteren Art war, dass man oft glauben wollte, es sei ein Wesen von einem anderen Stern, hatte sich plötzlich mit ordinärem Insektengift das Leben genommen. Über Nacht, ohne eine erkennbare Ursache, ohne einen winzigsten Hinweis in dem Dank- und Abschiedsbrief, den sie ihren fassungslosen Eltern hinterlassen hatte. Polizeiobermeister Korner konnte es heute noch nicht begreifen. „So ein schönes Kind – so ein gutes Kind", brummte er kopfschüttelnd vor sich hin. Gewiss, es war noch der Sohn da, der Peter, aber der geriet ein wenig aus der Art. Ein unsteter Geist, der es nirgends lange aushielt. Dass sie den Tod Peters leichter verschmerzt hätten als den des herzigen Lieblings, der Gerda, davon war Korner überzeugt. Die ganze Stadt (er sagte nie Städtchen, auch in Gedanken nicht!) war seinerzeit zutiefst ergriffen gewesen – schrecklich –, und nun diese neue Sache! Verdammt noch mal, da geht's aber auch nicht aus! Sicherlich, in Verdacht kann jeder einmal geraten – auf ganz dumme Weise kann das passieren –, aber immerhin – *immerhin*!

Dieses letzte Immerhin trug die ganze Schwere seiner Gedanken in sich. Nun ja, vorläufig ruhte alles noch im sicheren Hort seiner Verschwiegenheit. Er straffte sich und versuchte, seinem Bauch, der wie seine Augen die Eigenschaft hatte, ein wenig hervorzuquellen, Gewalt anzutun. Sich als Geheimnisträger zu fühlen, hob seine innere und äußere Würde. Sein Beruf hatte es mit sich gebracht, dass er sich einige Eigentümlichkeiten angewöhnt hatte. Eine davon war, stets zu schauen, um welche Zeit er etwas begann. Bevor er also das Braunmiller'sche Herrenausstattungsgeschäft betrat, warf er einen Blick auf seine

Armbanduhr: 9:15. Er merkte sich diesen Zeitpunkt, drückte die Klinke der Ladentür nieder und trat ein.

Außer dem Lehrmädchen Ida war niemand zu sehen.

„Morgen!", sagte er laut und langgezogen.

Das Lehrmädchen, stark mit Einräumungsarbeiten beschäftigt, erschrak vor der vollhalsigen Stimme des Herrn Polizeiobermeisters. Als es ihn erkannt hatte, lächelte es aber freundlich und fragte entgegenkommend nach seinem Wunsch. Es hatte schon viel gelernt bei Braunmillers, vor allem, dass man allgemein und besonders gegenüber Beamten höflich zu sein habe.

„Ist die Chefin da?"

„Frau Braunmiller ist im Lager", antwortete sie artig und dachte dabei, dass es blöde sei, wenn einer Chefin sagt. „Soll ich sie holen?"

„Ja. Sagen Sie ihr, ich hätte etwas mit ihr zu besprechen." So undeutbar die Miene des Beamten war, sein Auftreten schien dem Mädchen wichtig genug, um Eile walten zu lassen.

„Einen Augenblick bitte", sagte es und sprang dann schnell die paar Stufen hinauf, die in die hinteren Ladenräume führten. Es dauerte zwar nicht gerade einen, doch wirklich nur wenige Augenblicke, bis Ida wieder hereinkam, und mit ihr die Chefin.

„Guten Morgen, Frau Braunmiller!" Der Polizist verbeugte sich höflich. Statt „Frau Braunmiller" hätte er auch ruhig „Helga" sagen können, denn sie waren gleichaltrig und in dieselbe Schule gegangen; aber seit sie verheiratet war, redete er sie nur noch förmlich an.

„Guten Morgen, Herr Polizeimeister!" (Seine jüngste Beförderung zum Obermeister war ihr nicht bekannt, und

über aufklärende Abzeichen wusste sie so gut wie nichts.)
„Sie wünschen mich zu sprechen?"

Mit einer unverbindlichen, ernsten, aber doch wieder nicht so ernsten Amtsmiene, dass sie gleich Angst hervorgerufen hätte, sagte Polizeiobermeister Korner: „Ja, Frau Braunmiller, ich hätte etwas mit Ihnen zu reden." Mit einem sprechenden Seitenblick auf das Lehrmädchen fügte er hinzu: „Aber ich meine ..." Er räusperte sich kurz, aber geräuschvoll, und glaubte, seine Meinung somit hinreichend ausgedrückt zu haben. Sie verstand ihn auch sofort und wandte sich ohne Zögern an das Lehrmädchen: „Ida, du könntest im Lager weitermachen. Weißt du, die Oberhemden müssen noch alle eingeräumt werden." Ida verschwand augenblicklich und Helga Braunmiller lud die Amtsperson ein, Platz zu nehmen. Gleich hinter der Auslage, im Halbschatten der Rückwand, stand ein kleines rundes Tischchen mit zwei Stühlen. Sie stellte die Kristallvase weg, damit er seine Tasche ablegen konnte.

„Es wird doch nichts Unangenehmes sein, was Sie zu mir führt?", fragte sie beiläufig und mit scheinbarer Gleichgültigkeit, aber er hatte ihre Nervosität bereits bemerkt.

„Nun ja, Frau Braunmiller", sagte er so besänftigend wie möglich, „ich komme dienstlich zu Ihnen. Und Sie wissen ja, der Dienst eines Polizeibeamten ist selten von Annehmlichkeiten begleitet ..."

Die Pausen, die er einlegte, entsprangen weniger dem Bedürfnis nach erhöhter Spannung als vielmehr dem Wunsch, seine Worte richtig zu wählen. „Aber bitte machen Sie sich vorläufig keine Sorgen. – Es ist noch alles völlig unklar. – Wir wissen selbst nichts Genaues. – Es ist da nur eine Anfrage gekommen. – Wissen Sie, ich möchte sagen, rein routinemäßig. Die Polizei ist eben auf der ganzen Welt gründlich – auch in Wien."

Bei diesen Worten konnte Helga Braunmiller nicht verhindern, dass sie erregt dazwischenstotterte: „In – in – Wien? Es wird doch nichts – es wird doch mit meinem Mann nichts sein?!"

„Beruhigen Sie sich, Frau Braunmiller, es ist bestimmt kein Unglück geschehen. Ihr Mann ist gesund und munter. Soweit ich die Sache beurteilen kann, scheint er nur irgendwie mit der Polizei in Konflikt geraten zu sein. Wissen Sie, man kann oft auf lächerlich dumme Art und Weise und urplötzlich in einen Verdacht geraten, und dann muss man halt alles so lange über sich ergehen lassen, bis jeder Punkt geklärt ist. Sehen Sie, und deshalb komme ich zu Ihnen. Sie sollen mit Ruhe und ohne unnötige Aufregung ein paar Fragen beantworten, weiter nichts. Da wäre zum Beispiel eine Frage: Wann ist Ihr Mann von hier weggefahren?"

Obschon ganz befangen von der ihr rätselhaft erscheinenden Befragung, brauchte sie nur kurz zu überlegen. „Das war am vorigen Montag, ich meine, am vorvergangenen Montag."

„Also genau vor neun Tagen, nicht wahr?" Korner zog sein Notizbuch aus seiner Brusttasche und blätterte darin. „Das war der siebzehnte August – stimmt das?"

„Ja, das stimmt genau, es war der siebzehnte."

„Wissen Sie vielleicht noch, mit welchem Zug er gefahren ist?"

„Gleich mit dem ersten, in aller Frühe – und zwar nach München. Von dort, nehme ich an, wird er seine Reise mit einem Anschlusszug nach Passau fortgesetzt haben; er wollte ja mit dem Schiff die Donau hinunterfahren."

Der Beamte schrieb das alles gewissenhaft auf.

„Ja", sagte er und unterbrach sich selbst, bevor er weiterforschte: „Ja – und warum, glauben Sie, ist Ihr Mann eigentlich nach Wien gefahren?"

„Warum? Das kann ich Ihnen genau sagen."

„Es war also ein bestimmter Grund vorhanden?"

„Mein Gott, was heißt da bestimmter Grund?"

Korner hob Hände und Achseln etwas hoch und neigte seinen Kopf besänftigend zur Seite.

„Nun ja, ich meine, musste er etwa geschäftlich nach Wien?"

„Nein, das nicht – geschäftlich nicht; es sollte eine Urlaubsreise sein, die erste, seit wir verheiratet sind. Sie wissen ja, das Geschäft, die Familie – er war immer so angehängt."

„Natürlich." Der Polizist nickte verständnisvoll.

Sie glaubte, sich für diese Enthaltsamkeit entschuldigen zu müssen und fuhr in ihrer Begründung fort: „Es ist für uns Geschäftsleute nicht immer so einfach, wegzukommen."

„Und jetzt ist es gegangen?"

„Ich habe ihm gesagt: Es *muss* einfach gehen."

„*Sie* haben ihm das gesagt?"

„Ja. Ich wollte, dass sein heimlicher Wunsch endlich einmal erfüllt werde. Vielleicht wissen Sie es, mein Mann ist doch ein gebürtiger Wiener, in Hessen ist er nur aufgewachsen, bei seiner Großmutter in Offenbach."

„Nein, das weiß ich nicht, das ist mir neu", gestand er.

„Ich dachte, dass es Ihnen vielleicht von Amts wegen bekannt gewesen wäre."

„Ach so – nein, nein – so genau befassen wir uns nicht mit jedem einzelnen Bürger."

Mit dem Hauch eines zufriedenen Lächelns auf seinem runden Gesicht verlieh der Polizeibeamte einer kleinen Genugtuung Ausdruck, während er seine Unkenntnis in dieser Sache zugab. Selbstverständlich war es nicht die Unkenntnis, die ihm schmeichelte, sondern einfach der Umstand, dass es seinem sonst so erfolgreich bekämpften, doch nie ganz besiegten Beamtendünkel ein wenig wohltat, wieder einmal so ehrlich angesprochen zu werden. Außerdem freute es ihn, dass sich das Gespräch so gut angelassen hatte.

Helga Braunmiller hatte ihre ungewollte Aufmerksamkeit gar nicht beachtet; seine freundliche Miene buchte sie zu ihren Gunsten und erzählte einfach weiter: „Er wollte ja immer nach Wien ziehen, aber es ist stets etwas anderes dazwischengekommen. Zuerst der frühe Tod seines Vaters, dann der Krieg, die Kinder und schließlich das Geschäft. Ach, die Jahre sind so rasch vergangen, und jetzt ist er schon über die vierzig, und seine Vaterstadt war ihm immer noch unbekannt. Und ich habe doch gewusst, genau gewusst, wovon er im Stillen immer geträumt hatte. Er hat einen Vetter in Wien, aber die verwandtschaftliche Verbindung wurde nur brieflich gepflegt, und das erst, seit er ihn während des Krieges zufällig in Krakau getroffen hatte. Sie würden sich sonst wahrscheinlich gar nicht kennen. Wie oft ihn dieser Verwandte auch schon eingeladen hat, endlich einmal nach Wien zu kommen, es ist nie etwas daraus geworden, bis ich jetzt kurzerhand so eine Rundreisekarte besorgt und auf den Tisch gelegt habe. Und dann wollte er noch lange nicht allein fahren; er ließ sich nur schwer davon überzeugen, dass einer von uns unbedingt im Geschäft bleiben müsse."

„Sie haben ihn also fast nötigen müssen, sozusagen", versuchte Korner einen wesentlichen Umstand in einem Satz zusammenzufassen.

„Ja, sozusagen."

„Aha." Der Polizeiobermeister nickte nachdenklich. „Das kann sehr, sehr aufschlussreich sein, was Sie mir da gesagt haben."

„Für meinen Mann?"

„Nein – für die polizeiliche Untersuchung in Wien, meine ich."

Erst jetzt fiel ihr auf, welch dumme Frage sie gestellt hatte, und sie wunderte sich, wie geduldig sie von ihm übergangen worden war. In dieser Beziehung wurde sie von ihrem Mann nicht mit Nachsicht behandelt: Auf eine dumme Frage eine dumme Antwort, war sein Prinzip. Sie ärgerte sich ja selbst über ihre gelegentliche Einfalt, und am meisten, wenn es ihr, wie jetzt, vor Leuten passierte, bei denen sie in einem gewissen Ansehen stand. Und das konnte man über Polizeiobermeister Korner schon sagen.

Er hatte von jeher eine kleine Zuneigung für diese gutmütige, freundliche Frau gehabt. Es fiel ihm deshalb auch so leicht, sich in ihre Lage zu versetzen. Es war ihm nur zu verständlich, dass sie ihre Gedanken nicht geordnet und gesammelt hatte. Er bangte selbst, was bei der ganzen Sache herauskommen mochte, aber er verriet seine Befürchtung nicht. Er sprach ihr Mut zu und sagte, er glaube, wenn er wieder zu ihr komme, werde er sicher mit einer besseren Nachricht aufwarten können.

Dann machte er sich ein paar Notizen. Während er schrieb, bemerkte er beiläufig: „Sagen Sie einmal, Frau Braunmiller, mir ist vorhin aufgefallen, dass Sie von seinem

Vater und seiner Großmutter gesprochen, aber gar nichts von seiner Mutter erwähnt haben. Ich meine, das wäre natürlich nur für mich persönlich interessant."

„Seine Mutter ...", sie stockte etwas, bevor sie weitersprach, so als ob sie erst einen kleinen Anlauf nehmen müsste, „... die stammt aus Offenbach. Mit achtzehn Jahren war sie schon nach Südamerika ausgewandert, und vier Jahre später stand sie wieder vor der Tür ihrer Mutter. Ein kleines Zwischenspiel nur – sie war ein unruhiger Falter und bald wieder von Ort zu Ort gezogen, bis sie in Wien geheiratet und eine Zeit lang die Frau Braunmiller gespielt hatte. Aber auch das nur so lange, bis das Kind auf der Welt war, dann muss es ihr plötzlich wieder in den Sinn gekommen sein, alles zu verlassen und von Neuem zu verschwinden. Ohne Spur zu verschwinden – wenn man von einer einzigen Ansichtskarte aus Italien absieht –, und das bis zum heutigen Tage!"

„Ach was", sagte er erstaunt und nachdenklich. Unwillkürlich fiel ihm der Peter ein: „Der Junge wird wohl einen hübschen Teil von seiner Großmutter mitbekommen haben." Er fand einmal mehr bestätigt, worüber er sich schon oft Gedanken gemacht hatte und was in der Erkenntnis gipfelte: Der Mensch hat sich nicht nur mit den Widerwärtigkeiten des täglichen Lebens, sondern auch mit seiner Erbmasse herumzuschlagen.

Als Helga Braunmiller merkte, dass der Herr Polizeimeister, wie sie ihn immer noch nannte, geistig abwesend war und ihrer Erzählung nicht mehr recht folgte, brach sie ab. „Haben Sie sonst noch eine Frage?" Da dies nicht mehr der Fall war, ging die Unterhaltung dem Ende entgegen.

Polizeiobermeister Korner verlieh noch dem Wunsch Ausdruck, dass sich bald alles in Wohlgefallen auflösen möge. Dann trat ein Kunde ein, wodurch die Verabschiedung wesentlich beschleunigt wurde. Der Kunde war anspruchsvoll und beschäftigte die Geschäftsfrau über die Maßen; aber das war vielleicht gut so, denn dadurch hatte sie im Augenblick wenigstens keine Zeit, ihren Gedanken nachzuhängen.

–

Das Zimmer, in dem der Untersuchungshäftling Braunmiller bei einer neuerlichen Vernehmung saß, unterschied sich nicht wesentlich von dem des Untersuchungsrichters. Nur die Einrichtung war etwas moderner, und statt des billigen Kronleuchters hing eine noch billigere Milchglaskugel von der Decke herunter; aber das Fenster war genauso hoch, so eng und so vergittert, und möglicherweise war es derselbe Hof, auf den es hinausging. Der Mann, der vor ihm auf der Schreibtischkante hockte, war allerdings von einem ganz anderen Holz als der Untersuchungsrichter; beträchtlich jünger als der eine, auch größer und elastisch in seinen Bewegungen. In seiner ganzen Art, mit einem zähen, fast verbissenen Gesichtsausdruck, ließ er von vornherein keine falschen Vorstellungen aufkommen. Kriminalkommissar Barnhof ging einen anderen Weg bei seinen Vernehmungen, einen kürzeren, schrofferen als der Untersuchungsrichter. Aber wie sich schon oft gezeigt hatte, war diese Methode nicht weniger erfolgreich. Als Gegner der weichen Welle ging er von der Überzeugung aus, dass es viel vorteilhafter sei, den zu Verhörenden keinerlei Entgegenkommen zu zeigen, im Gegenteil, ihnen die Stirn zu bieten und ihre abhängige Situation in jeder Weise auszunutzen. Durch Schockwirkungen Erfolge zu erzielen war ihm unvergleichlich wichtiger, als der Gefahr zu entgehen, gelegentlich einmal einen Unschuldigen zu beleidigen. So zog er auch diesmal sämtliche Register seiner bewährten Methode. Er setzte dem in so schwerem Verdacht stehenden Braunmiller arg zu. Dennoch erreichte er zunächst wenig mehr, als ihm eine weitere Unwahrheit nachzuweisen. Von der einen Lüge ausgehend, auf die ihn der Untersuchungsrichter schon festgenagelt hatte, führte er ihn in ein verhängnisvolles Gestrüpp von Fragen und Beweisen. Und zwar in der Art und Weise, dass man sich fragen konnte, wie einer in dieser Situation immer noch den Mut aufbringen konnte, die Tat abzuleugnen. Für Barnhof war Braunmiller bereits der Mörder, und er versäumte keine Gelegenheit, ihn das auch spüren zu lassen.

Die Umstände hatten sich inzwischen so zu Ungunsten des Verdächtigen entwickelt, dass der Kommissar bereits von einer glatten Sache sprach, wenn er den Fall Braunmiller meinte. Wenn dieser etwas sagte, war seine erste Rede darauf: „Das glaube ich Ihnen nicht." Und wenn Braunmiller meinte, dass es ja dann überflüssig wäre, ihn mit weiteren Fragen zu belästigen, entgegnete er ihm: „Da haben Sie recht."

„Es wäre wirklich überflüssig, wenn ich Sie nur fragte, um von Ihnen etwas Wahres zu erfahren; ich frage Sie aber, um Sie in eine Ecke zu treiben, aus der Sie nicht mehr herauskommen. Haben Sie das noch nicht begriffen? Und haben Sie noch nicht gemerkt, wie nahe Sie dieser Ecke schon gekommen sind?" Der Kriminalkommissar schnalzte mit den Fingern so knapp an Braunmillers Gesicht vorbei, dass dieser unwillkürlich ein wenig zurückwich. Der wütende Blick, der Barnhof für diese demütigende Geste traf, verriet, dass sie als solche erkannt und empfunden wurde.

„Macht nichts", sagte sich der Kriminalkommissar und freute sich diebisch über seinen gelungenen Vorstoß. Der Kerl wird sich noch vorkommen wie ein Häufchen Elend. Der ist noch viel zu arrogant und aufgeblasen und bildet sich weiß Gott was auf sein frommes Gesicht und seine fragliche Existenz ein. Geschäftsmann hin – Geschäftsmann her, das ist kein Grund, ihn mit Glaceehandschuhen anzufassen. Diese Art von Verbrechen kommt in den besten Kreisen vor. Und überhaupt, wenn einer schon nichts als lügt – um Ausreden sind sie ja offenbar nie verlegen.

„Da wollen Sie mir also wahrhaftig weismachen, dass Sie nur den Postillon d'Amour gespielt haben, als Sie der Herr Rimsdl morgens um halb fünf Uhr beobachtet hatte, wie Sie von einer Wohnungstür zur anderen zurückhuschten. Eben noch verblüfft darüber, dass Sie überhaupt gesehen wurden, haben Sie auch schon eine Erklärung dafür! Aber ich sage Ihnen: Seien Sie vorsichtig! Es ist nicht nur der Herr Rimsdl, der Sie belastet."

Siegfried Braunmiller warf Hand und Vorderarm flach auf den Tisch. „Und wenn Sie noch zehn Zeugen herbeibringen, die mich um diese Zeit gesehen haben, ich habe nur den Brief eingeworfen!"

Der Kriminalkommissar sprang ruckartig auf und machte eine ganze Runde um den Schreibtisch herum. Plötzlich blieb er vor Braunmiller stehen und schrie ihn an: „Lügner!" – Weiter nichts. Dann setzte er seinen Rundgang wütend fort und machte den Eindruck, als ob er jeden

Augenblick in die Luft gehen wollte. Er begann wieder zu schreien, diesmal ohne seinen Weg zu unterbrechen: „Ein ganz unverschämter Lügner sind Sie! Sie möchten sich nur so weit wie möglich von dem gefährlichen Zeitpunkt

entfernt halten! Aber das wird Ihnen nicht gelingen. Ich beweise Ihnen, dass Sie Ihren Brief erst viel später eingeworfen haben. Um halb fünf Uhr, als Sie der Herr Rimsdl, der übrigens täglich um diese Zeit von seinem Nachtdienst heimkehrt, um diese Zeit auf dem Treppenhaus gesehen hatte, sind Sie aus der Wohnung der Ermordeten gekommen."

„Da täuscht sich eben der Herr Rimsdl."

„Er hat Sie zurückhuschen sehen."

„Na also."

Der Kriminalkommissar hatte wieder auf seiner Schreibtischkante Platz genommen; er grinste dem Häftling ins Gesicht. „Das hat vorläufig genügt. Jedenfalls waren Sie dadurch gezwungen, eine neue Ausrede zu gebrauchen."

„Das war ..." Braunmiller kam nur zum Anfang seiner Einwendung.

„Schweigen Sie!", herrschte ihn der Kriminalkommissar an. „Eine neue Ausrede, sage ich! Der Brief wurde erst *nach* halb sechs Uhr in den Kasten geworfen. Wollen Sie das endlich zugeben? Wollen Sie nicht endlich überhaupt alles zugeben? Wollen Sie sich weiterhin als Unschuldslamm aufführen?"

Braunmiller gab keine Antwort, sein Blick war auf das vergitterte Fenster gerichtet und hatte nichts mehr von dem zornigen Aufflackern der vergangenen Minuten, eher war eine leichte Schwermütigkeit erkennbar. Der Kriminalkommissar ließ sich aber weniger von diesem Blick als vom Schweigen des Beschuldigten beeindrucken.

„Gut", sagte er nach einer Weile und ziemlich gehässig, „gut, dann wollen wir das Lamm schlachten." Er schien den Geschmack des Sieges schon auf der Zunge zu haben. „Es ist jetzt die zweite Lüge, die Sie uns auftischen wollten. Sie nehmen doch nicht im Ernst an, dass Ihnen das zum Vorteil sein wird? Glauben Sie denn, dass Sie hier Kunden vor sich haben, denen Sie billige Ware für teures Geld verkaufen können? Wir lassen uns nicht so einfach etwas andrehen! Hier wird mit anderen Mitteln bewertet und bezahlt. Wenn Sie sagen, Sie haben den Brief um halb fünf Uhr eingeworfen, dann sagen Sie das in völliger Unkenntnis der Tatsache, dass dies unmöglich so gewesen sein kann. Ihr Brief müsste nämlich am Boden des Briefkastens gelegen sein und die Zeitung auf ihm, es war aber gerade umgekehrt. Und nun passen Sie gut auf! Da die Zeitung am Boden lag und der Brief *auf* ihr, ergibt das eine so einfache Rechnung, dass wir eigentlich gar nicht mehr weiterzusprechen brauchten. Jedenfalls, das sehen Sie doch ein, dass die Zeitung *vor* Ihrem Brief in den Kasten gekommen sein muss, oder? So – und jetzt sage ich Ihnen noch, wann die Zeitung ausgetragen worden war: Das war zwischen halb und drei viertel sechs Uhr. Nicht eher und nicht später. Wir haben uns natürlich sehr genau erkundigt. Und jetzt würde mich interessieren, was Ihnen dazu alles einfällt."

Der Kriminalkommissar sah ihm scharf ins Gesicht. Er hatte längst bemerkt, dass Braunmillers Züge langsam verfielen, und wähnte sich deshalb seinem Ziel schon ganz nahe. Sicher wurde er, als er sein Gegenüber in tiefer

Niedergeschlagenheit murmeln hörte: „Es hat keinen Wert mehr."

„Dann geben Sie Ihrem Herzen einen Stoß und packen Sie aus!", drängte er ihn. „Schießen Sie los! Es hat wirklich keinen Wert mehr, nach Hintertürchen Ausschau zu halten. Sie kommen nicht mehr ungeschoren davon. Es ist auch gar nicht schade um dieses räudige Fell, das sagen Sie doch selbst. Haben Sie denn kein Bedürfnis nach Ruhe und Frieden? Wollen Sie sich denn fortwährend quälen lassen? Von uns und von Ihrem Gewissen? Weder die Polizei noch Ihr schlechtes Gewissen werden Sie loslassen, solange Sie nicht ein Geständnis ablegen. Wer seinen Irrtum rechtzeitig einsieht, ist der Klügere. Nur Dummköpfe verbauen sich die allerletzte Chance."

So eindringlich der Kriminalkommissar auch auf ihn einredete und so sicher er sich dabei auch schon war, dass es nur noch eine Frage von Minuten sein konnte, bis der Mann zermürbt und zu einem Geständnis bereit war, so enttäuscht musste er schließlich feststellen, doch nur einen Schritt weiter, aber nicht ans Ziel gekommen zu sein.

Braunmiller, der nun nicht mehr leugnen konnte, seinen Abschiedsbrief erst bei seinem endgültigen Weggang eingeworfen zu haben, sah sich jetzt auch außerstande, die Beobachtung jenes Herrn Rimsdl mit etwas anderem zu erklären, als mit seiner Rückkehr in die Braunmiller'sche Wohnung. Dies bedeutete nicht mehr und nicht weniger, als dass er zugab, bis zu jenem Zeitpunkt bei Carla Turner gewesen zu sein. Das war die fragliche Zeitspanne, in welcher der Eintritt des Todes erfolgen konnte. Dennoch, so behauptete er weiterhin, habe er nichts mit deren Ermordung zu tun. Es wäre ein tragisches Verhängnis, in das er geraten sei, meinte er und ließ sich durch keinerlei Vorhaltungen mehr beeindrucken oder beirren. „Ich bin unschuldig", sagte er. „Es war töricht von mir, nicht von Anfang an die volle Wahrheit gesagt zu haben." An diesen Leitfaden hielt er sich von da an immer.

Kapitel 3 Plötzlich Stadtgespräch

Die guten Wünsche des Polizeiobermeisters hatten sich nicht erfüllt. Das Unheil nahm seinen Lauf und war nicht mehr aufzuhalten. Siegfried Braunmiller saß in Wien in Untersuchungshaft und konnte den schweren Verdacht, die Schwägerin seines Vetters ermordet zu haben, nicht mehr entkräften. Acht sorgenvolle Tage waren verstrichen. Helga Braunmiller wandte sich an den Polizeiobermeister. Dieser konnte ihr aber nur die gegebene Tatsache bestätigen. Nähere Umstände seien nicht bekannt, erklärte er ihr. Er bedauerte den ernsten Verlauf der Sache und versprach der Geprüften, immer und jederzeit zur Verfügung zu stehen und ihr zu helfen, wo er könne. Fürs Erste versicherte er ihr strengste Verschwiegenheit zu bewahren, gab ihr aber gleichzeitig zu verstehen, dass er befürchte, der Fall könnte sehr bald von einer Zeitschrift aufgegriffen werden. Wobei sich dann leicht ausmalen ließe, wie schnell die Neuigkeit hier angekommen sei. Was die verlängerte Abwesenheit ihres Gatten beträfe, so wäre das vorläufig noch gut verständlich zu machen, meinte er und war überzeugt, dass sich selbst für ein längeres Ausbleiben spielend irgendwelche Gründe finden ließen, die plausibel genug wären, um kein Misstrauen hervorzurufen. Aber eben die Presse – die Presse würde es über kurz oder lang auch die lieben Mitbürger wissen lassen. Das war zunächst seine größte Sorge, und er äußerte sie ziemlich unverblümt. Weil er gleich von Anfang an Frau Braunmiller mit der ungeschönten Wirklichkeit konfrontieren wollte, dachte er, es sei besser, dass sie sich möglichst rasch an die neue Situation gewöhne.

Nach weiteren acht Tagen war es so weit, wie der Polizeiobermeister vorausgesehen hatte. Ein Wiener Wochenblatt brachte den Fall Braunmiller ungebührlich groß heraus, und der lokale Stadtanzeiger von N. zog alsbald nach. Das heimliche Gemunkel, dass bei den Braunmillers nicht mehr alles stimmte, wurde mit einem Male offenes Stadtgespräch. Wie viele harmlos erscheinende, aber hinterhältige Fragen hatte die bedauernswerte Helga nicht schon beantwortet, und wie schlecht hatte sie dabei die Arglose gespielt? Alle Gerüchte, die zuvor in die verschiedensten Richtungen kreisten, verblassten neben der Gewalt dieser Sensationsbombe: Siegfried Braunmiller unter Mordverdacht! Und noch dazu unter dem Verdacht: *Sexualmord!* Wenn das keine umwerfende Neuigkeit für die ganze Bürgerschaft war! Das schwoll an wie eine Lawine und brauste gewaltig durch die Stadt. Aber sobald der erste Sturm vorbei war, zerschmolz alles zu Tratsch. Die kleine Stadt erlebte ein großes Kopfschütteln ihrer Bürger. Viele davon begnügten sich mit dem Staunen; viele besaßen Takt und mieden, wenn schon nicht den Laden, so doch dieses Thema, sobald die Arme anwesend war. Sie war es jetzt ohnehin selten genug. Sie ließ das Lehrmädchen häufig allein bedienen und verrichtete lieber dessen Arbeit. Jedes Mal, wenn die Ladentür aufging, versuchte sie rasch ins Lager zu entkommen; natürlich zum Leidwesen derjenigen, die über weniger Feingefühl verfügten und nur deshalb eine Rolle Faden oder ein Taschentuch verlangten, um ihre Tratsch- und Klatschgier zu befriedigen.

Helga Braunmiller hatte jetzt oft verweinte Augen. Gut, dass sie eine starke Brille trug, da fiel es etwas weniger auf. Der Kummer setzte nicht nur ihren Augen zu, auch ihre sonst so frisch geröteten Wangen, die ihr stets den Anschein einer üppigen Gesundheit verliehen hatten, begannen blass zu werden. Sie ging auch nicht mehr so aufrecht, und wie Ida beobachtet hatte, fingen ihre Hände gelegentlich zu zittern an. Es gab Nachbarn, die behaupteten sogar, sie verlöre ständig von ihrem Übergewicht, doch das traf nicht zu. Wie sich zeigte, konnte selbst der Kummer keine erwähnenswerten Einbußen an ihren manchenorts zu rund geratenen Körperstellen erzielen. Sollte ihr aber je ihre zu üppig geratene Figur gleichgültig gewesen sein, nie war sie es mehr als jetzt. Nie waren ihr die Äußerlichkeiten weniger wichtig als in diesen Tagen, in denen alles, was Regel, Ordnung und Gleichmaß betraf, einzustürzen drohte. Mit Schaudern sah sie in die Zukunft. Eine erschreckende Ungewissheit starrte ihr entgegen. Wenn ihr Mann erkrankt, verunglückt oder gar gestorben wäre – welch ein harter, ein entsetzlicher Schlag wäre es gewesen! Kaum vorstellbar! Aber langsam hätte sich dann doch wieder alles eingespielt. Das Leben wäre weitergegangen, hätte weitergehen müssen, über allen Kummer hinweg und über die vorübergehenden Sorgen. Aber das Geschäft wäre Braunmillers Geschäft geblieben und die Existenz im Großen und Ganzen gesichert gewesen. Doch jetzt, jetzt lauerte eine Gefahr wie ein Wegelagerer vor der Tür, die Gefahr des Niedergangs. Würde sie die Kraft haben, durchzuhalten – bis zum vielleicht bitteren Ende durchzuhalten? Würde sie es schaffen, dieser unbekannten, nie erfahrenen und deshalb so unheimlich lauernden Gefahr gewachsen zu sein? Sie sah immer schwärzer, schlief halbe Nächte nicht, und mit jedem Morgen, an dem sie erwachte, schwand ihre Zuversicht weiter dahin. Und dann spürte sie auch wieder heftig jenes

Leid, das lange verdrängt gewesen war: das Leid über den allzu frühen Tod ihrer Gerda. Ach, wenn sie das Mädchen jetzt hätte! Brennenden Herzens erkannte sie ihre ganze Verlassenheit. Welch unersetzliche Hilfe könnte sie in ihr haben! Der einzige Mensch, mit dem sie vertrauensvoll über all die Gedanken und Sorgen hätte sprechen können! Das einzige Wesen, vor dem Helga ihr gequältes Herz hätte ausschütten können und von dem sie auch in ihrer Not verstanden und geliebt geworden wäre! *Oder*? Vielleicht aber hätte sie mit Gerda nicht über alles gesprochen – über ihre bitterste Not, die größer war, als es dem übrigen Umstand entsprach. Vielleicht hätte sie auch ihr gegenüber geschwiegen. Es war grausam, wie eine gewisse Frage in ihrem Herzen bohrte und zu wuchern begann, sie fraß an ihrem Lebensnerv und zermürbte sie von Tag zu Tag mehr. Nein, auch mit Gerda hätte sie wohl nicht darüber gesprochen. Aber über alles andere – über alles andere. Mit Peter jedenfalls war es unmöglich, von vornherein unmöglich. Sie hatte noch nie recht warm werden können mit ihm. Deshalb schien er ihr in dieser Lage besonders entbehrlich. Ehrlich gesagt war sie froh, dass er sich in Frankfurt aufhielt.

Von Polizeiobermeister Korner erfuhr sie, dass Untersuchungsgefangene jederzeit das Recht und die Möglichkeit hatten, Briefe zu schreiben. Jedoch, es war noch kein einziger von ihrem Mann eingetroffen. Das bereitete ihr zusätzliches Kopfzerbrechen. Es ist ja wahr: Nach einer länger als zwei Jahrzehnte dauernden Ehe sollte sie ihn so gut kennen, dass sie ihm ein solches Verbrechen niemals zutrauen dürfte; aber kannte sie ihn wirklich so gut? Hatte sie nicht schon über ihn herumgerätselt? Er war nicht so unkompliziert wie sie, und er hatte ihr manchmal Antworten gegeben, die sie nicht begriff. Und seine Liebe? Nein, daran wollte sie gar nicht erst denken. Aber warum schrieb er denn nicht? Warum wandte er sich nicht an sie? Das wollte und wollte ihr nicht in den Kopf gehen. Sollte *sie* etwa zuerst schreiben? Wartete er vielleicht auf ihren Zuspruch? Sie hatte mit ihrer Schwester gesprochen, der Hanauerin, die vergangenen Sonntag bei ihr zu Besuch war. Die hagere Buchhalterin, die schon äußerlich das reine Gegenteil von ihr war: eckig, dünn, ausgedorrt und stachelig wie eine verwelkte Himbeerstaude. Diese Buchhalterin, die sich sonst immer mit widersprechenden Ansichten hervortat, stimmte diesmal völlig mit Helga überein. Sie meinte genau wie ihre Schwester, dass man sich ihm zwar nicht verschließen dürfe, doch müsste er sich zuerst öffnen. Ja, aber gerade darauf musste sie vergebens warten.

Es kam ein Brief in diesen Tagen, und er kam auch aus Wien, aber er war nicht von ihrem Mann, sondern von dessen Rechtsanwalt. Er enthielt eine sachliche Erläuterung über die augenblickliche Lage und endete mit der höflichen Aufforderung zu einer Vorschusszahlung. Nichts ist einer Illusion abträglicher als ein sachlicher Gedanke.

Helga Braunmiller ging zur Sparkasse und ließ den Betrag überweisen. Als Geschäftsfrau folgte sie einer einfachen Logik: Einen Rechtsanwalt braucht er, und bezahlt muss er auch werden. Sie überschlug die Summe, die geopfert werden konnte, ohne das Geschäft in Schwierigkeiten zu bringen, und stellte fest: Mehr als fünftausend Mark durften es nicht werden. Noch nie hatten die Braunmillers mit dem Gericht zu tun gehabt, und alles, was ihr persönlich davon vorschwebte, wusste sie nur vom Hörensagen. Sie holte tief Atem, bevor sie die Überweisung unterschrieb. Ein neuer Kummer, den sie bisher nicht gebührend beachtet hatte, machte sich breit in ihrem Gemüt. Die Kostenfrage schlug eine Lücke in die Sicherheitsgrenze ihrer Existenz. Von da an begann die Sparsame geizig zu werden. Eine ihrer ersten einschränkenden Maßnahmen war die empfindliche Kürzung des monatlichen Zuschusses, den sie jeweils nach Frankfurt schickte. Damit schnitt sie sich aber unversehens ins eigene Fleisch, denn der Sohn reagierte nun mit mehr Verständnis, als sie in dem aufklärenden Brief gefordert hatte und als ihr vor allen Dingen lieb war. Er kündigte seine Stellung und kam heim, weil er es nicht zulassen könne, wie er sagte, dass sie nun allein mit dem Geschäft fertig werden sollte. Ihre Vermutung, dass weniger Verantwortungsbewusstsein dahintersteckte, als vielmehr die Lust, eine neue Gelegenheit beim Schopfe packen zu können, war richtig, wie sich bald herausstellte. Das war doch wieder einmal etwas ganz anderes für den Unsteten. Sie hätte es sich denken können. Aber das mit dem gekürzten Zuschuss war ja nun wirklich notwendig; denn sie sah eine karge Zeit voraus. Wie sie die Leute kannte, war kein Verlass auf sie. Sie wusste, welch eigene und vielerlei Wege das moralische Empfinden von Kleinstadtbürgern gehen konnte und dass es auch den Weg der Hartherzigkeit nicht scheute. Je eher sie sich mit der Möglichkeit eines miserablen Geschäftsganges vertraut machte und je eher sie sich darin übte, entsprechende Vorkehrungen zu treffen, desto leichter würde es ihr fallen, die Gefahren eines plötzlichen Tiefs zu überstehen.

Hoffentlich verrechnete sie sich nicht in allen Punkten, wie sie es bei Peter schon oft getan hatte. Hier war bereits nichts mehr zu ändern. Er war einfach da, und sie musste sich mit seiner Anwesenheit abfinden. Schließlich war er volljährig; sie konnte ihn weder zwingen, in seiner Stellung zu bleiben, noch ihm verwehren, nach Hause zu kommen. Er hatte sich bisher nichts zuschulden kommen lassen, und das war das einzig Tröstliche an ihm. Sah er auch das Leben mit den Augen eines Schlendrians an – ohne Ausdauer und ohne festen Willen –, irgendwie schien er doch Grenzen zu respektieren. Dass er nun seiner Mutter helfen wollte, durfte man ihm auf keinen Fall verübeln. Aber die Begrüßungsworte, mit denen er eines Abends in der elterlichen Wohnung aufgetaucht war, klangen nicht nach fürsorglicher Mitwirkung.

Helga Braunmiller, noch nicht lange vom Geschäft zurück, war gerade dabei, sich ein kleines Abendessen zu bereiten. Vor fünf Minuten hatte sie noch überlegt, ob sie ein oder zwei Eier nehmen sollte, und genügsam wie sie war, sich für eines entschieden. Doch nun musste sie plötzlich vier nehmen. Natürlich war das nicht der Grund, warum sie über sein Kommen so wenig erfreut war; es war nur so, dass sie die neue Lage instinktsicher und sofort erfasste. Und dann – wie er schon daherredete! „Eine schöne Suppe, die uns der Herr Papa da eingebrockt hat!" Etwas Besseres fiel ihm wohl nicht ein? Sie war empört über diese Auslassung – merkwürdigerweise aber nicht empört genug, denn sie fand eigentlich keinen Grund, warum er es nicht hätte sagen sollen. Und es wäre nicht das erste Mal, dass sie ihm so zwiespältig gegenüberstand. Sie begriff ihn oft nicht, ärgerte sich über ihn und war doch nur selten fähig, ihn zu rügen. So war es, als er mit siebzehn Jahren plötzlich das Gymnasium verließ; und sie hätte ihn doch so gern eine große Laufbahn einschlagen sehen! Aber wer konnte es ihm schon übelnehmen, wenn er von sich behauptete, den Anforderungen des Studiums geistig einfach nicht mehr gewachsen zu sein? Ob man es ihm glauben mochte oder nicht, ob man es viel eher seinem mangelnden Eifer zuschrieb oder seiner Abneigung gegen die Schule, es blieb letztlich gleichgültig. Und so war es auch, als er nach dem ersten Jahr einer kaufmännischen Lehre davonlief, weil ihm der cholerische Chef eine Ohrfeige gegeben hatte. Was hätte man sagen sollen? Er war ein junger Mann mit achtzehn Jahren und da lässt man sich eben nicht mehr schlagen, auch auf eine ungezogene Redensart hin nicht. Man konnte noch froh sein, dass er nicht mit gleicher Münze zurückbezahlt hatte. Ja – und jetzt war es wieder so: Er gibt mir nichts, dir nichts seine Volontärstelle in der Versicherungsgesellschaft auf, weil er seiner Mutter beistehen möchte. Ein schöner Beistand, der nur neue Sorgen bedeutete; aber was sollte sie machen? Diese und eine Reihe anderer Gedanken beschäftigten sie unaufhörlich und riefen in ihr ein rundes, aber düsteres Bild der nächsten Zeit hervor. Sie beredete seine Äußerung nicht, doch sie gab ihm zu verstehen, dass sie eigentlich ganz gut allein fertig werden würde und um wie viel besser es gewesen wäre, wenn er seine Stelle in Frankfurt behalten hätte.

„Ich kann dich doch jetzt nicht allein lassen", sagte er und ließ die Blicke seiner lebhaften, schwarzkirschenähnlichen Augen im Wohnzimmer umhergleiten, ob sich während seiner Abwesenheit nicht irgendetwas verändert habe. Doch es stand noch alles am selben Platz. Die altmodische Kredenz mit dem verschnörkelten Aufsatz, der Plüschdivan (etwas modernisiert, aber auch ein Erbstück); die Polstersessel um den Auszugtisch, von denen nur zwei zusammenpassten, und in der einen Ecke der moderne Liegestuhl – das einzige Prunkstück außer dem Fernseher und überdies die Privatdomäne des lieben Papa. Als wollte er demonstrieren, dass *er* nun dessen Stelle im Hause einzunehmen gedenke, lümmelte Peter sich in diesen Patentstuhl und brachte ihn mit ein paar Handgriffen fast in die Waagrechte. „Weißt du, Mama, es hat mir ohnehin nicht mehr gefallen in dieser Papiermühle. Das letzte halbe Jahr hatte ich eine fürchterlich langweilige Arbeit. Und dann die schäbige Bezahlung. Frankfurt ist ein teures Pflaster! Wenn du mir nicht immer unter die Arme gegriffen hättest – na, dann gute Nacht."

Immerhin respektiert er das, dachte sie, aber sie sagte: „Es wäre mir doch lieber gewesen, wenn du wenigstens deine Volontärzeit abgeschlossen hättest."

„Ach, das ist ja Quatsch!", entgegnete er etwas aufgeblasen über die Achsel sehend. „Die nützen einen ja doch nur aus. Ich bin überzeugt, dass ich dir hier viel nützlicher sein werde." Dann wandte er sich ihr ganz zu und entwaffnete sie vollends. „Ich kann nicht glauben, dass die Arbeitskraft von Papa so unbedeutend war, um sie so leicht entbehren zu können."

Na also, jetzt war es wieder so weit. Was sollte sie darauf sagen? Was konnte sie gegen diesen logischen Einwand vorbringen? Was gegen so viel Teilnahme machen? Dennoch schauderte ihr, wenn sie bedachte, wie wenig Einfluss sie auf ihren Sohn hatte. Die Angst, sie werde sich nicht neben ihm behaupten können, saß bereits fest in ihr. Um sich wenigstens vorübergehend etwas von diesen trüben Gedanken abzubringen, fragte sie ihn: „Ich habe Rühreier mit etwas Schinken, genügt dir das?"

„Natürlich", sagte er erfreut, „Rührei mit Schinken – mhm – du weißt doch ... Soll ich Bier holen?"

Da fing es schon an. Sie hätte selbstverständlich keines getrunken. Eine Tasse Tee oder ein Glas Milch hätte ihr vollkommen ausgereicht. Er musste natürlich Bier haben. Wenn sie jetzt nein sagte, war der Abend schon verdorben. Sie kannte ihn doch und wusste, dass er solche Verweigerungen mit kleinen Bosheiten quittierte; sie wollte es nicht darauf ankommen lassen, sie war zu müde dazu – und seinen Anspielungen und gewieften Worten nicht gewachsen. „Man muss seine Kinder lieb haben, wie sie uns Gott geschenkt hat". Diesen Spruch, von dem sie nicht wusste, dass er von Goethe stammte, hängte sie unbegründet, aber überzeugt einfach der Bibel an. Irgendwo hatte sie ihn einmal aufgefangen und in ihre Lebensregeln eingebaut. Sie holte ihn immer dann hervor, wenn sie sich zu sehr am Wesen ihres Sohnes stieß. Diese Weisheit war ihr eine kleine Hilfe, doch es fiel ihr trotzdem schwer, sich stets nach diesem Leitfaden zu richten. Bei Gerda hatte sie solcher Sprüche nie bedurft. Gerda war von ihr geliebt worden wie ein Herzblatt. Und es gelang Helga nicht, zu verhindern, dass sie auch heute noch und immer wieder quälende Vergleiche zog zwischen den beiden Kindern. Sie stand vor einem Rätsel, wenn sie sich fragte, warum die Geschwister so verschieden waren. Und nie kam ihr der Gedanke, vielleicht selbst ein wenig dazu beigetragen zu haben. Sie war eine gute Mutter, und eine gute Mutter glaubt immer alles richtig zu machen, weil sie immer alles richtig machen will. Mit der größten Liebe geschehen Fehler, die mit reiner Vernunft und reichem Wissen hätten vermieden werden können. Aber wer will das verlangen von einer Mutter, die den Kopf voller Sorgen, das Herz voller Liebe und die Hände voller Arbeit hat? Und war es denn anders bei Helga Braunmiller? Sie sorgte, sie liebte, sie arbeitete – und sie war oft glücklich über die Tochter und oft betrübt über den Sohn. Mehr Zeit hatte sie nicht für dieses Problem.

Nach dem Abendessen schaltete Peter den Fernseher ein. „Es ist ganz gut, wenn wieder etwas Leben in die Bude kommt. Du grämst dich viel zu sehr", sagte er ohne besonderen Nachdruck.

„Du hast ja immer schon alles recht leicht genommen", meinte seine Mutter so nebenher, während sie das Geschirr abräumte und gelegentlich einen schiefen Blick auf ihren Sohn warf.

Dieser nahm die Anspielung aber nicht krumm und war damit beschäftigt, den richtigen Fernsehkanal zu finden.

„Dafür hat mir das Leben auch noch keine wesentlichen Schwierigkeiten bereitet."

„Und du meinst, das geht immer so weiter?", fragte sie mit erzieherischer Eindringlichkeit und stellte die Teller ineinander.

„Das kann man nicht wissen", gab er gelassen zur Antwort. „Jedenfalls, die Grundeinstellung ist doch sehr wichtig. Auch hier. Siehst du? Jetzt ist es gut."

Befriedigt durch seinen Erfolg zündete er sich eine Zigarette an und lehnte sich wieder in den Liegestuhl. Unvermittelt schnitt er ein neues Thema an: „Was hältst du eigentlich von der Geschichte mit Papa?"

Die Mutter wandte sich rascher um, als es ihre Art war; sie hatte geglaubt, er würde es vermeiden, zunächst wenigstens vermeiden, über diese Sache zu sprechen. Er wich ihren Blicken nicht aus und hielt seine Augen unbewegt auf sie gerichtet. Sie fühlte, dass sie nun etwas antworten musste, irgendetwas sagen. Weil ihr aber nichts anderes einfiel, antwortete sie nach einer viel zu langen Pause einfach mit der Wahrheit: „Ich bin mir nicht gescheit genug", gab sie zu.

„Ich nehme an, es ist so: Du möchtest gerne an seine Unschuld glauben und machst dir doch Gedanken."

Die Mutter erschrak über diese feste Aussage. Irgendwie hatte sich der Bengel richtig ausgedrückt. Und dass es ihm möglich war, sich über ihre eigenen Gefühle besser auszulassen als sie selbst, nahm ihr das Recht zu glauben, er verstünde es nicht. Harmlose sind immer schockiert, wenn sie sich durch die Bemerkung eines anderen erkannt fühlen, schockiert und zurückgedrängt; in solchen Augenblicken möchten sie sich am liebsten in ihre selbstgebastelten Schneckenhäuser verkriechen, die sie zu diesem Zweck stets mit sich führen. Auch Mutter Braunmiller wollte es, aber Peter ließ sie nicht.

„Habe ich nicht recht?", drängte er und sah sie beinahe herausfordernd an. Natürlich musste sie ihm etwas entgegnen, aber seiner Frage wich sie aus; sie hielt sich an das Naheliegende und sagte: „Am meisten Gedanken mache ich mir, weil er bis heute noch nichts von sich hat hören lassen. Warum schreibt er denn nicht?" Durch dieses Ausweichen glaubte sie, die trübe Gefühlslage wie einen sauren Wein verschneiden zu können. Der Erfolg war miserabel. Peter schürte weiter, als ob es ihm Spaß machte, sie in Verlegenheit zu bringen.

„Das kann ich verstehen, dass er nicht schreibt. Ich glaube, ich würde es auch nicht, selbst wenn ich unschuldig wäre. Sexualmord, das ist immerhin eine peinliche Sache."

Sie errötete. Was ihr Sohn da gelassen und fast beiläufig aussprach, verletzte die Schamhafte. Da es ihm anscheinend nichts ausmachte, die wunde Stelle ihres Gemütes gänzlich bloßzulegen, fuhr er fort: „Man müsste sich schon eines weitherzigen Vertrauens sicher sein, wenn man sich in einer solchen Lage mitteilen sollte – als Unschuldiger, meine ich."

„Ach so, du hältst mich nicht für weitherzig genug", sagte sie tonlos.

„Entschuldige, Mama, aber irgendwie hast du immer schon etwas Spießiges an dir gehabt."

Sie vergaß, ihren Mund zu schließen. Die Verblüffung war vollkommen. Zu *spießig* war sie also! Das Wort wiederholte sich in ihrem Gehirn wie auf einer Schallplatte, die einen Sprung hat. Dabei wirbelte ihr der Ablauf ihres täglichen Lebens durch den Sinn. Was war es denn, was sie zu spießig machte? Stets zu schauen, dass alles in Ordnung war, dass keiner etwas zu entbehren brauchte, dass sie ihre Pflicht erfüllte und arbeitete, von fünf Uhr morgens bis spät in die Nacht hinein arbeitete – hier in der Wohnung und drüben im Geschäft – Tag für Tag – Jahr um Jahr. War es das? Nennt man das spießig? Sie konnte es nicht fassen, dass man ihr so etwas ins Gesicht sagte. Ihr Kopf war voll von anklagenden Gedanken, doch sie war unfähig, sie zu formen und zu äußern. Sie sagte etwas ganz anderes; sie sagte etwas völlig außerhalb dieser Linie Liegendes, etwas, womit sie verletzen konnte. Das machte ihr nun nichts mehr aus.

„Wer keine Moral hat", sagte sie und drückte dabei mit einem Finger ihre Brille höher (das tat sie immer, wenn sie aufgeregt war), „wer keine Moral hat, der kann sich leicht lustig machen über anständige Leute, und wenn er ein

Lümmel ist, dann vergisst er auch, dass er seine Mutter vor sich hat."

Die Schärfe ihrer Worte stumpfte an seiner Glätte ab. „Es tut mir leid, Mama, aber ich bin nicht allein mit meiner Ansicht", sagte er, ohne seinen Blick vom Bildschirm zu wenden. „Ich erinnere mich sehr gut, es war ungefähr ein Jahr vor Gerdas Tod; sie wollte damals auf eine Party gehen. Du hattest es ihr nicht gerade verboten, aber es war dir auch nicht recht. Und die brave Gerda fügte sich natürlich – sie fügte sich ja immer –, doch eine kleine Gehässigkeit konnte sie sich nicht verkneifen: ‚Etwas weniger hausbacken', hatte sie gemeint, ‚wäre auch noch hausbacken.' Ich höre sie noch wie heute, aber ich habe mich seinerzeit nicht besonders damit befasst, es ist mir nur wieder eingefallen bei dieser Gelegenheit."

Als Peter Gerda erwähnt hatte, wechselte die Mutter die Farbe; ihre erregte Röte wich einer beklemmenden Blässe. In der Herzgegend spürte sie einen Schmerz, wie von lauter Nadelstichen erzeugt. Es war unwichtig, ob es der Wahrheit entsprach, dass Gerda das gesagt haben sollte; allein dass er es erwähnte, erschlug sie beinahe. Sie musste sich am Tisch festhalten; es war ihr, als ob alles Blut aus dem Gehirn sickerte. Was hatte sie denn verbrochen, dass nun alles über sie hereinstürzte? Sie verstand das nicht mehr. Mit Gewalt kämpfte sie gegen ihre Schwäche an und versuchte die Tränen zu verbergen, die ihren Blick verschleierten. Er sollte es nicht sehen. Und er sah es auch nicht, die Szene im Fernseher vor ihm nahm seine ganze Aufmerksamkeit in Anspruch, und eine kleine Verzerrung auf dem Bild störte ihn offenbar mehr als die Unpässlichkeit seiner Mutter.

Sie nahm das Geschirr und verließ das Wohnzimmer. In der Küche konnte sie ihren Kummer nicht mehr zurückhalten, da liefen ihr Herz und Augen über.

Kapitel 4 Verfängliche Fragen

Das Lehrmädchen Ida war noch nicht siebzehn Jahre alt, aber schon von einem so gewandten und sicheren Auftreten, dass sie leicht für reifer gehalten werden konnte. Was sie zu klein geraten war, glaubte sie mit einer kunstvoll hochtoupierten Frisur und mit dünnen langen Absätzen ausgleichen zu können. Die Chefin, Frau Braunmiller, hatte sich wiederholt an ihrer Aufmachung gestoßen, doch da das Mädchen sonst recht geschickt, fleißig und willig war, wollte sie nichts sagen, und ehrlicherweise musste sie zugeben, dass eine ganze Reihe junger und auch älterer Herren hauptsächlich wegen Ida zum ständigen Kundenkreis zählten. Die Kleine hatte eine reizende Art mit Männern umzugehen; ihre Augen, ihr Lächeln, ihr Charme – alles an ihr konnte so viel versprechen, ohne etwas halten zu müssen. Sie war wie ein possierliches Eichkätzchen, das klugerweise aus der Hand frisst, sich aber bei dem leisesten Versuch eines Zugriffs zurückzieht. Als Ida erfuhr, dass Braunmillers Sohn nun auch im Geschäft zu bleiben gedachte, lächelte sie fröhlich, aber unverbindlich und machte die Bemerkung, dass sie wohl mit ihm auskommen werde. In dieser Hinsicht hatte sie sich aber etwas getäuscht. Peter gefiel sich anscheinend in der Rolle des Juniorchefs. Er war – so sah es wenigstens aus – gefeit gegen die kokette Art Idas, und weder die freundlichen Blicke aus ihren Märchenaugen noch das liebliche Lächeln um ihren Schmollmund konnten ihn bewegen, seine Anordnungen weniger streng und seine Wünsche nicht nachdrücklich genug vorzubringen. Im Gegensatz zu seiner Mutter beredete er sogar ihre persönlichen Belange und ersuchte sie, es zu unterlassen, sich die Lippen und Fingernägel anzumalen, wenigstens solange sie noch Lehrmädchen war.

Ida wartete auf Frau Braunmiller, die jetzt nicht mehr so viel und meistens erst nachmittags ins Geschäft kam, aber dann wandte sie sich sofort an sie. Sie verstünde es beim besten Willen nicht, sagte sie erbost, wenn sie plötzlich etwas unterlassen sollte, was noch nie Ärgernis erregt habe, und sie fände es einfach kleinlich, weil es weder mit ihrer Arbeit noch mit ihrem Betragen etwas zu tun habe. Solange man ihr aber diesbezüglich nichts nachsagen könne, hob sie hervor, lasse sie sich keinesfalls wegen einer Sache kritisieren, die höchstens auf Körperpflege schließen lasse, für die allerdings manche Leute nicht genug übrig hätten.

Helga Braunmiller war erstaunt, aber viel eher über den Wunsch ihres Sohnes als über das aufgeregte Lehrmädchen, und sie sicherte der Kleinen ohne lange Debatte zu, dass sie es weiterhin so halten könne wie bisher. Sie versprach ihr, mit Peter darüber zu reden, und Ida war vorläufig zufrieden. Peter, klug genug, um es wegen dieses Vorfalls nicht auf eine Machtprobe ankommen zu lassen, gab zwar nach, aber auch nicht gleich völlig auf.

„Warum erlaubst du ihr das eigentlich?", fragte er seine Mutter, als sich die Gelegenheit gerade ergab und Ida draußen war.

Sie entgegnete ihm sanft, um nur ja keinen Streit heraufzubeschwören: „Schließlich sind das doch wirklich ihre persönlichen Angelegenheiten, und wenn sie sonst alles richtig macht, soll es mich nicht weiter stören."

„So. Und wenn es die Kundschaft stört?"

„Davon habe ich aber doch noch nie etwas gehört. Im Gegenteil..."

Peter wollte es genau wissen: „Was im Gegenteil? Hat schon jemand gesagt, es gefällt ihm?"

„Nun ja, nicht gerade gesagt, aber ich merke doch, wie viele Herren hauptsächlich wegen Ida so gerne bei uns einkaufen."

„Die kommen deswegen, weil sie hübsch ist und jetzt schon versteht, wie man Männer an der Nase herumführt. Sie werden sich mit und ohne Nagellack von ihr bedienen lassen; aber die anderen Kunden, die mehr fürs Solide sind, meine ich, werden es nur begrüßen, wenn sie diesen Spaß sein lässt."

Weil seine Mutter immer noch nichts darauf sagte, spann er den Faden weiter: „Wir sind hier in einer kleinen Stadt, wo einer dem andern nicht nur auf die Finger, sondern auch auf die Fingernägel schaut. Bei Schällers drüben hat keine einzige Verkäuferin lackierte Fingernägel, und es sind fünf, die im Laden stehen."

Schällers besaßen das größte Geschäft am Platze. Gegen diese alteingesessene Firma hatten es die Braunmillers besonders in den ersten Jahren sehr schwer gehabt, sich zu behaupten. Und die Schällers hatten sich nicht immer anständig gegen sie benommen. Der Name Schäller allein löste bei Helga Braunmiller stets Unbehagen aus. Und nun führte ihn der Junge gar als Beispiel an. „Bei Schällers drüben hat keine einzige Verkäuferin lackierte Fingernägel" – der Satz klang ihr scharf in den Ohren.

„Wie kommst du zu Schällers?!", fragte sie plötzlich und empört.

„Er hat mich angesprochen und ersucht hereinzukommen."

„Er selbst?", fragte sie und schüttelte den Kopf dabei, so überrascht war sie. „Was wollte er von dir?"

„Er hat mir gesagt, dass er uns gerne helfen würde, wenn es notwendig werden sollte und erwünscht wäre."

„Dieser alte Gauner!", rief sie und war selbst überrascht, wie schnell ihr das Schimpfwort entschlüpft war. Etwas gedämpfter, aber noch aufgebracht genug, ärgerte sie sich weiter. „Damit er uns leichter abwürgen könnte! Hinter seiner Freundlichkeit hält er nur einen Strick verborgen, den er uns gerne um den Hals legen möchte. Ich kenne ihn doch. Aber vorläufig können wir noch auf eigenen Beinen stehen. Ich hoffe, du hast ihm das auch gesagt?"

„Nicht so unverblümt. Ich denke, wir haben wenig Grund, uns jetzt aufs hohe Ross zu setzen, was ja schließlich nicht einmal er getan hat."

Bei aller Voreingenommenheit gegen Herrn Schäller und bei allem Schauder, der ihr beim bloßen Gedanken an sein feistes Vogelgesicht schon eingejagt wurde, musste sie schließlich doch zugeben, dass ihr Sohn Peter eigentlich recht hatte. Sie sollten wahrhaftig etwas vorsichtiger sein und alles vermeiden, was eine offene Feindschaft eintragen könnte. Ihre Lage war prekär, und schließlich war Helga nie verwundbarer als in diesen Tagen. Der winzigste Nadelstich konnte jetzt schädlicher sein als zu anderen Zeiten ein Pfeilschuss. Jetzt begann sie erst richtig über diese Gefahr nachzudenken, die ihr allein schon von der Konkurrenz her drohte, und da gestand sie sich ein, dass es vielleicht doch ganz gut war, wenn sie Peter nun an ihrer Seite hatte. Soweit es sich bisher überblicken ließ, schien er mit einigem Eifer und mit bemerkenswerter Klugheit bei der Sache zu sein. Möglicherweise hatte er auch wegen Ida recht. Vielleicht wäre es doch besser, wenn man sie anhielte, ihre auffallende Kosmetik wenigstens während der Geschäftszeit zu unterlassen? Nachdem Helga sich diese Frage einmal gestellt hatte, dauerte es nicht mehr lange, bis sie sich entschloss, mit dem Mädchen über dieses Thema zu reden. Sie wählte einen behutsamen Ton. „Du, Ida", begann sie so milde wie möglich, „ich hab dir neulich gesagt, das mit deinen lackierten Fingernägeln und so – dass mir das nichts ausmacht – verstehst du, das macht mir eigentlich auch nichts aus – mir persönlich, meine ich –, aber nun ja – vielleicht hat mein Sohn doch recht gehabt." Und um ihrem Anliegen Nachdruck zu verleihen, bediente sie sich einer Lüge. „Weißt du, es tut mir ja leid, dass ich dich enttäuschen muss, aber gestern hat eine gute Kundschaft, eine sehr gute Kundschaft, über diesen Punkt eine recht spitze Bemerkung gemacht. Leider, doch du weißt ja selbst, schließlich leben wir von den Kunden, und wir müssen uns wohl oder übel danach richten." Das Feuer, das sie in Idas Augen aufblitzen sah, irritierte sie etwas; umso sanfter formulierte sie ihren Wunsch: „Siehst du, Ida, und da möchte ich dich halt ersuchen, dass du das in Zukunft lieber sein lässt."

Sie meinte wirklich, dass es nicht liebevoller hätte gesagt werden können, deshalb war sie auch so erstaunt über die Antwort, die ihr das Mädchen gab. Sie nahm ihr viel von dem Vorsatz, die Angelegenheit *nur* in Güte zu regeln.

„Das kommt mir aber komisch vor", hatte die Göre gesagt und sich kampflustig vor sie hingestellt, als ob sie eine gleichaltrige Kollegin wäre, „sehr komisch, wenn Sie Ihre Ansicht von heute auf morgen wechseln, nur weil sich eine Kundschaft mit vorgestrigen Anschauungen ein bisschen mokiert hat. Außerdem kann ich mich gar nicht erinnern, gestern eine gute Kundschaft gesehen zu haben. Gute Kundschaften werden überhaupt ziemlich rar, falls Sie das noch nicht gemerkt haben sollten. Und dass Sie es gleich wissen: Was Sie von mir verlangen, das passt mir nicht!"

Natürlich war Helga Braunmiller verärgert. Es war zum ersten Mal, dass sich das Mädchen offen gegen sie auflehnte. Weil sie aber glaubte, in solchen Fällen sei es das Beste, wenn man kurzerhand zur Tagesordnung übergehe, sagte sie nur noch und das recht kurz und kühl: „Ich nehme an, du hast mich verstanden."

Ida schaute der Weggehenden verdrossen nach. Als stille, aber deutliche Antwort stellte sie sich dann vor den Spiegel und zog das Rot ihrer Lippen mit peinlicher Sorgfalt nach. Sie war noch nicht ganz fertig damit, als eine Unterbrechung notwendig wurde. Ein Kunde betrat den Laden. Ida räumte rasch ihre Utensilien weg und wandte sich ihm zu, schnell noch ihre Lippen über die Zähne ziehend. Sie sah sofort, dass es ein Fremder war; ein Kunde könnte er trotzdem sein. Dass er tatsächlich nichts zu kaufen beabsichtigte, ahnte sie zunächst nicht. Sein Benehmen war ja etwas merkwürdig; er sah sich gemächlich im Laden um und ließ ihr Zeit, sich einige Überlegungen zu machen; so schätzte sie ihn erst ab, bevor sie ihn nach seinem Wunsche fragte. Sie war sich sofort klar darüber, dass er keinesfalls ihr Typ war, viel zu groß, viel zu schlank, viel zu alt (alle Männer über dreißig betrachtete sie als viel zu alt)! Außerdem empfand sie ihn beinahe hässlich, ein dunkles Gesicht mit einer noch dunkleren Hornbrille auf der fleischigen Nase, die fast aufdringlich aus den hageren, von wenigen, aber harten Falten durchfurchten Wangen herausragte. Nur die Haare gefielen ihr, wahrscheinlich der Üppigkeit oder der glänzend schwarzen Farbe wegen. Nun – und gekleidet war er ja auch ziemlich flott, aber alles in allem: nichts für sie! Dennoch empfing sie ihn mit ihrem gewohnten einnehmenden Lächeln. „Womit kann ich Ihnen dienen, mein Herr?" Der Fremde, der sich immer noch ungeniert und gelassen und mit merkwürdigem Interesse im Laden umsah, wandte sich nun mit der gleichen Ruhe dem Mädchen zu und fragte es mit einer unvermutet klangvollen Bassstimme, ob er Frau Braunmiller sprechen könne. „Wenn Sie sich etwas gedulden wollen, ich werde sie sofort holen", sagte Ida immer gleich freundlich, aber bereits davon überzeugt, dass dieser Mann in einer besonderen und, wie sie mutmaßte, in der Sache des Herrn Braunmiller vorzusprechen beabsichtige. Der Herr schob ihr eine kleine Karte hin. Obwohl fast alle Vertreter solche Kärtchen abzugeben pflegen, kam es ihr nicht einen Augenblick lang in den Sinn, zu glauben, es wäre einer aus dieser Zunft. Mit raschen Blicken überflog sie den Text, bevor sie das Kärtchen weitergab:

„Dr. Harry Stöger – Presseverlag – Wien"
„Aha, also doch", dachte sie und weidete sich dann an dem verblüfften Gesicht ihrer Chefin, als diese die Anmeldung zur Kenntnis nahm. „Was will denn *der*?" Sie stellte diese Frage mehr für sich selbst, aber Ida gab ihr sofort eine Antwort darauf: „Der will sicher nur ein paar Fragen an Sie stellen." Vielleicht täuschte sie sich, aber irgendwie war es ihr, als ob ein hämischer Ton in der Rede des Mädchens lag. Sie streifte es mit einem argwöhnischen Seitenblick, konnte jedoch keine ungebührliche Miene beobachten. Merkwürdig – auf einmal misstraute sie auch dem Lehrmädchen. Dabei hatte sie doch immer so viel darauf gehalten. Es war

gerade so, als ob alles danach drängte, auseinanderzubrechen, als ob ihr alles mit Gewalt entgleiten wollte. Sie begriff nicht, wie sich alles mit einem Schlag so verändern konnte. An ihr selbst konnte es doch nicht liegen. Mit einem unguten Gefühl schaute sie auf das Kärtchen in ihrer Hand. Was wird da wohl wieder auf sie zukommen? Welch neue Niederlage wird man ihr bereiten? Gewitzt durch den unangenehmen Verlauf der letzten Tage, rechnete sie mit einer neuerlichen peinlichen Angelegenheit. Doch was blieb ihr anderes übrig, als den Mann zunächst einmal zu empfangen.

Kaum hatte sie sich sehen lassen, trat er auf sie zu und begrüßte sie mit einer ehrerbietigen Verbeugung.

„Frau Braunmiller?"

Sie nickte.

„Sehr erfreut", sagte er und begann mit seiner sicher wohlvorbereiteten Einleitung. „Mein Besuch wird etwas ungewöhnlich sein für Sie. Aber ungewöhnliche Fälle verlangen eine ungewöhnliche Behandlung. Wenn ich die Reise von Wien zu Ihnen hierher gemacht habe, so hat das natürlich einen bestimmten Grund. Und über diesen Grund hätte ich mich gerne mit Ihnen unterhalten. Es braucht selbstverständlich nicht jetzt und nicht hier zu sein. Ich lege das ganz in Ihre Hand und überlasse es Ihrem Ermessen, wo und wie Sie mich empfangen wollen."

Sie wollte schon fragen, in welcher Angelegenheit er sie zu sprechen wünsche, weil sie es sich aber halbwegs denken konnte, unterließ sie es. Da sie von vornherein einsah, dass es ein Gespräch werden würde, für das der Laden bestimmt nicht der rechte Ort war, lud sie diesen Dr. Stöger ein, am Abend in die Wohnung zu kommen.

Und wieder einmal war sie froh, dass Peter nicht mehr in Frankfurt war. Doch gerade diesmal war ihre Freude etwas verfrüht. Sie stand am Abend allein in der Wohnung, als sie auf den Redakteur aus Wien wartete. Wenn er pünktlich war, musste er in zehn Minuten hier sein – und Peter war immer noch nicht heimgekommen! Es war ihr nicht geheuer zumute, wenn sie sich vorstellte, dass sie sich nun mit diesem fremden Menschen allein zu unterhalten habe; andererseits glaubte sie es auch nicht übers Herz zu bringen, ihn einfach wieder wegzuschicken oder überhaupt nicht zu empfangen. Nun, sie konnte ja wenigstens so tun, als ob noch jemand zu Hause sei. Und was das Gespräch an belangte, hoffte sie, einigermaßen zurechtzukommen. Sie war aber doch aufgeregt und überlegte, ob sie dem Gast etwas vorsetzen sollte; keinesfalls ein Abendessen – höchstens ein paar Brötchen – oder ein Glas Bier. – Nein, nicht einmal das! Wie käme sie dazu? Er war doch völlig fremd für sie. Und was konnte er schon wollen? Presseverlag. Hm. Ein paar neugierige Fragen, weiter nichts. Nun, vorsichtig wird sie auf alle Fälle sein müssen, sagte sie sich.

Kurz vor halb acht Uhr schaute sie, hinter den Gardinen stehend, auf die Straße hinunter. In der großen Gestalt, die da von der anderen Straßenseite herüberkam, erkannte sie diesen Dr. Stöger. Ihre Unruhe nahm zu. Verwirrt trat sie ins Halbdunkel des Zimmers zurück; unschlüssig und aufgeregt bis über die Ohren stand sie einige Augenblicke da. Schließlich schimpfte sie sich töricht und zwang sich zu gemessenen Bewegungen. Aber da wurden sie unnatürlich, und die Ruhe, die sie sich geben wollte, kam trotzdem nicht. – Plötzlich lief sie in die Küche und stellte das Radio an, weil sie meinte, dass dadurch das Vorhandensein anderer Personen glaubhafter erscheine. Es war auf alle Fälle besser, wenn es nicht so aussah, als ob sie allein sei. So ließ sie auch die Küchentür einen Spalt offen stehen, das fand sie noch wirkungsvoller. Dann warf sie schnell einen Blick in den Spiegel, der am Flur hing. Aber sie sah sich gar nicht, obwohl sie sich selbst in die Augen schaute. In diesem Moment läutete es an der Tür. Natürlich war es Dr. Stöger. Aber sie war trotzdem erstaunt. Der Besucher verbeugte sich höflich und führte die Hand, die sie ihm reichte, galant an seinen Mund. Er ist ein Kavalier, sagte sie sich im Stillen, denn sie sah auch die Blumen bereits, die er noch leicht verborgen hielt. Während er eintrat, löste er das Papier und überreichte ihr die weißen Nelken; es waren nur drei Stück, doch sie freute sich darüber. Er legte seinen Hut ab und folgte ihrer einladenden Geste, die ins Wohnzimmer wies. Seine Bewegungen waren langsam, ruhig und überlegt; dadurch fiel es nicht so auf, dass er die Wohnung, wie nachmittags den Laden, beinahe unziemlich genau betrachtete. Blumen mitzubringen, das schien ihm nicht nur eine kleine Aufmerksamkeit zu sein, sondern auch ein kleiner Berufstrick, eine List, die ihm mitunter so viel Zeit einbrachte, dass er sich sogar Notizen machen konnte. Blumen verlangen Wasser und Vasen. Keine Dame legt sie achtlos beiseite; auch Helga Braunmiller nicht. Bis die Nelken wohlversorgt auf dem besten Platz standen, hatte sich Dr. Stöger ein hinreichend einprägsames Bild von der Einrichtung verschafft. Der Lautsprecher in der Küche war so stark eingestellt, dass der Ankömmling schwer erkennen konnte, ob noch mehr Personen anwesend waren. Ungeniert erkundigte er sich danach, und Frau Braunmiller war froh, eine so schöne

Gelegenheit zu haben, die vorgetäuschte Zugehfrau erwähnen zu können; sie fügte sicherheitshalber gleich hinzu, dass sie auch ihren Sohn jeden Augenblick erwarte. Dadurch war sie bereits mitten im Gespräch, ohne es recht gemerkt zu haben. Dr. Stöger forschte nach und nach weiter und wusste schon eine ganze Menge, ehe er den eigentlichen Grund seines Auftretens preisgegeben hatte. Nun meinte er aber selbst, dass dies endlich nachgeholt werden musste, und so erklärte er: „Ja, Frau Braunmiller, Sie haben den Zweck meiner Fragen sicher schon erkannt. Ich möchte Ihnen dennoch ganz klar und deutlich sagen, worum es geht. Der Fall Braunmiller hat in Wien natürlich großes Aufsehen erregt. Die Ermordete war eine bekannte Künstlerin. Und wie Sie wissen, steht Ihr Mann leider in dem schweren Verdacht, der Täter zu sein. Es ist nicht unsere Sache – ich meine, die Sache unseres Verlages – zu urteilen. Aber es ist unsere Sache, bemerkenswerte Ereignisse zu publizieren. Wer ans Rampenlicht der Öffentlichkeit dringt, der wird beleuchtet! Und es ist belanglos, ob einer bewusst oder zufällig nach vorne kommt, wie es auch belanglos ist, ob es sich um eine gute oder schlechte Sache handelt. Nur, die Welt will unterrichtet sein! Ja – und da haben wir uns gedacht, bevor wir unsere Informationen aus zweiter und dritter Hand beziehen, wenden wir uns lieber gleich an Sie. Selbstverständlich können Sie es durchaus ablehnen, etwas zu sagen, ja, Sie können mir sogar die Tür weisen, doch was Sie nicht können: unsere Absicht verhindern. Und unsere Absicht ist, einen Tatsachenbericht über den Fall Braunmiller zu bringen."

Die routinierte Art seines Vorgehens entsprang einer reichen, jahrzehntelangen Erfahrung. Er wusste genau, wie zungenlösend die vorgeschützte Freizügigkeit mit der dahintersteckenden, kaum merkbaren Drohung, sich anderswo zu informieren, stets wirkte. Bevor die Leute Gefahr liefen, durch Missgünstige ihre empfindlichsten Stellen bloßgelegt zu sehen, zogen sie durchwegs die eigene Darstellung vor. Auch bei Helga Braunmiller war es nicht anders. Bereitwillig beantwortete sie alle Fragen, die ihr der Redakteur stellte. Nur bei einer stockte sie. Das war, als er von ihr wissen wollte, ob sie bei ihrem Mann jemals etwas beobachtet hat, was ihr jetzt, im Zusammenhang mit dem Mordfall, irgendwie zu denken gebe. Sie sagte nicht nein und nicht ja auf diese Frage, sie stockte nur, und er merkte sofort, dass er eine empfindliche Stelle getroffen hatte; deshalb stocherte er weiter: „Es ist ja oft so, dass man erst später von Worten, Dingen oder Ereignissen ein ganz anderes Bild bekommt. Zuerst wundert man sich zwar, oder man fragt sich: Wieso? Aber dann, auf einmal – da tritt etwas ein und schlagartig kommt die Erleuchtung! Ist es nicht so?"

Sie sagte kein Wort, sie nickte nur, aber das war schon zu viel. Diesem wendigen Wortemacher mit seiner verfänglichen Fragetechnik war sie nicht gewachsen.

Er versuchte, den zweiten Widerhaken anzubringen.

„So ist es doch? Nicht wahr? Ganz plötzlich löst sich oft ein Rätsel auf. Sie erinnern sich bestimmt an eine oder mehrere Begebenheiten, die Ihnen jetzt in einem völlig anderen Licht erscheinen. Hat er sich vielleicht schon einmal entsprechend geäußert, einen absurden Gedanken gefasst oder Sie durch etwas erschreckt?"

Die so Verhörte fuhr plötzlich wie aus einem bösen Traum auf. „Nein, nein. Da ist überhaupt nichts!", wehrte sie ab.

Dr. Stöger ließ sich nicht täuschen, doch er merkte, dass der entscheidende Moment der Aussagebereitschaft verloren war. Jetzt galt es, zu retten, was noch zu retten war. „Nur jetzt im Gespräch bleiben, Konversation betreiben!", dachte er und fuhr mit sanfter Hartnäckigkeit fort: „Sie gaben mir doch vorhin recht."

„Ich? Ich habe nichts gesagt", stellte sie richtig.

„Sie haben zustimmend genickt, da musste ich doch annehmen …"

„Was mussten Sie annehmen?", fiel sie ihm ins Wort; sie schien aufgebracht zu sein.

„… dass Sie sich an irgendein Ereignis, an eine eigentümliche Begebenheit oder an ein bemerkenswertes Gespräch erinnern."

Sie schüttelte den Kopf so lebhaft, dass diese Verneinung schon durch ihre Heftigkeit nicht ganz glaubwürdig erschien. Aber das nützte dem Fragesteller wenig; er schlug eine andere Richtung ein. „Dann sind Sie also von der Unschuld Ihres Gatten zutiefst überzeugt? Noch präziser und mit anderen Worten gesagt: Sie trauen ihm diesen Mord unter gar keinen Umständen zu?"

Nach einer knappen Überlegung antwortete sie kurz und bündig mit einem klaren, unzweideutigen Nein.

Das Wörtchen hing noch in der Luft, als Dr. Stöger einfiel: „Interessant!" Aber dann machte er eine kleine Pause, während der er mit der Zunge seine Lippen befeuchtete, als gelte es, ein pikantes Detail auszukosten. „Die Untersuchungsergebnisse sind nicht gerade günstig ausgefallen für Ihren Mann. Er hat inzwischen auch uneingeschränkt zugegeben, die Mordnacht im Schlafzimmer von Carla Turner verbracht zu haben. Die Beweise waren erdrückend."

Es war das helle Entsetzen, mit dem sie ihren Gast anblickte.

„Allein bei ihr?", fragte sie mit einer belegten Stimme, die so rau war, als ob sie seit Wochen heiser wäre.

„Ganz allein – und mindestens von zwölf Uhr nachts bis morgens vier. Es gehört keine große Phantasie dazu, die Hintergründe dieses Beisammenseins zu erkennen. Es ist nur schade, dass es nicht bei dem amourösen Abenteuer geblieben ist. Kein Mensch hätte sich dann um die zurückgelassenen Spuren seiner männlichen Vitalität gekümmert. Doch die Abgründe der menschlichen Seele sind schauerlich. Man fragt sich, warum auch noch Blut fließen musste."

Dr. Stöger sprach sehr langsam; er brachte seine Aussagen tropfenweise, aber unverdünnt an, und sie ätzten von Mal zu Mal mehr. Schließlich stellte er eine ungeheure Frage an sie; er stellte sie schnell und scharf: „War Ihr Mann eigentlich niemals grausam zu Ihnen?"

Die Antwort, die er erhielt, war überlegter, als er erwartet haben mochte. „Sie glauben doch nicht, dass ich das sagen würde, selbst wenn es so wäre?"

„Hm …", machte der Redakteur und überschlug diese Worte nach ihrem Gebrauchswert. („Sie glauben doch nicht, dass ich das sagen würde!" Was lässt sich da heraushören?, fragte er sich. Wie ist diese Wendung zu verstehen? Sie weiß etwas und will es nicht sagen, das ist ziemlich klar. Also weiterhin in dieser Richtung vordringen!) Er fuhr dann sehr bedächtig fort: „Sie würden es demnach verbergen – ich weiß nicht, ob das das Beste wäre, aber ich nehme an, dass Sie es jetzt schon tun."

Ihr Gesicht lief rot an. Gut, dass es draußen schon dämmerte und noch kein Licht im Zimmer war. Jetzt sah sie den

Augenblick vor sich, wo sie nicht mehr weiterwusste. Sie saß da, schaute wie gebannt vor sich hin und war unfähig, auch nur ein einziges Wort über die Lippen zu bringen. Plötzlich wünschte sie inständig, dass Peter kommen mochte. Das Gespräch mit dem Gast begann unerträglich zu werden; es nahm Formen an, die den Rahmen ihrer seelischen Beschaffenheit sprengten. Dennoch brachte sie es nicht fertig, ihn zu brüskieren und ihm zu sagen, dass es ihr am liebsten wäre, wenn er nun ginge. Sie fühlte die Gefährlichkeit, die darin lag, wenn man Menschen solchen Schlages verstimmte.

Nachdem zuerst auch der Redakteur geschwiegen und seiner suggestiven Frage Raum gelassen hatte, hielt er es endlich für passend, ihre Verlegenheit auszunützen und weiter in sie zu dringen: „Seien Sie ganz ehrlich und geben Sie es zu, Sie wissen etwas und Sie verschweigen es! Das ist an und für sich natürlich. Sie wollen Ihren Mann nicht belasten. Aber ich bezweifle, ob Ihnen das auf die Dauer gelingt. Ich meine, wenn Sie andere Fragesteller vor sich haben werden. Hier handelt es sich noch um ein unverbindliches Gespräch sozusagen, doch vor Gericht, vor dem Staatsanwalt … Wenn sich die einmal dafür interessieren – verstehen Sie mich recht –, ich weiß nicht, ob Sie dann noch ausweichen können."

Trotz ihrer lähmenden Erregung fand sie endlich eine gute Antwort. „Ich habe nichts zu verbergen, deshalb habe ich auch nichts mehr zu sagen."

Dr. Stöger empfand den Punktverlust schmerzlich. Schade, sagte er sich, schade, es wäre eine Fundgrube gewesen. Er bog die Spitze ihrer Antwort selbst ab: „Sie meinen natürlich, hinsichtlich der einen Frage haben Sie nichts mehr zu sagen, oder soll ich es so auffassen, dass Sie das Gespräch zu beenden wünschen?"

Sie schien sich wieder einigermaßen gefangen zu haben. „Ich bin gerne bereit, Ihnen andere Fragen zu beantworten", sagte sie, zwar nicht gerade entgegenkommend, aber auch nicht abweisend.

„Das ist sehr freundlich von Ihnen, Frau Braunmiller. Ich möchte zum Beispiel brennend gern wissen: Haben Sie Ihren Mann geliebt?"

Ihre erste Reaktion auf diese Frage war eine innere Auflehnung; aber sie kämpfte sie nieder und antwortete scheinbar gelassen: „Sonst hätte ich ihn wohl nicht geheiratet."

„Ich denke, nicht alle Ehen werden aus Liebe geschlossen", wandte er ein.

Sie stand auf und machte Licht. Die blaue Stunde war schon zu sehr fortgeschritten. Außerdem gewann sie dadurch etwas Zeit. Und das war wertvoll, weil sie jede Antwort im Hinblick auf die zu erwartende Veröffentlichung peinlich genau überlegen wollte. Schließlich sagte sie: „Bei der unseren war es so."

„Ah – beiderseitig?"

Eigentlich eine Unverschämtheit, einen so auszufragen, dachte sie, aber sie unterdrückte ihren Unmut und versuchte, ihre Worte so oberflächlich wie möglich zu wählen.

„Ich hatte keinen Grund, anzunehmen, dass es nicht beiderseitig hätte sein können."

Diese Antwort erschien Dr. Stöger auch etwas zu verwaschen; weil er es aber genau wissen wollte, stellte er diese Frage: „Dann war es also nach Ihrer Auffassung eine reine Liebesheirat?"

Sie nickte.

„Mhm – und später – ich meine, im Verlaufe der letzten Jahre?"

„Eine Ehe besteht natürlich nicht nur aus Flitterwochen, aber das werden Sie ja selbst wissen." Sie war erstaunt über die Leichtigkeit, mit der ihr die passende Antwort eingefallen war; doch bei der nächsten war es schon anders.

„Sie haben recht", räumte er ein, aber er gab sich nicht zufrieden. „Nun würde es mich interessieren: Lieben Sie Ihren Mann auch jetzt noch?" Diese Frage war entwaffnend. Nachdem sie längere Zeit, ohne ein Wort zu sagen, vor sich hin gebrütet hatte, brach Dr. Stöger dieses Schweigen. „Ich weiß – eine schwere Gewissensfrage! Aber es ist aufregend interessant, wie sich eine Frau in einem solchen Falle verhält. Sie haben Ihren Mann geliebt. Sie haben mit ihm mehr als zwanzig Jahre zusammen gelebt und gearbeitet. Jetzt wird er des grausamen Mordes beschuldigt. Es sind unanfechtbare Beweise vorhanden, Beweise, die schwerlich an seine Unschuld glauben lassen; er beteuert sie zwar, aber niemand will sie ihm abnehmen. Doch selbst wenn nichts anderes übrigbliebe als die Nacht in dem fremden Schlafzimmer – Sie verstehen, was ich meine –, wie stellt sich Ihr Herz jetzt zu diesem Mann?"

Sie überlegte lange. Plötzlich brauchte sie es nicht mehr zu tun. Mit einem Male bot sich ihr die Lösung dieser heiklen Frage an: „Mein Herz", sagte sie völlig unpathetisch, „das wird so lange zu ihm stehen, wie es nur ein Verdacht ist, und es wird sich von ihm abwenden, wenn seine Schuld beweisbar ist. Gegenwärtig befindet es sich in einem Zustand, den ich vielleicht am besten mit ‚neutral' bezeichne."

Das leichte, aber eine Weile andauernde Kopfnicken ihres Gesprächspartners verriet, dass er mit ihrer Antwort einverstanden war. Da er sich unmittelbar darauf erhob, konnte sie annehmen, er gedenke zu gehen; aber er war nur aufgestanden, um das Porträt, das in einem Silberrahmen auf dem altertümlichen Vertiko stand, genauer zu betrachten.

„Ich nehme an, das ist Ihre Tochter, von der Sie mir erzählt haben."

Sie nickte nur.

„Ein hübsches Mädchen. Schade um das Kind. Haben Sie davon noch ein Bild?"

„Ich habe einige von ihr; aber dies hier ist das schönste."

„Würden Sie es mir vorübergehend ausleihen?" Sie schaute ihn fragend an. Und er ließ sie nicht lange im Unklaren. „Ich denke an eine Veröffentlichung", gab er ohne Weiteres zu und blieb auf dieser Fährte. „Es wäre überhaupt gut, wenn ich einige Bilder mitnehmen könnte."

Aber das lehnte sie entschieden ab. „Nein – nein! Es genügt, wenn wir durch den Bericht in den Blickpunkt der Öffentlichkeit gezogen werden." (Eigentlich hätte sie lieber gesagt: *gezerrt* – immer diese alberne Rücksichtnahme!) „Es muss nicht sein, dass auch noch unsere Fotos erscheinen."

Sie hatte noch nicht ganz ausgesprochen, als sie hörte, wie die Wohnungstür aufgesperrt wurde. Es konnte niemand anders sein als Peter, und es war auch niemand anders. Weil er sofort sah, dass ein Hut an der Garderobe hing, ein Hut, der ihm fremd war, mutmaßte er folgerichtig, dass ein Gast im Wohnzimmer sein musste. Obschon er also mit dieser Überzeugung eintrat, spielte er den Überraschten. „Oh, du hast Besuch, Mama", sagte er und stellte sich somit bereits vor. Sie hatte nur noch den Namen des Redakteurs zu nennen, alles Weitere besorgte dieser selbst. Mit wenigen, aber gewählten Worten unterrichtete er den Sohn des Hauses über Sinn und Zweck seines Besuches, über das freundliche Entgegenkommen seiner Frau Mutter, wie er sich ausdrückte, die in so aufgeschlossener Weise seine Fragen beantwortet habe, sowie über ihre unüberwindliche Abneigung gegen eine Veröffentlichung von Bildern. Da sagte Peter glattweg und zur allgemeinen Überraschung: „Aber warum denn nicht, Mama? Wir haben uns doch nicht zu fürchten. Wir können uns ruhig sehen lassen, denn schließlich haben *wir* ja nichts verbrochen. Die Familie wird jetzt sowieso schon in ihre Bestandteile zerlegt, da kommt es doch auf ein paar Bilder gar nicht mehr an."

Dr. Stöger, erfreut über so viel unerwartete Schützenhilfe, bedankte sich mit einer kleinen Schmeichelei. „Eigentümlich", sagte er, „der erste Eindruck ist doch immer sehr zuverlässig. Ich war sofort davon überzeugt, dass ich es mit einem fortschrittlich denkenden jungen Mann zu tun habe."

Peter überhörte das Lob, oder er tat wenigstens so. (Es gibt wohl kaum einen Menschen, der sich nicht empfänglich zeigt dafür.) Und er war klug genug, die Zwecklüge herauszuhören. Da er nie mit Lob verwöhnt wurde, war es umso wohltuender für ihn, es zu hören. Deshalb bot er an:

„Von mir können Sie ohne Weiteres ein Foto haben, und von Gerda habe ich auch eines, das ich Ihnen überlassen kann. Von Papa werden Sie wahrscheinlich schon auf andere Weise zu einem gekommen sein, sodass nur noch die Mama überbleibt." Und an sie gewandt: „Willst du dich wirklich aus der Reihe halten?"

Sie schüttelte den Kopf.

Keiner wusste recht, wie diese Verneinung aufzufassen war.

Peter drängte auf alle Fälle weiter: „Wer weiß es, ob es dem Herrn Redakteur nicht gelingt, anderswo ein Bild von dir aufzutreiben? Möglicherweise ist es dann ein schlechter Schnappschuss, von dem alle Welt ‚um Himmels willen' sagt. Glaubst du, dass du dann glücklicher bist? Ich meine, es wäre vorteilhafter, wenn du es jetzt selbst heraussuchtest."

Von diesem Ratschlag bis zum Auswählen geeigneter Bilder dauerte es nicht mehr lange. Dr. Harry Stöger war hochbefriedigt von seinem Erfolg, und er lud Peter ein, wenn er einmal nach Wien kommen sollte (und damit war ja durchaus zu rechnen), ihn zu besuchen. Ein Angebot, das er übrigens auch Frau Braunmiller machte, bevor er sich endgültig verabschiedete.

Kapitel 5   Schlechte Nachrichten

Am gleichen Abend saß Ida daheim bei ihrer Mutter und beklagte sich bitter über die Braunmillers. „Eine Unverschämtheit!", rief sie. „Das geht sie doch gar nichts an, wenn ich ein bisschen mit der Zeit gehe. Auch wenn wir Kleinstädter sind, so brauchen wir doch keine Spießbürger zu sein!"

Idas Mutter, Frau Senftele, brachte wieder einmal den Mund nicht zu vor lauter Staunen. Ihr Verhältnis zu ihrer Tochter war längst das zu einem Wunderkind geworden. Sie maß das Wunder an ihrer eigenen Einfalt sowie an der noch einfacheren Verhaltensweise ihres verstorbenen Mannes, der zeitlebens nichts unternommen hatte, ohne sie vorher zu fragen – mit Ausnahme seines jähen Todes. Aber selbst diese einzige Überraschung geschah ohne sein Zutun. Das Mädchen war ja so gescheit! Und selbständig! Eine andere Mutter hätte vielleicht gemeint, es sei nur vorlaut und rechthaberisch, und wieder eine andere womöglich, es habe einen zu großen Ehrgeiz. Aber für sie war Idas Art und Wesen, ihr Auftreten und Benehmen, ihre Ansichten und Äußerungen und überhaupt alles an ihr einfach bewundernswert. Wenn Ida also behauptete, die Braunmillers seien unverschämt, dann glaubte sie es, wenn sie es wahrhaftig auch nie gewagt hätte, von sich aus einen solchen Vorwurf zu erheben. Ebenso wäre es ihr nie, nicht einmal im Traum, eingefallen, an sich selbst jemals eine Art von künstlicher Verschönerung vorzunehmen. (Wenn man sich sein Geld damit verdienen muss, bei anderen Leuten den Schmutz wegzuräumen, erübrigen sich solche Maßnahmen gewöhnlich! – meinte sie.) Doch wenn Ida sich ein wenig anmalte, fand sie das durchaus in Ordnung. Schließlich war das Mädchen eine Verkäuferin. Und siebzehn Jahre alt. Wer konnte es ihr also angesichts dieser Umstände verübeln? Und in einer Hinsicht pflichtete sie ihrer Tochter besonders bei: Man sollte in lackierten Fingernägeln keinen Verstoß gegen den Anstand und die gute Sitte sehen, wenn man ein so schwarzes Schaf in der Familie hat!

Ida hatte nicht daran gezweifelt, dass ihr die Mutter zustimmen würde, doch dieser bedingungslose Beifall überraschte selbst sie. Umso kühner und entschlossener wurde sie, und schließlich kündigte sie kampfbereit an, ihre bisherigen kosmetischen Gepflogenheiten unverändert beizubehalten.

Frau Senftele putzte da und putzte dort. Man schätzte sie überall wegen ihrer Emsigkeit und ihrer Zuverlässigkeit und vielerorts auch deshalb, weil sie so anspruchslos war. An manchen Plätzen stand sie in einem besonders guten Verhältnis zur Herrschaft; dort erzählte sie – eigentlich ohne böse Absicht, nur um auch ein wenig zu glänzen – die Geschichte mit ihrer Tochter. Und – siehe da, sogleich herrschte die Ansicht vor, dass das eine Spatzenjagd sei, wo doch ein Bock zu erlegen wäre. Die sonst recht kratzbürstige Frau des Apothekers ließ sogar sorgende Teilnahme erkennen und meinte, welche Zumutung es für das Mädchen sei, in einem solchen Geschäft zu bedienen. Als dann aber Frau Kranig von der Stern-Parfümerie gar das Angebot machte, Ida gerne zu sich als Verkäuferin zu nehmen, lag auf einmal etwas in der Luft, woran beide, Mutter Senftele und die gescheite Ida, bisher nicht gedacht hatten. Freilich, ihre Lehrzeit war noch nicht ganz beendet, aber Frau Kranig hatte beruhigende Worte gefunden und versichert, dass das kein Problem wäre bei der gegebenen Lage und den verwandtschaftlichen Beziehungen, die sie mit Herrn Gewerberat B. verbanden. Und wie hatte die Apothekerin gesagt? Es sei eine Zumutung! Was zunächst nur in der Luft lag, nahm allmählich immer festere Formen an.

Die Reibereien zwischen Ida und Helga Braunmiller vergrößerten sich zusehends. „Wie kannst du nur so boshaft sein, du dumme Ziege?!", schimpfte sie nach einigen Tagen, nachdem sie, verärgert über die Hartnäckigkeit des Mädchens, ihre Zurückhaltung verloren hatte. Da geschah für die gute Frau etwas so Unerwartetes, dass sie vor Staunen zu reden und zu deuten vergaß. Ida knallte die Schachtel mit den Unterhemden, die sie gerade in Händen hatte, mit solcher Gewalt auf den Ladentisch, dass es einem kleinen Kanonenschlag gleichkam, dabei funkelte sie ihre Lehrmeisterin mit wütenden Blicken an.

„So", rief sie, „so, eine dumme Ziege, meinen Sie – da haben Sie sich aber gründlich getäuscht! Und dass Sie es gleich wissen: Ich bleibe nicht mehr bei Ihnen! Ich gehe –und zwar sofort! Ab heute können Sie Ihren Laden alleine schaukeln! Für mich sind *Sie* nicht mehr aktuell!"

Während der letzten Sätze zog sie ihren Berufskittel aus, wickelte ihn zusammen und klemmte ihn unter den Arm, dann nahm sie noch ihr Täschchen zu sich, drehte sich hocherhobenen Hauptes um und verließ, ohne noch ein weiteres Wort zu verlieren, mit entschlossenen Schritten den Laden.

Helga Braunmiller war so angepackt, dass sie sich einen Stuhl suchte und hinsetzte, um fassungslos vor sich hin zu starren. – Eine schöne Weile später, aber immer noch in dieser niedergedrückten Stimmung verharrend, wurde sie von einer Kundin gestört. Erst jetzt gelang es der Mitgenommenen, sich ein wenig zu sammeln. Sie stand auf, versuchte zu lächeln und fragte, womit sie dienen könne. Es handelte sich um einen unzumutbaren Umtausch (eine Strickweste, mindestens schon acht Tage getragen!). Normalerweise hätte sie es abgelehnt, ein so ramponiertes Stück zurückzunehmen. Aber im Augenblick war ihr alles recht, nur kein Streit, kein unnötiges Wort. Sie sagte nichts, sondern stellte einfach eine Gutschrift aus. Sie fragte nicht einmal, ob noch ein anderer Wunsch vorliege. Es ging ihr wirklich nur darum, die Sache schnell zu erledigen und sich wieder hinsetzen zu können; sie war ja so müde auf einmal, so gleichgültig diesen belanglosen Dingen gegenüber, die in ihrem Gemüt jetzt genauso wenig Platz fanden wie Tropfen in einem überquellenden Gefäß. Doch die Kundin war aufdringlich; vielleicht glaubte sie auch nur, Geschwätzigkeit wäre eine erwünschte Gegenleistung für die nachsichtige Behandlung. Jedenfalls ging sie nicht gleich, sondern fing eine Unterhaltung an, um die sie sich wahrscheinlich auch dann nicht hätte bringen lassen, wenn es ihr bewusst gewesen wäre, wie sie die Frau damit quälte.

„Ihre Ida habe ich gerade im Seifenladen der Frau Kranig gesehen", sagte sie mit sanftem Lämmerblick und mit Öl in der Stimme.

Die Antwort war nur ein mageres: „So?"

Was sollte sie sonst sagen? Konnte sie sicher sein, dass Ida nicht schon mit der lästigen Kundschaft gesprochen hatte? Und bestand nicht die Möglichkeit, dass diese bereits mehr wusste als sie selbst? Vielleicht begann das „entlaufene Lehrmädchen" schon ein Stadtgespräch zu werden? Helga fühlte sich schlechter informiert als alle anderen; aber es war ja egal.

Offensichtlich enttäuscht von der allzu knappen Antwort fragte die Neugierige unverschämt: „Sicher muss sie etwas besorgen für Sie?"

„Nicht für mich. Sie ist privat dort", erklärte die Chefin und war froh darüber, dass sie weder die Wahrheit noch eine Lüge gesagt hatte.

„Privat?! Mitten während der Geschäftszeit?" Die Kundin zeigte sich höchst erstaunt, aber Frau Braunmiller wich aus: „Nun, so kleinlich darf man nicht sein." Diese Worte entlockten der anderen ein dürres, wippendes Lachen, das akustisch kaum zwei achtel Noten ausmachte, jedoch so vielsagend war, dass der ahnungslosen Frau Braunmiller sofort ein Licht aufging; deshalb gab sie auch gleich zu: „Wenn Sie vielleicht mehr wissen sollten als ich – mir wäre es nur recht, es von Ihnen zu erfahren." Diese Offenheit mochte der Klatschtante imponiert haben, denn sie bediente sich nun eines fast teilnehmenden Tonfalls.

„Ach, wissen Sie, es ist mir ja peinlich – ich meine, es geht mich eigentlich nichts an –, aber nun ja, vielleicht ist es ganz gut, wenn Sie es auch wissen, was man so zufällig hört: Die Ida soll nämlich bei der Kranigin anfangen. Ich meine, das wundert einen natürlich ein wenig. Aber, wie gesagt, es geht mich wahrhaftig nichts an."

Helga Braunmiller wusste sich im Augenblick nicht anders zu helfen, als der freundlichen Zuträgerin den ganzen Hergang klipp und klar zu erzählen. Sicher war das nicht ausgesprochen vernünftig, doch ebenso sicher war es auch gleichgültig, ob eine Mitwisserin mehr oder weniger mit der Neuigkeit herumlief, die sich ohnedies schnell genug verbreiten wird. Wie sie richtig vorausgesehen hatte, so kam es auch. Nur Ida kam nicht mehr – nicht einmal, um sie von der erfolgten Veränderung in Kenntnis zu setzen. Von der kommenden Woche an stand das Mädchen einfach in der Stern-Parfümerie.

Peter war wütend und wollte seine Mutter bewegen, alle ihre Rechte aus dem Lehrvertrag geltend zu machen; aber sie verzichtete darauf; sie nahm den Standpunkt ein, dass damit gar nichts gewonnen wäre. Möglicherweise, meinte sie, aber wirklich nur möglicherweise ließe sich die ordentliche Beendigung des Lehrverhältnisses erzwingen; weil sie aber vermutete, dass durch verwandtschaftliche Beziehungen das Mädchen möglicherweise am längeren Hebel sitzt, hatte sie keinen Mut dazu. Außerdem, was bedeutete es schon, wenn die Säumige die fehlenden drei Monate gezwungenermaßen fertigmachen musste? Drei Monate voller Ärger bedeutete es! „Sie wird sich keinerlei Mühe mehr geben; sie wird unfreundlich sein gegen die Kunden und gehässig gegen uns. Sie wird sich krank melden und nur noch auf ihren Vorteil schauen. Und wir dagegen werden überhaupt keinen haben. Drei Monate lang nichts als Ärger, das wäre alles! Nein, Peter, ich will sie nicht halten", sagte sie und unternahm nichts.

Sie ließ die Sache laufen, wie sie lief. Und die Sache lief nicht mehr gut und nicht mehr richtig. Der Umsatz im Geschäft sank spürbar. Doch es war schlecht zu erkennen, ob das hauptsächlich kam, weil Ida fehlte, oder weil eine Flüsterpropaganda durch die kleine Stadt lief und die Flamme des Rufmords geschürt wurde. Man erzählte sich Gerüchte, die mit der Wahrheit nichts mehr zu tun hatten, und es schien, als ob man den langsamen Niedergang einer

Existenz mit Genugtuung beobachtete. Kinder und Kleinstädter haben viel Gemeinsames; sie können besonders lieb und besonders grausam zueinander sein.

–

Auch für Willi Braunmiller, den Wiener Vetter, brachte der Fall Bestürzung und Verwirrung mit sich. Noch am selben Tag, an dem seine Schwägerin ermordet wurde, hatte man ihn telegraphisch aus Rom zurückgerufen. Mit einer Swiss-Air-Maschine war er in wenigen Stunden in Wien. Bei seiner Vernehmung konnte er kaum Aussagen machen, die von Bedeutung oder nicht schon in irgendeiner Form bekannt gewesen waren. Aber er wollte wenigstens dafür sorgen, dass seine Frau, die bei ihrer Mutter war und für die allernächste Zeit die Geburt eines Kindes erwartete, nichts von dem grässlichen Schlag erfuhr. Deshalb bat er die Polizei um Rücksicht bei ihren Recherchen. Und da er ohne Schwierigkeiten nachweisen konnte, dass sich die werdende Mutter schon seit mehr als vier Wochen in der Nähe von Klagenfurt befand, sicherte man ihm zu, in dieser Richtung vorerst keine Schritte zu unternehmen. Da er aber damit rechnen musste, dass sie es durch Zufall erfahren könnte, beeilte er sich, nach Kärnten zu fahren und mit seiner Schwiegermutter zu sprechen. Es war notwendig, sie in die Sache einzuweihen, damit sie ihm helfen konnte, die Hiobsbotschaft von der Hochschwangeren fernzuhalten.

Seine Schwiegermutter war eine kleine, zierliche Frau, die der Wind umblasen konnte, wenn er zu heftig wehte und sie sich nicht rechtzeitig festhalten konnte. Doch war sie zäh genug gewesen, um ihre drei Mädchen großzuziehen und jahrelang ihren kranken Mann bis zu seinem frühen Tod zu pflegen. Ihre geringe Rente musste sie mit Zimmervermieten aufbessern. Und sie schaffte es, das – glücklicherweise ererbte – Haus zu einem Hort froher Stunden für alle ihre Töchter und ihre zwei Schwiegersöhne zu machen. Wenn es je gegolten hätte zu beweisen, dass Tatkraft, Durchsetzungsvermögen und unversiegbare Lebenslust nicht unbedingt einen robusten Körper voraussetzen müssen, so wäre sie ein großartiges Beispiel hierfür gewesen.

Willi Braunmiller schützte zunächst nur Gattensehnsucht vor, als er so unvermutet auftauchte. Er brachte Blumen mit, tiefrote Rosen für seine Frau und ein Sträußchen orangenfarbiger Malerblumen für die Schwiegermutter, die, wie er längst wusste, eine Vorliebe für diese Art hatte. An der sorglosen Heiterkeit, mit der ihm die beiden Frauen begegneten, erkannte er, dass sie noch ahnungslos waren. Nachdem er sich mit seiner Gattin ausreichend und liebevoll unterhalten und er ihr versichert hatte, dass sie noch nie so schön gewesen sei (obschon er sich gerade über ihr zunehmend verändertes Aussehen wunderte), erfand er einen plausiblen Grund, sich ein wenig zurückzuziehen. Er machte sich auf, um mit seiner Schwiegermutter allein zu sprechen. Er fand sie in der Küche, trat ein und schloss vorsichtig die Tür ab. Sie wandte sich sogleich um und sah ihn mit ihren seegrünen Augen ebenso scharf wie fragend an. Sie war nicht nur feinfühlig, sondern auch hellhörig und voller Gespür, wenn in ihrer nächsten Umgebung etwas vorging, was nicht ganz in den gewohnten Alltag passte.

Der Schwiegersohn, um zwei Köpfe größer und vier Weiten stärker als sie, trat so nahe an sie heran, dass sie den Kopf erheben musste, um ihm ins Gesicht schauen zu können. Sie war argwöhnisch genug, um sofort zu fragen: „Stimmt etwas nicht?" Willi Braunmiller beugte sich zu ihr hinab, legte seine Arme sanft auf ihre Schultern und bemühte sich, seine Fassung zu bewahren. „Hör mal, Mama", würgte er heraus, „ich muss dir etwas sagen. Aber du musst mir versprechen, dass Lisa nichts erfährt. Ich brauche deine Hilfe, Mama! Lisa darf nichts wissen, solange das Kind noch nicht auf der Welt ist. Hörst du? Ihretwegen und wegen des Kindes musst du nun ganz tapfer sein und dein Herz in beide Hände nehmen. Ich bitte dich, Mama, so arg es ist, so traurig und unglaublich – bitte! –, lass dir nichts anmerken! Gib Acht, dass Lisa keine Nachrichten liest und hört in den nächsten Tagen. Vielleicht gelingt es uns, sie die letzte Zeit vor ihrer Niederkunft noch unbekümmert zu lassen. Lange kann es ja nicht mehr dauern."

„Willi", sagte sie und ihre Stimme bebte, aber sie selbst erweckte keineswegs den Anschein, dass sie sich nicht unter Kontrolle hätte. „Ich weiß, es ist ein Unglück passiert – ich fühle es –, dein ganzes Wesen verrät es mir schon. Und was du gesagt hast würde wohl ausreichen, um mich laut aufheulen zu lassen. Aber was es auch sein mag – du sollst dich auf mich verlassen können, Willi."

Da beugte er sich noch weiter zu ihr hinab und berührte ihre Wange mit der seinen. „Mama", sagte er leise mit seinem Mund ganz an ihrem Ohr, „Mama – Carla ist tot." Seine Hände glitten von ihren Schultern an ihren Armen hinunter und umfassten sie, damit sie nicht fallen konnte, wenn ihre Füße etwa versagen sollten. Sie wankte nicht einmal. Doch ihre Augen wurden nass und schimmerten eine Weile von den Tränen, die sie aber auch zu unterdrücken verstand. Sie tupfte sie mit dem Schurzzipfel weg, dann schien sie, einen Grad blasser zwar, wieder im notwendigen Gleichgewicht zu sein.

„Willi", sagte sie todernst, aber ohne noch eine Spur von Erregung zu zeigen, „du gehst jetzt mit mir in die Stadt. Ich habe noch etwas zu besorgen. Und dann kannst du mir alles erzählen. Lisa soll einstweilen das Abendessen richten."

„Sie wird es nicht verstehen, wenn ich sie allein lasse", wandte er ein.

„Sie würde es noch weniger verstehen, wenn du mich allein gehen ließest, wo du doch den Wagen hast", meinte sie.

„Du bist unvergleichlich, Mama", sagte er mit ehrlicher Bewunderung, „und du hast immer recht!"

Dann band sie ihre Schürze ab und schickte ihn hinaus, damit er den Wagen herrichte. „Ich gehe zu Lisa und sage ihr, dass du mit mir in die Stadt fährst."

Während der ganzen Zeit, die sie noch im Hause war, zeigte sie sich mit gewohnter Geschäftigkeit und verstand es, ihre innere Erschrockenheit mit Charme und Frohsinn zu verdecken. Das gelang ihr sogar jetzt noch, da sie wusste, dass ihr Liebling tot war. Erst als sie neben ihrem Schwiegersohn im Wagen saß und nachdem sie Lisas Winken noch ein paarmal strahlend erwidert hatte, verdüsterte sich ihr Gesicht.

„War es ein Unglück?", fragte sie ihn, ohne ihn anzusehen.

„Sie ist ermordet worden."

Nach dieser ungeschminkten Erklärung schloss sie für Sekunden die Augen – sonst war nichts an ihr zu merken, was ihren Schmerz, ihre Erschütterung bloßgelegt hätte. Eine Weile später wiederholte sie das entsetzliche Wort; es kam fast tonlos über ihre Lippen: „Ermordet." – Dann öffnete sie die Augen und starrte vor sich hin. Aus der Fassungslosigkeit heraus stellte sie die Frage: „Wer konnte Carla töten?" Weil er glaubte, sie habe ins Ungewisse gefragt, gab er keine Antwort, aber sie beharrte darauf. „Ich habe gefragt: Wer konnte Carla töten?"

Da sagte er kleinlaut, als trüge er eine Mitschuld: „Die Polizei hat meinen Vetter verhaftet – es ist nicht zu glauben."

„Ich habe gar nicht gewusst, dass du einen Vetter hast. Wie kam er zu Carla?"

„Er lebt in Deutschland, er hat mich nur besucht, zum ersten Mal übrigens."

„Ich denke, du warst in Rom?"

„Eben – am Abend vor meiner Abreise ist er angekommen. Ich habe ihn in der Wohnung gelassen. Und Carla habe ich gebeten, dass sie ihm Wien ein wenig zeigen möchte, bis ich wiederkäme. Ich war arglos. Carla machte sich doch nichts mehr aus Männern. Das weißt du ja selbst. Es war wirklich nicht anzunehmen, dass sie ihn eine Nacht in ihre Wohnung ließ, und am wenigsten, dass es ihre Schicksalsnacht werden sollte."

Willi Braunmiller erzählte seiner Schwiegermutter alles, was er wusste, und er flehte sie noch einmal an, stark zu bleiben und alles zu versuchen, um Lisa vor dieser Nachricht zu bewahren. Und so, wie dann der Abend verlief, hatte er keinen Grund anzunehmen, es könnte ihr nicht gelingen. Sie zeigte sich von ihrer liebenswertesten Art: launig verschmitzt und von munterer Schlagfertigkeit, wenn es darum ging, einen kleinen, witzig gemeinten Seitenhieb geistreich abzufangen. Willi Braunmiller hielt eifrig mit, aber im Stillen staunte er immer wieder über die großartige Haltung seiner Schwiegermutter.

Am anderen Tage riefen ihn dringende Geschäfte wieder nach Wien zurück.

Eine Woche später bekam er von seiner Frau einen Brief. „Ich kann es ihr nicht sagen", schrieb sie. „Ich kann es ihr mit dem besten Willen nicht sagen! Mama ist so lieb, so nett, so aufmerksam und zuvorkommend; sie verwöhnt mich und umgibt mich in den letzten Tagen vor meiner Niederkunft mit einem wolkenlosen Himmel voller Heiterkeit. Es ist rührend, wie sie Wärme und Licht verstrahlt und wie sie keinen Gedanken zu fassen scheint, der nicht in ehrlichem Bezug zu meinem Zustand steht. Sie wird es ja einmal erfahren, aber nicht jetzt und nicht von mir. Sie soll wenigstens die letzten Tage bis zu ihrem ersten Enkelkind noch ungetrübt verbringen können. Ach, ich habe so Angst, dass sie es nicht ertragen wird, wenn sie die Wahrheit erfährt, wenn sie hört, welch entsetzliches Los ihrer Carla beschieden war. Von Herzen Dank, Willi, dass du es bis jetzt verhindert hast, die Unglücksnachricht weiterdringen zu lassen. Sicher hast du alles unternommen, um sie zurückzuhalten; aber der Zufall hat mir eine Zeitung aus Wien in die Hand gespielt, mit großer Überschrift und ausführlichem Bericht. Ausgerechnet – obwohl wir hier sonst überhaupt keine Zeitung lesen. Ich bin froh, dass ich sie abfangen und vernichten konnte; aber nun ängstige ich mich, ob sie es nicht doch erfährt. Gut, dass im Fernsehen nichts davon berichtet wird, und gut, dass Bertl und ihr Mann noch auf ihrer Schwedenfahrt sind! Um mich mach dir keine Sorgen. So schwer es ist, ich weiß, welche Pflichten ich habe, Mama gegenüber und unserem Baby gegenüber. Wenn ich an Carla denke, bete ich. Und die übrige Zeit bin ich so froh und heiter wie unsere gute Mama."

Willi Braunmiller ließ das Blatt sinken. Er schüttelte den Kopf und war des Staunens voll über die Gemüter dieser Frauen, denen Carla in nichts nachgestanden und zu denen sie gepasst hatte wie eine schöne Perle auf einen kostbaren Ring. Sein Zorn über den Mörder war so groß, dass er für einen Augenblick den grässlichen Wunsch hatte, ihn mit eigener Hand zu erdrosseln. Er hörte die Worte seiner Schwiegermutter wieder: „Wer konnte Carla töten?" Wer konnte so bar jeglichen Gemütes sein, diesen Engel von einem Menschen abzuschlachten wie eine Bestie?! Konnte das wirklich Siegfried getan haben? Es schien ihm unfassbar, nach allem, was er von seinem Vetter wusste. Er musste ihn sprechen, unbedingt sprechen! Die Erlaubnis dazu bekam er leicht; aber die Schwierigkeit lag darin, dass ihn der Gefangene nicht sehen wollte.

Kapitel 6   Sonderdruck

Dr. Harry Stöger verließ das Städtchen nicht sofort nach dem Besuch bei Helga Braunmiller. So ergiebig seine bei ihr gesammelten Erfahrungen auch waren, er meinte, dass da und dort noch gewisse Einzelheiten zu holen wären, wenn er nur genügend Geduld aufbrachte. Nun, und daran ließ er es nicht fehlen. Er schlich sich den ganzen Tag von Gasthaus zu Gasthaus, von Laden zu Laden, und überall bemühte er sich zuerst, einen guten Eindruck und dann so viel Notizen wie möglich zu machen. Was ihm die Braunmillers erzählt hatten, beanspruchte die halbe Nacht, um es einigermaßen gegliedert aufzuschreiben. Die Neuigkeiten aus den übrigen Quellen indes hätten die doppelte Zeit verlangt, doch sie waren größtenteils unbrauchbar, und er konnte sie getrost zusammenstreichen. Immerhin bargen sie einige Punkte, die wirklich neu waren oder Bekanntes ergänzten; alles in allem, der Tag hatte sich gelohnt! Was aber endgültig dabei herauskam, verarbeitet mit den Ergebnissen der Wiener Behörden, den sparsamen Erklärungen des Verteidigers sowie der kleinen Geschichte von Braunmillers Wien-Reise, war insgesamt dann so erstaunlich, dass selbst Helga Braunmiller, als sie drei Monate später einen Sonderdruck zugeschickt bekam, diesen wie einen Roman las:

Der Fall Braunmiller
Ein Tatsachenbericht von Harry Stöger

Das Schiff hat den Kai verlassen und seine Donaufahrt begonnen, es ist nebelig. Der Rückblick auf die romantische Dreiflüssestadt ist getrübt. Schon nach wenigen Minuten ist von dem „bayerischen Venedig" nichts mehr zu sehen. Passau entschwindet den Blicken der Abreisenden viel zu schnell.

Es ist überaus kühl für einen Sommermorgen; auch wenn man den Fahrtwind des Dampfers abrechnet. Die Passagiere, anfänglich noch mit hochgeschlagenen Jacken und Mänteln an Deck verweilend, verziehen sich mehr und mehr in die unteren Räume des Schiffes. Nur wenige bleiben oben und trotzen dem unfreundlichen Wetter. Es sind wohl die Unentwegten, die Widerstehenden, denen die Hartnäckigkeit entweder aus Gewöhnung oder Veranlagung auch ein Vergnügen sein kann. Unter ihnen befindet sich Siegfried Braunmiller. Er steht ganz vorn am Bug und lässt sich die kühle Brise um die Nase wehen. Es macht ihm offenbar Spaß, wieder einmal nach Jungenart gegen alle Vernunft zu handeln; er weiß, dass er sich der Gefahr einer Erkältung aussetzt, dass ihm seine Ausdauer in diesem Fall höchstens einen Schnupfen einbringen kann, aber er bleibt. Außerdem ist er überzeugt, dass sich der Nebel bald auflösen wird. Und wenn er sich auch weder über die Herkunft seiner Beharrlichkeit noch über die seiner Überzeugung im Klaren ist, eines fühlt er sicher: Sein Herz wird zunehmend froher und freier! Die Ruhe des langsam dahingleitenden Dampfers, die frische, würzige Luft, vom Zugwind gewaltig herangetrieben, das rhythmische Spiel der Wellen, das unablässig gleichmäßige Brausen des Wassers, dies alles wirkt wohltuend und befreiend auf ihn. Es erlöst ihn vom Alltagstrubel, spricht ihn an wie das Vorspiel zu einer Märchenoper und verwandelt sein Gemüt in das Gemüt eines Schwärmers. Als dann der Nebel tatsächlich immer lockerer wird und auf einmal die Sonne durchzubrechen beginnt, wie sie mit ihrem Glanz die ganze Landschaft vergoldet – noch ehe sie am Jochenstein vorbeifahren –, da beginnt sein Herz zu jubilieren. Ein Wonneschauer überrieselt ihn, ein Glücksgefühl, das beinahe so vollkommen ist, wie er es nur aus wenigen Stunden seiner Kindheit kennt. Und da schüttelt er wahrhaftig über sich selbst den Kopf; denn er weiß im Augenblick nicht, worüber er mehr staunen soll, über die wildromantische Schönheit des oberen Donautales oder darüber, dass er noch fähig ist, sich so stark beeindrucken zu lassen. Sein Herz muss doch jung geblieben sein. Sicherlich, mit fünfundvierzig ist er noch kein alter Herr, aber wie oft ist er sich schon alt und ausgegoren vorgekommen! Nicht wegen seines Aussehens – die grauen Haare an seinen Schläfen sind mit Würde tragbar, und oft genug wird er jünger geschätzt, als er ist. Groß und schlank, von federnder Beweglichkeit, ist er auch heute noch ein sportlicher Typ. An Aussehen und Gestalt lag es also nicht. Das Seniorengefühl kam anderswoher.

Der Krieg, die allzu frühe Ehe, die Jahre der Gefangenschaft. Dann der Existenzkampf, die Sorge um die Familie, das Unglück mit der Tochter, die sich mit sechzehn Jahren ohne erkennbare Gründe das Leben genommen hatte, der herangewachsene Sohn, der nicht ganz nach seinen Wünschen geraten war, und schließlich die Tretmühle des Alltags, der er jahraus, jahrein nicht entgehen konnte, weil er überall gebunden war. Hier lagen die Wurzeln seiner geminderten Lebensfreude. Nicht, dass er dauernd unglücklich gewesen wäre, nein, solche Gedanken ließ er gar nicht aufkommen, aber er hatte sich eben alles ganz anders vorgestellt gehabt. Gewiss, seine Frau war stets treu und tapfer mit ihm durchs Leben gegangen; sie war gutmütig, fleißig, ja aufopfernd; sie scheute keine Mühe, mit der sie ihm und der Familie dienen konnte. Für sie war er die große Liebe von Anfang an. Er, der Angebetete, von der Unerfahrenheit der frühen Jugend – knapp dreiundzwanzig Jahre alt –, ließ sich auf diese Ehe ein. Allerdings erst nach einem kurzen Aufbäumen, dem jedoch die Entschlossenheit durch eine moralische Erpressung rasch genommen war. „Wenn du mich verlässt", so hatte sie ihm einst geschrieben, „hat das Leben für mich keinen Sinn mehr. Du kannst mich noch einmal treffen, bevor ich Schluss mache." Er erinnert sich noch ganz genau: Sie hatte nicht einmal einen besonders niedergeschlagenen Eindruck gemacht, als er sie seinerzeit, wie von ihr ausgedacht, an der äußeren Eisenbahnbrücke antraf. Aber sie hatte gesagt, dass sie sich das Leben nehmen wollte, also hatte er ihr geglaubt und sie durch das Versprechen wenigstens eines freundschaftlichen Verhältnisses gerettet. Eines freundschaftlichen Verhältnisses, aus dem dann doch bald ein Verlöbnis geworden war. Er hatte es nie vergessen, wie sich alles abgespielt hatte, doch er war taktvoll genug, nie, nie etwas davon zu erwähnen, auch dem Verfasser gegenüber nicht. Die Quelle dieses Geheimnisses wurde woanders gefunden. War er also taktvoll genug, so war sie klug genug, um sich über dieses Thema auszuschweigen. Somit schien der deutliche Ursprung dieser Ehe mit den Zeiten unterzugehen und umso tiefer zu versinken, je mehr Jahre dahinflossen. Das Geheimnis lag wie in einer verschlossenen Truhe auf dem Grunde eines tiefen Sees. Wasser und Wellen hätten geschwiegen, aber der Wind hat es weitererzählt – flüsternd, ohne dass es der See wahrnahm …

Als die Kinder kamen, erlebte die Gemeinschaft eine solide Festigung. Und der Mann begann, die erheblichen

Vorzüge seiner Frau immer mehr zu sehen und zu schätzen. Er hielt sie seinem unterschwellig fortglimmenden Verlangen nach dem Wesen seiner Sehnsucht nachdrücklich entgegen, wenn er meinte, die alles hinnehmende, phantasie- und sexlose Lammsgeduld seiner Partnerin nicht mehr ertragen zu können. Dieses bewusste Hervorkehren von Vorzügen wurde zum wesentlichen Bestandteil einer bescheidenen, selbstgebastelten Lebensphilosophie. Sie half ihm stets und umso wirkungsvoller, je mehr er die andernorts sichtbaren Nachteile vergleichend heranzog. Infolge dieser klugen Angewohnheit stieg seine Stimmung zwar nie in besonders hohe Regionen, sank aber auch selten auf den Nullpunkt.

Er staunt über sich selbst, als er merkt, wie dieses seltsame Hochgefühl in ihm gedeiht, wie es wächst und ihm die Brust weitet und die Sinne beflügelt; er möchte aufjubeln! Er spürt, wie sich sein Herz öffnet; er merkt die Verwandlung, die in ihm vorgeht und die er nicht begreift. Er fragt sich, warum er nun auf einmal so gelöst, so befreit sein konnte. Unwillkürlich fällt ihm der Vergleich mit dem gefangenen Vogel ein, der nach langer Zeit wieder in die Lüfte steigen kann. Und er muss an den Tag denken, an dem er aus der Gefangenschaft in die Heimat entlassen wurde. Damals befand er sich in einer ähnlichen Gemütsverfassung; *ähnlich* – aber nicht so überwältigend wie heute. Schon beginnt sich sein Gewissen zu melden. Vielleicht hätte er diese Reise doch nicht allein machen sollen. Vielleicht birgt sie Gefahren, vor denen er bisher kaum zu bangen brauchte? Doch er kann sich verteidigen. Hat er es nicht von Anfang an strikt abgelehnt? Hat er nicht von vornherein alle Bedenken aufgezählt? Und ist es seine Frau nicht selbst gewesen, die sie allesamt wieder zerstreute? „Mach sie nur, deine Traumreise – du hast sie dir ehrlich verdient!" Das sind ihre Worte gewesen. Gewiss, er hat viel geleistet in den vergangenen zehn Jahren; aber ist nicht sie selbst die emsigste Mitarbeiterin gewesen? Darum war sein Standpunkt: Entweder zu zweit oder gar nicht! Doch sie konnte ihm alles so schön ausreden: Die Blumen! Die Katze! Das doppelte Geld! Und – überhaupt – das Geschäft! Nein, zu zweit ging es einfach nicht. Aber fahren sollte er; die Freude, zu der das kleine Geschäftsjubiläum Anlass genug sei, wie sie gemeint hat, musste er einmal haben. Sie hatte es ja längst gemerkt, dass diese Donaufahrt seine stille Sehnsucht war. So wie es ihr auch nicht verborgen bleiben konnte, dass es ihm manchmal sehr schwer gefallen war, den oft wiederholten Einladungen seines Wiener Vetters zu widerstehen. Aus diesem Erkennen, Wissen und Fühlen heraus hat sie ihm kurzerhand die Rundreisekarte besorgt und auf den Tisch gelegt. Es ist *ihr* Geschenk gewesen! Als solches sollte er es auch betrachten und genießen! Genießen – ja, das ist die richtige Einstellung; jetzt ist es nun einmal so. Warum noch lange trüben Gedanken nachhängen? Es fällt ihm nicht schwer, sie zu verscheuchen; denn wenn die gute Laune von selbst aufzieht, gelingt das nebenbei.

Er reckt sich, streckt den Kopf in die Höhe und dehnt seine Brust mit einem tiefen Atemzug. So bewusst und klar zu erleben und hingebungsvoll schwelgen zu können – er findet es herrlich! Und neben ihm rauscht die Donau, und das Rauschen dringt ihm in die Ohren wie eine uralte, liebe Melodie. Er hat sich einmal erzählen lassen, dass das Tal zwischen Passau und Linz von einer gewissen Melancholie sei, dass es jeden gefangen nehme, der mit dem Schiff den einsamen Strom hinunterfährt, und dass das Schweigen der beiderseitigen Waldhügel und Felsen auch auf die Menschen übergreife und sie verstummen ließe, und das umso mehr, je weiter es hinuntergehe. Wenn er seine Mitreisenden beobachtet, scheint ihm das wirklich so zu sein. Die anfängliche Heiterkeit lässt merkbar nach. Obernzell – Burg Viechtenstein – Engelszell – über alle auftauchenden Namen wird zunächst noch geredet, berichtet, erzählt. Aber dann wird es immer ruhiger. Die Gespräche reißen bald ganz ab, und als sie an Burg Rannariedl vorübergleiten, ist es, als ob sich jedermann mit sich selbst zu beschäftigen habe. Die Hänge mit ihrem dichten Waldbestand drängen sich immer näher heran und heben sich noch steiler in die Höhe. Den Wassern mag diese Beengung nichts bedeuten, sie zwängen sich einfach durch. Nur die Gemüter der Menschen scheinen beklommen zu werden, im Allgemeinen wenigstens. Aber Siegfried Braunmillers Herz bleibt verschont davon. Sein Gemüt wird nicht bedrängt von dieser Landschaft. Frei und froh ist sein Sinn – vielleicht ein wenig trunken, seltsam berauscht – aber seine Lust wächst nur noch mehr!

Erst als der Dampfer die oberösterreichische Landeshauptstadt passiert, kann sich Braunmiller entschließen, das Deck zu verlassen und unten im Speisesaal sich umzusehen. Er trennt sich ungern, aber die Ansprüche seines Magens kann er nicht übergehen. Der Klügere gibt nach und geht zum Essen.

Der Saal ist noch nicht überfüllt, man kann sich die Plätze noch aussuchen. Braunmiller findet einen freien Tisch und setzt sich behaglich ans Fenster. Auf diese Weise braucht er wenigstens nicht auf alle landschaftlichen Reize zu verzichten. Bald kommen aber immer mehr Leute herein, und noch ehe er sein Menü bestellt hat, setzen sich zwei Damen nach einer knappen Anstandsbegrüßung an seinen Tisch. Er befürchtet, sich in eine Unterhaltung einlassen zu müssen (wozu er nicht im Geringsten geneigt ist). Doch die eine der beiden Damen, die jüngere, kleinere, hat ihrer älteren, durchaus noch als jugendliche Erscheinung geltenden Begleiterin anscheinend so viel zu erzählen, dass für ihn offensichtlich keine Gefahr besteht, ins Gespräch hineingezogen zu werden. Eine gewisse Beteiligung bleibt ihm aber nicht erspart, denn er muss staunen, mit welcher Virtuosität und welch spitzbübischer Treuherzigkeit sie den trivialsten Dingen Leben zu verleihen versteht. Während der Dauer seiner Hauptmahlzeit hat sie ein einziges, winziges Thema, das wahrlich mit wenigen Worten zu erledigen gewesen wäre, so weit ausgesponnen, dass er sicher ist, es ließe sich rein nichts mehr darüber sagen. Doch findet sie bei der Nachspeise noch einmal eine Knüpfstelle. Und sie findet auch wieder Worte, die, im anheimelnden Tonfall des weichen Wiener Dialekts gesprochen, die alte Sache fast verzaubern.

Braunmiller genießt neben seiner köstlichen Nachspeise den Reiz des schelmischen Vergnügens, wie die Unterhaltung geführt wird, und er spürt die Anziehungskraft, die ein anderer Menschenschlag fast immer auf den Fremdling ausübt. So ungewollt, doch zwangsläufig, wie er zuhören muss, amüsant findet er die Unterhaltung allemal. Zwar schaut er zwischendurch mit Behagen auf die vorüberziehende Landschaft, so macht er sich doch Gedanken, in welchem Verhältnis die beiden Damen zueinander stehen könnten. So wie sie ihm für Mutter und Tochter altersmäßig viel zu wenig weit auseinander sind, so ist ihm der Unterschied für Freundinnen doch etwas zu groß. Für Schwestern hält er sie wegen des erheblichen inneren und äußeren Kontrastes auch nicht. Er tippt auf gute Kolleginnen. Die ältere der beiden stuft er abschätzend in seine eigene Altersgruppe ein, hält sie für seriös, intellektuell, gesteht ihr vollendete Manieren zu und findet, dass in ihren Augen eine seltsame Unruhe flackert, die in einem merkwürdigen Gegensatz zu ihrer sonstigen Gelassenheit steht. Sie scheint für nichts anderes Aug' und Ohr zu haben als für ihre emsig erzählende Tischnachbarin. An ihrer Umgebung scheint sie keinerlei Interesse zu haben. Die Jüngere ist ganz anders. Ihre Augen sprühen vor Lebendigkeit und Frohsinn. Der Klang ihrer Stimme ist so lieblich, wie es die Züge ihres Gesichts sind, eines mädchenhaften Gesichts, das die Dreißigerin nur durch eine gewisse Reife verrät. Ihre Blicke treffen sich immer wieder mit den seinigen. Aufmerksame Blicke einer schönen Frau können keinen Mann kaltlassen, auch nicht, wenn sie sich im Rahmen der zufälligen Begegnung halten. Da schaut er ostentativ zum Fenster hinaus – vielleicht aus einer Art von unbewusstem Selbstschutz –, aber er fühlt, dass sie ihn immer wieder anschaut. Und als er sich einmal plötzlich zurückwendet, treffen sich beider Blicke so fest, dass es ihr nicht mehr möglich ist, einfach wegzuschauen. Er findet indes keine Veranlassung, ihre Augen zu meiden, und hält ihrem Blick stand. Zugleich aber ist er bemüht, durch keine Miene *mehr* zu verraten als bescheidene, kühle Überlegenheit. Das scheint ihm zu glücken, denn sein Gegenüber läuft plötzlich rot an. Die Unbekannte muss sich verletzt fühlen. Sie schämt sich offensichtlich. Doch das spricht für sie, denkt er, während er den Ober herbeiruft, um zu zahlen. Dadurch bereitet er der etwas peinlichen Situation ein rasches Ende. Als er weggeht, verbeugt er sich freundlich lächelnd. Er hält diese kleine Verbindlichkeit für angebracht, weil das stille, aber offenkundige Interesse immerhin schmeichelhaft für ihn war. Schmeichelhaft, aber nichts weiter. Was soll's auch? Er hat keine hintergründigen Gedanken. Gut, sie hat ihm gefallen. Vom ersten Augenblick an war so etwas wie ein Funke übergesprungen. Aber schließlich – nun ja – in puncto puncti –, darüber denkt man nicht einmal nach!

Er geht an Deck zurück und befindet sich in glänzender Stimmung. Das Essen war köstlich, das kleine Erlebnis nicht ohne Reiz und neue Eindrücke warten auf ihn. Gründe genug, um voller Behagen wieder am Bug des Dampfers zu stehen und begeistert alles in sich aufzunehmen, was ihm die Ufer der Donau zu bieten haben. Er kann sich kaum sattsehen, und empfindet, dass das Schiff mit seinen zwanzig Stundenkilometern noch viel zu schnell fahre, und ist manchmal geneigt, Zwischenstation zu machen, so etwa, wenn auf den Höhen des Dunkelsteiner Waldes Kloster Melk auftaucht. Er ist hingerissen von dem überwältigenden Anblick dieses grandiosen Barockbaues, den die Nachmittagssonne gerade vergoldet und in eine zauberhafte Unwirklichkeit verwandelt.

Es geht immer weiter die Donau hinunter, am Aggstein vorbei, in die liebliche Wachau hinein, bis endlich, zur Dämmerstunde bereits, die Hänge des Wiener Waldes ans Ufer heranrücken, um die offenen Flächen der Wachauer Landschaft abzulösen. Der Bisamberg schiebt sich links, der Leopoldsberg und der Kahlenberg rechts heran. Mödling erscheint; die ersten Vororte von Wien breiten sich aus. Und dann kommt der Praterkai – die Endstation für Braunmiller.

Jetzt ist er also in Wien. Wirklich in Wien! Er wiederholt den Namen seiner Vaterstadt lautlos, aber eindringlich, als versuche er, die Kraft des Erlebens noch zu steigern, denn schließlich ist er ja – man kann es nehmen, wie man will – ein Wiener. Niemand kann das leugnen – und es wird auch niemand leugnen. Was tut's, dass er schon als Kleinkind in eine andere Welt getragen wurde und erst nach über vierzig langen Jahren wieder zurückkommt? Und was tut's, dass er seiner Heimatstadt nach kurzem Besuch wieder Lebewohl sagen wird? Er ist ein Wiener, und er sieht den Ort, in dem er geboren wurde, zum ersten Mal! Mit jedem hallenden Schritt, den er über den hölzernen Landesteg macht, klingt es still in ihm mit: Wien – Wien – Wien. Und dann nimmt ihn die Weltstadt gefangen.

Er ruft ein Taxi herbei, nennt die Adresse seines Vetters und fügt noch hinzu: „Fahren Sie aber nicht zu schnell und machen Sie ruhig einen Umweg." Der Fahrer entgegnet ihm lachend in einem weichen Wiener Dialekt: „Na, hör'n S', die Hernalser Hauptstraß' is' eh a schön's Stück drauß'n. Aber wenn der Herr gern a bissl um den Ring fahr'n möcht' – bitte sehr." – Auf diese Weise bekommt Braunmiller einen schönen, wenn auch nur flüchtigen Vorgeschmack vom abendlichen Wien.

Eine halbe Stunde später steht er vor dem Eingang des Hauses, in dem sein Vetter wohnt. Und mit einem Male sind alle Eindrücke des Tages verschwunden – von einer plötzlichen Ergriffenheit verdrängt.

Er denkt zurück: Krakau – mitten im Krieg – sie hatten sich zufällig kennengelernt, des gleichen Namens wegen, und sie hatten festgestellt, dass sie Vettern waren. Sie fühlten sich sofort zueinander hingezogen und gelobten in den wenigen Tagen ihres damaligen Beisammenseins, von nun an stets in Verbindung zu bleiben. Soweit das einen spärlichen, aber regelmäßigen Briefwechsel betraf, hielten sie ihre Abmachung getreulich, doch aus den gegenseitigen Einladungen war bisher nie etwas geworden.

Und nun freut sich der eine, den Ahnungslosen nach so langer Zeit mit einem Wiedersehen überraschen zu können; zugleich beschleicht ihn aber eine kleine Angst. Wenn Willi gar nicht da ist? Die Frage quält ihn. Vielleicht wäre es doch besser gewesen, sich gehörig anzumelden. Die kleine Sorge erweist sich zunächst als überflüssig. Willi ist da. Doch stellt sich rasch heraus, dass Siegfried für seinen Besuch tatsächlich den ungünstigsten Zeitpunkt gewählt hatte. So groß seines Vetters Freude ist, so groß und ehrlich ist auch sein Kummer darüber, dass sie sich vorläufig nur für eine halbe Nacht treffen können. Willi Braunmiller muss am nächsten Morgen für seine Firma nach Rom fliegen. Eine unaufschiebbare Sache. Und seine Frau hat er schon vor ein paar Wochen nach Kärnten zu ihrer Mutter gebracht, wo sie in Ruhe ein Baby erwartet. Das sind abgerundete Tatsachen. An eine Verschiebung ist nicht zu denken. Der einzige Hoffnungsschimmer, wie er sagt, sei es, dass er innerhalb einer Woche wieder zurück sein werde. So stellt er dem Angekommenen wenigstens die ganze Wohnung zur Verfügung. Und als einstweilige Führerin durch Wien, meint er, müsse die Carla herhalten. „Oh, die wird das gerne machen", beteuert er, als er den abweisenden Blick seines Vetters bemerkt. „Weißt du, die Carla ist die Schwester meiner Frau. Ein lieber Kerl, wohnt gleich nebenan – komm, geh'n wir 'nüber!"

Vetter Siegfried ergibt sich schließlich und geht mit, die vielgepriesene Schwägerin kennenzulernen. Und dann kommt ein denkwürdiger Augenblick. Von sämtlichen Überraschungen des Tages erlebt er nun unter der Eingangstür zu Carla Turners Wohnung die erstaunlichste: Die Schwägerin seines Vetters, die da Wand an Wand neben ihm wohnt, entpuppt sich als jene Tischnachbarin, die mittags seinetwegen errötete. Natürlich hat auch sie ihn sofort erkannt, und da sie nicht weniger überrascht ist als er, starren sie einige Augenblicke einander an.

Vetter Willi, ahnungslos, wie er zunächst ist, befleißigt sich, das unvermeidliche Zeremoniell des gegenseitigen Bekanntmachens zu befolgen. Schließlich kann er die verwirrten Gesichter der beiden nicht übersehen, und wie er eben zu fragen beginnt, rettet Carla in reizender Weise die Situation. „Lass nur", sagt sie dem Unbefangenen, „dein Vetter und ich, wir haben heute Mittag bereits zusammen gespeist. Nicht wahr, Herr Braunmiller?" Sie streckt ihm die Rechte entgegen und zieht ihn mit leichter Gewalt über die Schwelle. „Bitte, kommen Sie doch herein! Ich finde es großartig, dass wir nun auch mitsammen zu Abend essen werden."

Sie bleiben zwar nicht zu lange bei Carla, doch lange genug, um mit einigen Unklarheiten aufräumen und ein Übereinkommen treffen zu können. Carla weiß nun endlich, woher sie Herrn Braunmiller kennt (aus Schwagers Fotoschatulle), und er braucht sich nicht mehr zu fragen, warum sie ihn mittags so eingehend betrachtet hat. Außerdem erfährt er auch, wer die seriöse Begleiterin gewesen ist. Er hat sich doch verschätzt gehabt. Es ist tatsächlich ihre Freundin.

Darüber muss er einige Zeit nachdenken. Inzwischen verhandeln Willi und seine Schwägerin über die nächsten Tage. Dem Gast wird die ganze Wohnung samt Schlüssel übergeben. Carla hat die Rolle des Fremdenführers zu übernehmen. Sie erklärt sich darüber hinaus bereit, soweit notwendig, auch für Haus und Küche zu sorgen. Alle Bedenken des Gastes werden gründlich zerstreut, noch ehe sie die Wohnung der Schwägerin verlassen. Doch als die beiden Männer hernach allein beisammensitzen, wiederholt Siegfried seine Einwände. Er meint, dass es eine Zumutung sei, was man da von der freundlichen Verwandten verlange, ein Ansinnen, das man ihr unmöglich stellen dürfe. Willi indessen versichert ihm: Gerade in den Ferien sei das für Carla überhaupt kein Problem. Und Siegfried Braunmiller erfährt dann in rascher Folge, dass sie Zeichenlehrerin an einem privaten Kunstinstitut sei, ganz hervorragende berufliche und auch menschliche Qualitäten aufweise, als feiner, sonniger Kerl den Liebling der ganzen Familie darstelle, von Männern im Allgemeinen nicht mehr viel wissen wolle und nunmehr fast gänzlich in ihrem Beruf aufgehe. Er brauche also, wie Vetter Willi noch mit spaßhafter Wichtigkeit hinzufügte, in *keiner* Hinsicht irgendwelche Bedenken zu haben.

Die Nacht dauert lange, denn die beiden finden kein Ende beim Austausch ihrer Erlebnisse, Ansichten und Erinnerungen.

Und als sie schließlich, spät genug, sich doch zur Ruhe begeben, findet Siegfried Braunmiller trotz seiner bleiernen Müdigkeit noch lange keinen Schlaf. Die zahlreichen Eindrücke des Tages ziehen noch einmal an ihm vorüber.

Flüchtig und wirr und immer wieder beginnen sie zu verblassen, sobald sich die Begegnung mit Carla vordrängt. Das geschieht allmählich so häufig, dass sich seine Gedanken nur noch mit dieser Wahrnehmung beschäftigen. Ein erregender Ablauf, der ihn selbst in der dämmrigen Verschwommenheit des Halbschlafs noch einigermaßen beunruhigt.

Als Siegfried Braunmiller am anderen Morgen erwacht, scheint die Sonne so ausgiebig in sein Zimmer, dass ihm sofort klar wird, dass die Zeit dem Mittag zugeht. Er vergewissert sich und ist mit einem Ruck aus den Federn. Er findet sich allein in der Wohnung, sein Vetter ist längst über alle Berge. Im Wohnzimmer liegt noch ein Abschiedsgruß von ihm und neben dem Zettel ein zweiter, auf welchem in zierlichen, doch elegant bewegten Schriftzügen nur vier Wörtchen zu lesen sind: „Wir essen um halb zwölf."

Der Gast kann bald und oft genug feststellen, dass seines Vetters knappe Charakterskizze, die er von seiner Schwägerin entworfen hat, recht zutreffend war. Sie hat wirklich ein freundliches, sonniges und offenes Gemüt, aus dem rasch Herzlichkeit, Noblesse und gute Sitte herauszuspüren sind. Eine glückliche Synthese von Geist und Verstand zeigend, bietet sie jenes einnehmende Wesen an, von dem man sogleich begeistert ist. Solche Menschen nehmen immer gefangen, besonders, wenn sie weiblicher Natur und mit so eigentümlichen Reizen ausgestattet sind, wie es bei Carla der Fall ist. Zwar ist sie nicht als ausgesprochen schön zu bezeichnen, doch da sie es meisterhaft versteht, ihre körperlichen Vorzüge zu betonen, wirkt sie auch als Erscheinung attraktiv. Die Ungezwungenheit, mit der sie spricht, handelt und auftritt, ist wohltuend. Ihre Natürlichkeit überträgt sich auf ihr Äußeres, sodass man sie nur mit Wohlgefallen betrachten kann. Es geht Siegfried Braunmiller nicht anders. Carla setzt ihn von einem zum anderen Male mehr in Erstaunen: jetzt durch die entzückende, von netten Einfällen durchwobene Art des gedeckten Tisches, hernach durch die harmlos charmante Weise, mit der sie ihm einen Vorschlag macht oder etwas erklärt. Ebenso durch eine blitzschnelle geistreiche Antwort, wie auch durch eine einfache, geschmeidige Bewegung ihrer fast noch mädchenhaften Figur.

Nun, so beeindruckt der Besucher von seiner stellvertretenden Gastgeberin auch ist, sosehr er insgeheim und gelegentlich auch offen ihre Vorzüge bewundert und so verständlich er im Stillen einen gefährlichen Vergleich mit seiner eigenen Frau anstellt – es verläuft doch alles recht geraten. Er weiß, dass sie sich nichts aus Männern macht, und er ist sich auch sicher, dass er in jedem Falle wüsste, was er zu tun hätte.

So weit, so gut …

Kapitel 7   Glück und Verhängnis

Und so verlief dann Siegfried Braunmillers Aufenthalt in Wien:

Carla zeigt ihm Wien. Jeden Tag hält sie ein anderes Programm bereit. Jeder Tag ist ausgefüllt mit wechselnden Erlebnissen und nagelneuen Eindrücken; und der längste Tag droht zu kurz zu werden. Die Sehenswürdigkeiten nehmen kein Ende. Staunend steht Braunmiller vor dem alten, ehrwürdigen Stephansdom und lässt sich von ihr dessen Geschichte erzählen. Sie sehen die symbolhafte Karlskirche, die eindrucksvoll einfache Minoritenkirche, das obere und untere Belvedere, das großartige Schloss Schönbrunn. Sie schlendern durch die alten Gassen, wie etwa die Ballgasse, die zum Franziskanerplatz führt, oder die Setzergasse mit dem schmalbrüstigen Palais Obizzi. Sie stehen vor dem Haus an der Schulergasse acht, wo Mozart gewohnt und seinen Figaro komponiert hatte, vor dem Dreimäderlhaus an der Ringstraße, vor Schuberts Geburtshaus an der Nußdorfer Straße. Sie gehen die Wege nach, auf denen Beethoven einst seinen Einfällen lauschte; sie besuchen die reichen Museen und Sammlungen, die Grabstätten der großen Musiker und Dichter im unvorstellbar weiten Zentralfriedhof. Sie fahren mit der Stadtbahn von einem Ende zum anderen und amüsieren sich auch einmal im Prater. Die Abende aber gehören dem Burgtheater, der Staatsoper oder dem Musikvereinshaus. Und wenn sie jeweils nach Hause kommen, trennen sie sich im Treppenflur mit einem warmen Händedruck und mit der Feststellung, dass es ein wunderschöner Tag war. Er sperrt links auf, sie rechts, dann wenden sie sich schnell noch einmal um, ein Lächeln, ein freundlicher Blick oder eine kleine grüßende Geste mit erhobener Hand – zuletzt zwei verschlossene Türen.

Das geht beinahe eine Woche lang so. Doch dann kommt ein Abend, der etwas anders verläuft. Es ist jener Dienstagabend, für welchen Carla einen Besuch in Grinzing vorgeschlagen hat. Ehrlich gesagt, haben sie damit warten wollen bis zu Willis Rückkehr, um gemeinsam zum Heurigen zu gehen. Es ist aber ein so schöner und warmer Sommerabend, dass beide den Vorschlag einfach vortrefflich finden und zu der gemeinsamen Ansicht kommen, wie leicht sich ein solcher Besuch später wiederholen ließe.

So wandern sie also durch Grinzing und suchen sich in einem der netten kleinen Vorgärten ein idyllisches Plätzchen aus. Carla packt die üblicherweise mitgebrachte Brotzeit aus und richtet appetitliche Schnitten her, von denen beide schon Kostproben machen, noch ehe der Heurige kredenzt wird. Im Hintergrund, an der Mauer des alten Weinhauerhauses, sitzen zwei Musikanten und entlocken ihren Instrumenten liebevoll die stimmungsvollsten Lieder. An allen Tischen herrscht ein frohes Treiben; man lacht und scherzt, singt mit der Musik und isst und trinkt und genießt die unbeschwerte Heiterkeit in vollen Zügen.

Auch Braunmiller ist bald von dem leutseligen Milieu erwärmt, und er genießt den Wein. Weil er so gut ist, trinkt er ihn zu schnell, zu wenig behutsam, und so ist er nach dem dritten Glas bereits in einer Stimmung, in der er beginnt, die Aufmerksamkeit der nächsten Umgebung auf sich zu ziehen. Sein Esprit beflügelt sich. Es fallen ihm die witzigsten und gelungensten Redensarten ein, und ohne es zu merken, wird er der Mittelpunkt der Unterhaltung. Carla muss ehrlich, muss herzhaft über ihn lachen. Was quatscht er bloß für nettes Zeug daher! Durchaus manierlich, doch schon von der tollpatschigen Gelassenheit eines mäßigen Trunkenseins durchzogen, sodass es bereits belustigend wirkt, wenn es auch nur um ein paar simple Wertvorstellungen geht. Carla gerät selbst bald in eine Seligkeitslaune, und schließlich sind sie so weit, dass sie beide über jede Kleinigkeit lachen müssen.

Die Musiker spielen sich an ihren Tisch heran und bringen ihnen ein Extrastückchen zum Besten. Braunmiller greift in die Tasche und holt ein Ein-Schilling-Stück heraus. Sogleich flüstert sie ihm ins Ohr, dass es zu wenig sei, und weil er nicht gleich begreift, rechnet sie ihm vor: „Ein Schilling geteilt durch sechs ist sechzehn, *sechzehn* Pfennig!" Damit will sie ihm den geringen Wert seines Obolus klarmchen. Er aber kramt in allen Taschen, um nach sechzehn Pfennigen zu suchen. Daraufhin wird die Angelegenheit prompt von ihr selbst erledigt. Sie steckt ihm einen Zehn-Schilling-Schein in die Hand und er antwortet mit einem verstehenden Blick.

Sie sieht, dass er schnell kapiert hat, freut sich über das allgemeine Wohlgefallen, in das sich das kleine Missverständnis auflöst, und beide haben wieder einen Grund, sich zuzuprosten.

Als sie gegen elf Uhr in glücklichster Verfassung beschließen, nach Hause zu gehen, merken sie auf einmal, dass sie längst „du" zueinander sagen. Da fällt ihm ein, wie so etwas eigentlich zu erfolgen habe; er besteht darauf, die Form zu wahren, und will die bereits vollzogene bruderschaftliche Tatsache mit dem obligaten Kuss bekräftigt wissen. Carla ziert sich nicht lange und gibt ihm bedenkenlos ein richtiges Wiener Busserl.

Von da an beginnt er seine Heiterkeit zu verlieren. Er wird zusehends ruhiger, spricht kaum mehr, und seine gute Stimmung scheint wie weggeblasen. Als sie ihn fragt, was denn nun auf einmal los sei mit ihm, schützt er die Müdigkeit vor, die vom Wein herrühre. Es ist aber viel weniger die trunkene Saumseligkeit, die ihn so still werden lässt, als ein plötzliches Insichgehen, von dem er sich einfach nicht mehr befreien kann. Er weiß, dass es nun vorbei ist mit seiner Vernunft, fühlt aber zugleich, wie notwendig er sie gerade jetzt brauchte. Ein Sentiment, das den ganzen Tag über schon versteckt vorhanden war, wird nun schlagartig nach oben gespült. Und gleichzeitig ist der Kampf da! Er beginnt in einem Augenblick, wo keine klare Überlegungskraft vorhanden ist. Dass es ihm trotzdem gelingt, sich zu beherrschen, ist ermutigend.

Dann stehen sie, wie jeden Abend, einander im Treppenhaus gegenüber. Carla gibt ihm die Hand. „Gehst gleich schlafen, wenn du so müd' bist", sagt sie und lächelt ihm in aller Unschuld zu. Er aber glaubt, aus ihren Worten einen feinen Spott zu hören. In seinem Kopf drehen sich die Gedanken wirr durcheinander. Einmal in dieser, dann in jener Richtung. Das kann vom Wein kommen; aber von tief innen heraus steigt ein Verlangen, das immer stärker wird und sich in seine Vorstellungen mischt. Das mag einen anderen Ursprung haben.

Stürmische Gedanken durchtoben seinen Kopf: Sie macht sich doch nichts aus Männern. Aber vielleicht aus dir? Du hast doch gemerkt, wie süß sie dich geküsst hat?! Sie macht sich bestimmt etwas aus dir! Mag sein, dass du gerade ihr

Typ bist. Doch denk an daheim! Deine Frau! Deine Familie! Ach was – immerzu hast du nur an sie gedacht. Sei doch nicht so dumm. Bist du denn ein richtiger Mann? Da steht die Frau deiner Sehnsucht vor dir – die Frau, von der du bisher nur geträumt hast. Ein Wirklichkeit gewordenes Wunschbild deines Herzens willst du zurückweisen? Du weißt nicht, was du tun sollst? Schau doch, wie sie dich anlächelt! Sie wartet auf dich! Sie wird dich nicht ablehnen – aber ein echtes Mannsbild musst du sein. Kein Zauderer! Kein sackleinener Krähwinkler! Wenn du dich jetzt nicht beeilst, verschwindet sie hinter ihrer Tür, und mit ihr verschwindet eine Gelegenheit, die sich dir nie, *nie* mehr so günstig bieten wird – so einmalig – so entgegenkommend!

Jeden dieser Sätze hört er, als würden sie ihm vorgesagt.

Carla hat ihre Wohnungstür schon aufgesperrt und ist wirklich im Begriff, wegzutreten und ihn stehen zu lassen. Ihm ist glutheiß. Jetzt muss etwas geschehen. Das fühlt er. So oder so. In wenigen Sekunden wird er in einem inneren Aufruhr ohnegleichen zurückbleiben, oder er wird sie in seinen Armen halten. Da folgt die Entscheidung! Als die Frau, für die seine Liebe nun jäh und mit ungeheurer Gewalt durchbricht, bereits die Schwelle zu ihrer Wohnung überschreitet, ruft er sie leise bei ihrem Namen. „Carla!" „Hmm?", fragt sie und wendet sich ruhig und gelassen um. Jetzt geht Braunmiller entschlossen auf sie zu, nimmt ihre Hände in die seinen und zieht sie an seine Brust. „Ich liebe dich, Carla!", sagt er, und seine Stimme bebt beinahe; es ist zum ersten Mal in seinem Leben, dass er diese klassisch einfachen und deshalb einfach klassischen Worte über seine Lippen bringt.

Das Treppenhauslicht erlischt. Er tastet nicht wie sonst nach dem Schalter. Er senkt seinen Kopf und sucht ihren Mund, den er auch im Finstern findet. Da staunt er über die gleiche Geste, mit der sie ihn schon bei seiner Ankunft vor einer Woche so angenehm überrascht hatte: Mit einer unnachahmlichen Selbstverständlichkeit zieht sie ihn einfach zur Tür herein. Nur – sie spricht diesmal kein einziges Wort dabei. Und doch ist es ihm, als ob er eine Menge höre. Aber er fasst es kaum – welch unvergleichliches Geschöpf! Seine Gefühle für sie steigern sich ins Unermessliche. Und als sie die Tür hinter ihm zuschließt, meint er, dass er ihr rettungslos verfallen sei. Er sieht sie an wie ein Wesen von einem anderen Stern. Jede ihrer Bewegungen, jede ihrer Gesten, jeder Blick, alles an ihr, findet er, ist so wundervoll einfach und dennoch vollendet. Er spürt ihre Persönlichkeit, die jeder Situation gewachsen ist; aber er spürt auch die Frau voller Gefühle, die vom ewig Weiblichen erfüllt ist und sich ohne Ziererei zu geben weiß. Was sie redet, was sie tut, alles geschieht mit bezaubernder Natürlichkeit.

Sie führt ihn ins Wohnzimmer, das er schon kennt; aber er ist auch jetzt wieder begeistert von dem geschmackvoll gestalteten Raum. Hinter jedem Stück, hinter jeder Art und Weise, mit der sie alles angeordnet und gestellt hat, erkennt er ihr künstlerisches Walten, ihr beglückendes Wesen, erkennt er sie selbst.

Da sie ihn zunächst allein lässt, um Kaffee zu machen, wie sie sagt, hat er genügend Zeit, sich umzusehen. Bilder über Bilder hängen an den Wänden, und sie ergötzen ihn vornehmlich deshalb, weil er weiß, dass sie von ihr, von ihren geschickten Händen stammen. Wo er hinschaut, entdeckt er Kostbarkeiten, findet er Schönheit, trifft er auf Harmonie: hier eine zarte Plastik, dort eine kostbare Vase und dazwischen Reihen erlesener Bücher. Selbst nur die Art, wie beispielsweise ein Stuhl in die Ecke gestellt ist, kann ihn schon begeistern. Alles sagt ihm zu und spricht ihn an, alles gefällt ihm so gut, dass er seine bloße Anwesenheit in dieser Umgebung bereits für einen glücklichen Umstand hält. Seit seine Liebe offenliegt, wird für ihn auch jede Sache, die mit ihr zusammenhängt, schon zum Erlebnis. Das große Zimmer ist in seinem hinteren Abschnitt durch einen prächtigen, möglicherweise handgewebten Vorhang begrenzt. Er vermutet, dass sich dort ihr Schlafgemach befindet, und der simple Gedanke daran lässt ihm das Herz schneller schlagen. – Was ist mit ihm geschehen? Er kennt sich nicht mehr! Er, der die eheliche Sexualsphäre abgeschmackt und die allmählich zunehmende Bedürfnislosigkeit natürlich fand, erlebt sich plötzlich in einem primanerhaften Zustand voller erregender Wünsche und Begierden!

Carla kommt mit dem Kaffee herein. Sie gießt ihn wortlos ein. Und wortlos sitzen sie dann beisammen. Manchmal treffen sich ihre Blicke, um sich bedeutungsvoll ineinander zu verlieren. Er will etwas sagen, doch da legt sie ihm den Finger auf den Mund. Mit einem behutsamen Kopfschütteln gibt sie zu verstehen, dass sie im Augenblick nichts hören wolle. Es ist ganz still; dennoch scheint der Raum voller Klänge und Töne zu sein. Die Ruhe ist nicht sanft, sie ist erregend. Erst als die Tassen leer sind, bricht Carla die Stille, aber nicht durch Worte; sie steht auf, tritt hinter den Geliebten und legt ihre Arme um seine Brust; ihren Kopf an den seinen schmiegend, erweist sie ihm eine vielversprechende Liebkosung, die ihn halb verrückt macht. Da hält er es nicht mehr aus auf seinem Platz. Er fährt in die Höhe und will sie an sich reißen, aber sie lässt es nicht zu, sie drängt ihn zurück. Sein Blut siedet – was hat sie vor? Will sie nur spielen mit ihm? Der Aufruhr in seiner Brust wird unerträglich. Carla tritt hinter den Vorhang; sie bittet ihn, die große Lampe auszuschalten. Jetzt verbreitet sich nur noch ein rötlich dämmriges Licht – und dann weiß er, sie spielt nicht mit ihm! Deutlich nimmt er wahr, wie sie sich entkleidet. Und mit jedem Stück, das sie ablegt, braust sein Blut heftiger. Kein Wein kann so berauschen, wie diese Minuten der Spannung.

Dann ist es still – so still, dass er sein Herz hämmern hört. Es kocht und pocht in seinen Adern. Da ruft sie flüsternd seinen Namen: „Siegi!" Ist das er? Er muss sich mit beiden Händen an den Kopf greifen, um sich von der Wirklichkeit zu überzeugen. Dann ist er mit zwei Schritten hinter dem Vorhang. Und wenn er jetzt auch wie verzaubert ist von dem Anblick, den sie ihm bietet, insgeheim und für einen Augenblick nur ist er doch verwirrt und benommen von dem offensichtlichen Mangel an Scham. – Auch in dieser Situation, trotz der Entblößung, hat sie nichts, aber auch gar nichts von dem Adel ihrer Persönlichkeit eingebüßt. Spontan erinnert sie ihn an die Quellnymphe Egeria zu Schönbrunn. – Es ist doch eine ganz andere Welt, in der sie lebt. Oder ist nur er so hausbacken? (Seine Frau verlangt immer gelöschtes Licht, bevor sie sich vor ihm auszieht; doch ist jetzt nicht die Zeit; darüber nachzudenken.)

Halb besinnungslos sinkt er in ihre Arme. Von der Schönheit ihres makellosen Körpers, von dem betörenden Duft ihrer Nacktheit und dem Banne ihrer sinnlichen Begabung gänzlich eingefangen, verliert er sich in einen Liebesrausch, wie er ihm noch nie in seinem Leben widerfahren war. Und was ihn dann die nächsten Stunden erleben lassen, diesen vergeudenden Reichtum an Zärtlichkeiten – das geht weit, weit über all das hinaus, was ihm in seinem Eheleben möglich erschienen war.

„Carla, du bist die wunderbarste Frau!" Diese schlichte Behauptung zwängt sich zwischen den Küssen immer wieder über seine Lippen.

Stunden vergehen. Carla ist schließlich eingeschlummert. Er aber glüht innerlich und kann trotz seiner bleischweren Müdigkeit keinen Schlaf finden. Plötzlich lacht er kurz und laut auf. Es ist kaum mehr als ein einziger Ton, aber von solcher Ausdruckskraft, dass es erschreckend ist in der Stille der Nacht. Und sie liegt dicht neben ihm. Wenn sie es gehört hat, muss sie seine Gedanken erraten. So lacht einer nur, wenn er sich machtlos und ohne Fassung in einer Gemütslage vorfindet, an deren Zustandekommen er zwar nicht unbeteiligt ist, die er aber nie für möglich gehalten hätte. So lacht einer nur, wenn er keine Erklärung, keine Worte mehr findet, wenn er stumm bleibt und sich doch äußern muss. Dieses kurze, harte Auflachen hat beinahe unheimlich geklungen, es hat die nächtliche Ruhe auffallend gestört. – Jetzt lauscht er, ob sie sich rühren wird. Zuerst scheint es, als hätte sie nichts gehört, aber dann fragt sie doch mit verschlafener Stimme und ohne die Augen zu öffnen: „Was hast du denn?" Er tut, als ob er fest schliefe, und versucht, besonders tief und ruhig zu atmen. „Warum hast du geschrien?", fragt sie. „Warum bist du wach?"

„Weil du mich geweckt hast", brummt er.

Sie reden noch eine Weile hin und her, und als er sie davon überzeugt hat, dass nichts los war, dass er höchstens im

Traum gesprochen habe, gibt sie nach. Einige Zeit später merkt er, dass sie wieder fest schläft. Da hängt er seinen Gedanken abermals nach, doch er hütet sich, noch einmal laut zu werden. Mit weiten Augen blickt er unentwegt auf den Spiegel, der ihm gegenüber an der Wand hängt. Das Dämmerlicht erlaubt nur ganz dunkle Umrisse zu erkennen, aber er hätte auch ein deutliches Abbild nicht gesehen, denn sein Blick geht viel weiter, ist gewissermaßen auf unendlich eingestellt und dringt durch den Spiegel hindurch.

Hätte er das je geglaubt, in eine solche Lage zu kommen? Er meint nicht die wörtlich augenblickliche, das kann vorkommen, darüber war er sich stets im Klaren, wenn er auch nie bemüht war, von sich aus dazu beizutragen. Er meint die Lage, in der er sich seelisch befindet. Das ist es, was er nie für möglich gehalten hätte. Das ist es, worin er sich nicht mehr zurechtfindet, worüber er vorhin so unvermutet, so überraschend und jäh hat auflachen müssen. Wie oft hatte er schon mit sanftem Hochmut auf den einen oder den anderen herabgeblickt, der nach jahrzehntelanger Ehe plötzlich zu einer anderen Frau gefunden hat? Es war ihm nie recht begreiflich, dass ein Mann nach so langer Zeit, insbesondere wenn auch noch Kinder da waren, sich so verlieben und verlieren konnte, dass er um der Geliebten willen bereit war, alles, auch seine gute Gesinnung, aufzugeben. Er gesteht es sich freimütig ein, dass er von der vermeintlichen Höhe seiner kleinbürgerlichen Moral mit einer gewissen Geringschätzigkeit auf solche Leute herabgeschaut hatte. Und jetzt!? Wie ist das mit ihm? Hat er sich nicht soeben selbst ernsthaft mit dem Gedanken beschäftigt, alles aufzugeben und alles zurückzulassen für das Glück, das da so greifbar nahe und so voller Lebenswärme neben ihm liegt?

Hat er nicht schon in Gedanken das Geschäft seiner Gattin übergeben und sich bereitgefunden, ganz neu zu beginnen? Er ist noch jung genug, um das zu tun. Das hat er in dieser Nacht erlebt! Es ist ein unerhörter Auftrieb, der ihm durch diese Liebe geschenkt worden ist. Jetzt weiß er erst, *wie* jung er noch ist. Und das allein verleiht ihm ein so köstliches Gefühl, dass es schon eine Gefahr bedeuten kann für seine Ehe, in der das Älterwerden längst ein fixierter Zielpunkt ist. Darüber hinaus ist er davon überzeugt, dass ihm in Carla schicksalhaft die Frau begegnet ist, die eigentlich nur für ihn bestimmt sein muss. Es kann nicht anders sein, denkt er. Gleicht es denn nicht einem Wunder, wenn eine Frau von so vielen erstaunlichen Qualitäten und bestechend guten inneren und äußeren Vorzügen, schon über die dreißig und noch unverheiratet, frei und verfügbar, sich plötzlich in seinen Weg stellt und ihm ihre Liebe schenkt? Als ob sie auf ihn gewartet hätte. Ist das nicht wirklich wunderbar? Er kommt kaum darüber hinweg und hält es für mehr als einen reinen Zufall, dass sie sich bereits auf dem Schiff begegnen mussten, um dann am Abend festzustellen, wie unumgänglich ihr gegenseitiges Kennenlernen war. Ist da nicht etwas unabwendbar Zwangsläufiges zu vermuten? Und dann die dringende, nicht zu verschiebende Abreise seines Vetters! Dadurch *mussten* sie sich ja noch näher kommen. Ihrem Zusammenfinden wurde von allen Seiten Vorschub geleistet! Es verlief alles wie nach einem vorgefassten Plan. Er fragt sich, ob sich aus diesen Zufälligkeiten nicht schon die spielerische Abart eines sicheren Schicksals erkennen lasse. Und er ist auf einmal mehr denn je davon überzeugt, dass es so etwas wie eine Vorbestimmung geben muss. Dennoch wird er nicht froh damit. Zwar ist er aufgerüttelt von einem prickelnden, betörenden, ja köstlichen Gefühl, aber es ist keine echte Freude daran. Merkwürdigerweise mischen sich seine Gedanken in zunehmendem Maße mit den Erinnerungen an seine Frau, seine Familie, sein Geschäft, sein bisheriges Leben. Und je entschlossener er sich bemüht, sie zu verdrängen, desto hartnäckiger tauchen sie auf. Er muss sich mit ihnen auseinandersetzen, und da tritt der seelische Notstand ein. – Verliebt wie ein Jüngling, befindet er sich in einer Verfassung, in welcher der Mensch zu glauben pflegt, das Leben habe keinen Sinn mehr für ihn, wenn er nicht das angebetete Wesen seiner Liebe besitzen könne. Zugleich aber ist er begehrlich wie ein entbehrender Mann in der Vollkraft seiner Jahre. Und seine Liebe wird zauberhaft erwidert. Das Glück müsste vollkommen und dauerhaft werden, glaubt er, wie alle glauben, die einem amourösen Infekt erliegen. Aber es gelingt ihm trotz dieses Glaubens nicht, jene Stimme zum Schweigen zu bringen, die immer wieder sein Pflichtgefühl, seine Redlichkeit und seine Barmherzigkeit wachruft. Er fühlt, nein, er weiß, dass es ein unbeschreibliches Leid wäre für ihn, wenn er auf all das, was er jetzt gekostet hat, verzichten müsste. Er ist sich aber auch darüber klar, er wäre nicht weniger gequält, wenn er seine Frau verließe. Und eben darum, weil ihm die Pein so und so nicht erspart bliebe, ist es ihm schier so, als ob er verzweifeln müsste. Und neben ihm, denkt er, läge sein Glück. Er greift einen Gedanken auf und spinnt ihn weiter: Jetzt grausam sein, zu sich selbst grausam sein – aufstehen, weggehen – ohne Abschied zu nehmen, ohne auf Wiedersehen zu sagen, einfach weggehen und an den Platz zurückkehren, an den er aus sittlichen Gründen gehört! Es schaudert ihn. Nein – nein! Das wird er nicht fertigbringen. Das hieße ja, sein

Glück mit Füßen treten! Das kann doch niemand von ihm verlangen. Niemand.

Er ist nahe daran, Carla aus dem Schlaf zu reißen und sie von Neuem zu umarmen. Was hindert ihn eigentlich daran? Warum tut er es nicht? Er kann sich zu nichts aufraffen; er entscheidet sich weder für das eine noch für das andere. Aber muss es denn gerade jetzt sein? Warum verschiebt er denn die Entscheidung nicht auf später? Warum verdirbt er sich diese wunderbare Nacht mit lauter dummen Überlegungen? Er kann auf seine Fragen selbst antworten, weil er ahnt, dass jeder Tag, ja jede Stunde, die er mit ihr verbringt, ihn nur noch fester an sie binden würde. Wenn er wirklich bereit ist, seine Liebe für die Pflicht zu opfern, dann muss es sofort sein! Diese Einsicht kristallisiert sich mehr und mehr heraus. Zuletzt steht sie glasklar vor ihm.

In einer Ecke des Zimmers steht eine große alte Uhr; sie tickt langsam und unablässig. Das klingt wie ein beschwörendes Mahnen in seinen Ohren. Und wie sie tickt und wie sie mahnt, das hört er nun schon Stunde um Stunde. – Als sie die fünfte zu schlagen beginnt, erhebt er sich und steht leise auf. Er nimmt seine Sachen, zieht sich an und schleicht behutsam hinaus. Carla dreht sich der Wand zu und schläft weiter.

Drüben in der Wohnung des Vetters setzt er sich hin und schreibt zwei Briefe, einen an Willi und einen an Carla. Im ersten erwähnt er nur, dass ihn ein Telegramm von zu Hause plötzlich zur Abreise zwinge; im zweiten schüttet er sein Herz aus. Es wird ein glühender Liebesbrief und ein Abschiedsgruß zugleich, eine Hymne an die Geliebte, ein Bekenntnis seines Herzens, eine Offenbarung seiner Liebe, aber auch seines Leides. Und wenn er ihn mit dem Satz schließt: „Was ich hier zurücklasse, ist mehr als mein halbes Leben!", so drückt er damit deutlich aus, wie es in ihm aussieht.

Eine Stunde später geht er mit gepacktem Koffer durch die morgenstillen Straßen dem Wiener Westbahnhof zu. Sein Schmerz frisst sich in ihm fest. Wenn er jemand kommen sieht, wechselt er auf die andere Straßenseite hinüber. Es soll niemand merken, dass er Tränen in den Augen hat.

Sind es wirklich Tränen? Ist es nicht bloß die Angst, beobachtet oder gar erkannt zu werden? Weicht er nicht deswegen aus?

Kapitel 8   Innerer Umbruch

Dr. Harry Stöger vom Presseverlag Wien möchte über den kommenden Prozess ebenso ausführlich und aus erster Hand schreiben wie in seinem Bericht über die Reise des Herrn Braunmiller zu seinem Vetter. Er verspricht sich ein gutes Resultat, wenn er zu diesem Zweck die amtlichen Stellen direkt aufsucht und befragt.

Zuerst interessiert ihn das Ergebnis der Befragung des Siegfried Braunmiller durch den Untersuchungsrichter. Zusammen mit einem Kollegen aus der Redaktion erscheint er also dort, um dessen Meinung zu hören.

Der Untersuchungsrichter nimmt dem Verhörten die bisherige Schilderung nicht in allen Punkten ab. Die Ergebnisse der polizeilichen Untersuchungen lassen andere Schlüsse zu; sie sind außergewöhnlich belastend für ihn. Gewiss, die beiden zuletzt erwähnten Briefe sind tatsächlich vorhanden, aber dass er sie geschrieben hat, erkennt man nicht als überzeugenden Beweis seiner Unschuld an. Sie können auch als wohlbedachte Ablenkungslist ausgelegt werden. Wobei allerdings zu beachten wäre, dass es einer Meisterleistung gleichkäme, in einem gestellten Liebesbrief ein solches Maß echten Gefühlsausbruchs vorzutäuschen. Dieser Brief soll an Innigkeit nicht zu überbieten sein. Leider ist es den beiden Redakteuren nicht gelungen, das von den Behörden konfiszierte Zeugnis so ausdrucksvoller Worte zur Wiedergabe zu erhalten, weil an einigen Stellen die Intimsphäre zu wenig schamhaft enthüllt werde.

Die Staatsanwaltschaft sieht den Fall ganz anders. Sie ist der Auffassung, dass Braunmiller in einem Anfall von sexueller Raserei die Beherrschung verloren habe und in einen

Blutrausch verfallen sei. Die bohrenden Fragen des Staatsanwalts sind deutlich und können nicht überhört werden: Warum leugnet Braunmiller, in der Mordnacht bei seinem Opfer geschlafen zu haben? Warum hat er es plötzlich eilig, von Wien wegzukommen? Warum gibt er nach den ersten sicheren Indizien wenigstens teilweise die Unrichtigkeit seiner früheren Behauptungen zu? Warum hat er die Mitteilung an seinen Vetter mit dem 23. August datiert (also einen Tag früher)? Ist dieser Anachronismus das Produkt einer Gedankenlosigkeit? Das wäre möglich. So etwas kann vorkommen; aber wenn es in diesem Zusammenhang passiert, drängt sich unwillkürlich der Verdacht auf, dass es mit einer Täuschungsabsicht geschehen ist.

Der Staatsanwalt versucht, seine Anklage systematisch aufzubauen, und die Widersprüche, in die sich Braunmiller von Anfang an verwickelt hatte, geben ihm eine ausgezeichnete Angriffsmöglichkeit. Die harmlosen Ausflüge, den Besuch in Grinzing, ja die halbe Nacht in ihrem geschilderten Verlauf, das alles lässt er gelten. Aber zwischen vier und fünf Uhr morgens, meint er, müsse es anders gewesen sein. Kein Augenzeuge, niemand als der Angeklagte allein sei in der Lage zu sagen, was sich in dieser verhängnisvollen Stunde wirklich zugetragen habe. Die grässlichen Verstümmelungen, die der Körper der Ermordeten zeigte, seien von einer Art, die auf grausamste Hass- und Rachegefühle ebenso schließen lassen wie auf eine triebhaft perverse Veranlagung. Es dränge sich einem die Frage auf, so meint er weiter, ob die Ermordete nicht ein gefährliches Spiel mit dem Angeklagten getrieben habe, das diesen in maßlose Wut versetzte; ein Spiel, das ihn zur Weißglut getrieben haben kann; in einen Zustand, in dem er die Kontrolle über seine Sinne verlor. Es sei unverständlich, warum der Angeklagte nicht zu dieser für ihn in jedem Fall vorteilhaften Auslegung greife. Freilich müsse man sich auch fragen, ob er nicht einem blindwütigen sexuellen Koller verfallen war, der in dem Blutbad endete und auf eine abnorme, möglicherweise auch krankhafte Veranlagung zurückgehe. Dann weist der Staatsanwalt darauf hin, und er betont das ganz besonders, dass der Angeklagte zunächst überhaupt leugnete, in der betreffenden Nacht bei Carla Turner gewesen zu sein, und dass er erst zurückgesteckt habe, als ihm der Befund des Kriminallabors vorgelegt wurde. Er musste zugeben, dass es sein Taschentuch war, das man bei der Ermordeten gefunden hatte. Dass es nicht nur Blutspuren zeigte, sondern auch solche, die auf eine Herkunft von biochemischen Bestandteilen hinwiesen, deren Beschaffenheit einen unwiderleglichen Rückschluss auf eine Liebesnacht zuließ, konnte er ebenfalls nicht leugnen. Erst von da an habe er sich bewogen gefühlt, sich insoweit zu einem Geständnis zu bequemen, als er die Zeit seines nunmehr schlecht wegzuleugnenden Besuches auf zwei Stunden nach Mitternacht begrenzte. Der Tod sei aber nach den gerichtsmedizinischen Unterlagen frühestens um vier Uhr morgens eingetreten. Es könne auch halb fünf, fünf gewesen sein. Den exakten Zeitpunkt wisse nur der Täter. Darin, dass Braunmiller sein Zugeständnis nun auf zwei Uhr morgens abzirkelte, sehe Dr. Vreni, der Staatsanwalt, den Versuch, der gefährlichen Zeitzone so weit wie möglich auszuweichen. Eine für den Angeklagten recht peinliche Begebenheit lasse aber auch diese Rechnung nicht aufgehen. Es sei schon fatal, meint der Ankläger, und wir teilen seine Ansicht, wenn ausgerechnet um halb fünf Uhr morgens ein heimkehrender Hausbewohner, vom darunterliegenden Treppenabsatz aus, unbemerkt beobachtet, wie die Tür zu Willi Braunmillers Wohnung aufgesperrt wird und dahinter eiligst eine männliche Gestalt verschwindet. Diese Gestalt sei mit an Sicherheit grenzender Wahrscheinlichkeit der Angeklagte gewesen. Außerdem sei unmittelbar darauf Licht in der Braunmiller'schen Wohnung gemacht worden. Aber auch diesmal habe sich der Angeklagte noch nicht gleich geschlagen gegeben. Er sei weiterhin bei seiner Behauptung geblieben, nur zwei Stunden bei Carla Turner verbracht zu haben. Um halb fünf Uhr könne er zwar gesehen worden sein, doch habe er um diese Zeit nur den Abschiedsbrief weggegeben.

„Diese Ausrede", sagt der Staatsanwalt, „hörte sich vorerst gar nicht übel an, doch wir konnten sie bald widerlegen. Ich bin sicher, der Brief wurde erst nach halb sechs Uhr eingeworfen. Er ist nämlich *auf* der Morgenzeitung gelegen. Nach Aussage der Trägerin wird diese zwischen halb und drei viertel sechs Uhr eingelegt."

Man könnte sich aber auch vorstellen, dass sich der Brief zuerst aufgestellt und erst nach Einwurf der Zeitung umgelegt hat.

„Wir haben natürlich zahlreiche Versuche gemacht", klärt uns der Staatsanwalt auf, „aber nicht *einmal* ist der vorher eingeworfene Brief nach oben gekommen! Außerdem ist das ja eh nicht mehr so wichtig. Der Angeklagte hat sich inzwischen herbeigelassen, sein Zugeständnis etwas zu erweitern."

Immerhin, aber der Angeklagte leugnet nach wie vor *jede* Schuld. Der Staatsanwalt wird es deshalb nicht ganz leicht haben. Doch auch die Verteidigung steht vor einer schweren

Aufgabe. Sie kann sich weder auf eine Affekthandlung noch auf ein „Paragrafverbrechen" festlegen. Schwierig ist es natürlich auch für Siegfried Braunmiller, seine Einstellung aufrechtzuerhalten. Er beteuert immer wieder, dass er in keinem Zusammenhang mit dem Mord stehe, und es gebe für ihn keine andere Erklärung, als dass noch eine dritte Person im Spiele sei. Seine zuletzt gemachten Angaben entsprächen der reinen Wahrheit, und die anfänglich geäußerten Einschränkungen seien nur seiner begreiflicherweise erregten Verfassung sowie dem Versuch entsprungen, vor seiner Familie korrekt dazustehen. Alle Juristen wissen ein Lied davon zu singen, wie beliebt die Taktik ist, immer nur haargenau so viel zuzugeben, wie bewiesen werden kann.

Wir haben uns an Rechtsanwalt Dr. Schwingstätter gewandt, da wir auch die Ansicht der Verteidigung näher kennen lernen wollten. Auf unsere Frage, in welchem Licht er den Fall Braunmiller sehe, erhielten wir eine klare, aber nicht recht befriedigende Antwort. Dr. Schwingstätter ist der Ansicht, dass sein Mandant nicht verurteilt werden könne, weil die Beweiskraft der Indizien nicht ausreiche. Die Indizien seien zwar belastend, doch dürfe gerade dies als erklärlicher Grund angesehen werden, warum Braunmiller anfangs unrichtige Angaben gemacht habe. Erkennend, welche Gefahr ihm drohe, und hoffend, sich durch ein vermeintlich geschicktes Lügennetz eine Chance zu häkeln, ließ er sich durch falsche Behauptungen auf ein weitaus gefährlicheres Spiel ein. Da aber jetzt alles abgebröckelt sei, was sich als Unwahrheit nicht habe halten können, da also seine Anwesenheit in der Mordnacht nicht mehr bestritten werde, müsse sich die Verteidigung hauptsächlich darauf konzentrieren, dass bei Braunmiller keinerlei Motiv zu solch einem Mord vorliege. Sein Mandant habe ein so makelloses Vorleben, dass man schon aus diesem Grund schwerlich an seine Täterschaft glauben könne. Nichts lasse auf eine schlechte Veranlagung schließen, nichts auf einen dunklen Punkt in seinem Leben, und ebenso wenig lasse uns an der Möglichkeit zweifeln, dass nicht auch eine dritte Person als Täter in Frage kommen könnte. Dr. Schwingstätter sagt wörtlich: „Ich mache der Polizei den Vorwurf, dass sie es versäumt hat, nach anderen Spuren zu fahnden. Der Mord wurde um acht Uhr vormittags entdeckt, Braunmiller ist nachweisbar bereits um sechs Uhr früh im Schnellzug gesessen. Wer mag mit Sicherheit behaupten, es könne keine dritte Person Zeit gehabt haben, den Mord zu begehen? Wer weiß es genau, dass es niemanden gibt, dem ein Eifersuchtsdrama im Herzen lag?"

Auf unsere Frage, warum denn der Untersuchungshäftling – wie wir erfahren haben – keinerlei Zeilen an seine Frau oder an andere Verwandte gerichtet und sich sogar geweigert habe, mit seinen Vetter zu sprechen, erklärte uns Dr. Schwingstätter: „Ja, sehen Sie, ich habe ihn diesbezüglich selbst schon gefragt und angeregt, aber er will nicht. Und die Antwort, die er gab, war für mich menschlich ebenso verständlich, wie juristisch falsch. Er meinte, er könne nur seine Unschuld beteuern, aber nicht verlangen, dass man ihm glaube. In Anbetracht des Verlaufes jener Nacht sei das niemandem zuzumuten, am wenigsten seiner Frau. Und in der nachfolgenden Zuspitzung des Falles sehe er sein persönliches Schicksal, das er so tapfer wie möglich allein zu tragen versuche. Ich meine, das sind wirklich Grundsätze tiefen ethischen Gehalts. Ich würde es nicht sagen, wenn ich ihn nicht schon sehr gut kennen gelernt hätte. Und ich möchte von mir behaupten: Selbst wenn noch mehr Indizien gegen ihn sprächen – ich könnte schwerlich an seine Schuld glauben."

Wir wollen weiter wissen, ob er ihn noch nie darauf hingewiesen habe, dass ihm seine Frau unter Umständen sehr gefährlich werden könnte, wenn sie von ihrem Recht der Zeugnisverweigerung keinen Gebrauch machte und etwa gegen ihn aussagte. Es sei doch so, dass relativ harmlose Gegebenheiten stets in dreierlei Abstufungen vorgebracht und ausgelegt werden können, und zwar ohne deren Wahrheitsgehalt wesentlich zu beeinträchtigen. Dr. Schwingstätter hat sofort verstanden. „Sie meinen sachlich, pro und contra", entgegnet er und sein Temperament wallt auf. „Haben Sie eine Ahnung, wie ich ihm schon zugesetzt, ins Gewissen geredet, ihn beschworen habe! In allen Tonarten habe ich ihm vorzutragen versucht, was es für ihn bedeuten kann, wenn er so strikt jede Annäherung mit seiner Frau ablehnt. ‚Mensch', habe ich ihm gesagt, ‚Sie sind ja von allen guten Geistern verlassen! Sie können sich gar nicht schlimmer schaden als durch Ihr hartnäckiges Schweigen. Warum wollen Sie denn keinen Kontakt aufnehmen mit Ihrer Frau? Sicher wartet sie darauf. Sicher schaut sie jeden Tag zweimal nach, ob nicht ein Brief von Ihnen unter der Post ist. Sie können doch nicht verlangen, dass *sie* den ersten Schritt macht. ‚Hören Sie', habe ich gesagt, ‚ich weiß ja nicht, wie Sie mit Ihrer Frau stehen, aber ich habe mir ausgerechnet, wenn Sie mit ihr über zwanzig Jahre verheiratet sind, dann besteht mindestens bei einem Teil der Partnerschaft eine erhebliche Bindung, eine Bindung, meine ich, die so stark ist, dass sie auf einige Kraftreserven schließen lässt. Ich kann mir nicht vorstellen, dass von vornherein, wie Sie annehmen, jedes

Näherkommen aussichtslos wäre. Eine Frau bringt viel, sehr viel Verständnis auf, wenn sie sieht, dass man ihr vertraut; aber das muss sie wirklich sehen, muss sie spüren. Sie muss merken, dass sie gebraucht wird. Und dann wird sie sich auch nicht verschließen. Dann sind von ihr Wunderwerke der Hingabe und Vernunftlosigkeit zu erwarten. Haben Sie gehört? Vernunftlosigkeit, habe ich gesagt! Sie können mit allem rechnen, aber Sie rechnen falsch, wenn Sie glauben, sie überlege nur nach vorgezeichneten Schemata. Eine Frau liefert immer Eskapaden des Denkens. Ich kann Sie ja nicht zwingen, sich an Ihre Frau zu wenden, aber ich kann Ihnen versichern: Sie machen einen ganz großen Fehler, wenn Sie es nicht tun. Und niemand weiß, was sie tun wird, wenn sich die Staatsanwaltschaft an sie wendet. Sie sollten sich auf keinen Fall etwas von dem Terrain abgraben lassen, das vorläufig noch das Ihre ist. Sie haben schon genug Minuspunkte gesammelt.'

Tja – aber als ob ich nichts anderes gesagt hätte, antwortete er mir nur im Hinblick auf den letzten Satz: ‚Sie können ja die Verteidigung niederlegen, wenn sie Ihnen zu riskant erscheint.' Wissen Sie, ich habe es schwer mit meinem Mandanten."

Wir sind von der speziellen und allgemeinen Schwierigkeit des Falles überzeugt, und wir sind es jetzt umso mehr, nachdem uns Dr. Schwingstätter den Brief lesen ließ, den ihm Braunmiller einen Tag nach dieser Aussprache geschrieben hatte. Wir sind genauso erschüttert über diese Zeilen, wie es heute noch Dr. Schwingstätter ist, und wir können den Grund nicht finden, der Braunmiller veranlasst hat, seinem Rechtsanwalt diese Erklärung zur Verfügung zu stellen, mit der ausdrücklichen Zusicherung zur Verfügung zu stellen, dass er sie nach Gutdünken verwenden könne. Keine Auflage der Vertraulichkeit! Keine Rücksichtnahme auf seine Frau! Im Gegenteil, man möchte meinen, es gehe ihm sogar darum, dass sie es erfahre.

Und das ist der Inhalt dieses Briefes:

„Sie sagten gestern, Sie wüssten nicht, wie ich zu meiner Frau stehe. Ich habe mit mir gerechnet und bin nun ins Reine gekommen. Das Ereignis, das mich aus der Bahn geworfen hat, hat auch die Weichen meines Denkens umgestellt. Es ist eine völlig andere Richtung, die ich jetzt einschlage. Ohne Hass und ohne jede Bitterkeit, aber endgültig wechsle ich nun das Gleis, auf dem wir – sie und ich – so lange Jahre zu fahren versucht haben. Es hat Zeiten gegeben, in denen ich immer und immer wieder geglaubt hatte, es gelänge mir vielleicht, das aus ihr zu machen, was sie nie war und nie sein konnte: die Erfüllung meiner Sehnsucht. Ich weiß nicht, wie viele Ratschläge, Tipps, Anregungen ich ihr schon gegeben habe im Laufe der zwanzig Jahre. Ich weiß nur, dass sie nichts davon wirklich aufgenommen hat. Vorübergehend vielleicht, auf kurze Zeit, aber auf keinen Fall aus eigenem Antrieb, aus eigener Begeisterung oder eigener Einsicht. Freilich, ich bin nicht daran zerbrochen – aber bin ich glücklicher geworden? Und ist sie liebenswerter geworden? Nun, es spielt auch keine Rolle. Und doch, meine ich, sollte niemand sein Leben nur auf das Pflichtbewusstsein und die Anständigkeit des anderen aufbauen. Ich möchte ja keine Vorwürfe machen, das ist zwecklos und macht nur traurig, aber so war sie nun – bei aller Liebe, die sie mir entgegenbrachte –, so war sie. Nur mein Typ war sie nie. Ihre Erscheinung hatte noch nie einen wirklichen Sympathiereiz bei mir ausgelöst. Es war keine Anziehung da, wenn sie mich auch an sich zog – bewusst und gewollt und um jeden Preis. Mein Fehler war, zu wenig Widerstand aufgebracht zu haben. Und weil es mir angeboren zu sein scheint, einen einmal eingetretenen Zustand nur von der besten Seite zu betrachten, habe ich auch versucht, ihre Vorzüge ins beste Licht zu rücken. Ich habe mich bemüht, sie möglichst nach meinem Geschmack zu formen, mir einzureden, ihre Tapferkeit, ihr Mut, ihr Fleiß, ihre Güte seien ein Ersatz für alles, was ich nicht in ihr gefunden habe. Zugegeben, dass ich bei diesen Versuchen nicht immer höflich gewesen bin. Manches Wort und manche Handlung, zu denen ich mich bedauerlicherweise je habe hinreißen lassen und deren Unart ich mir immer wieder selbst eingestanden habe, hatten ihren Ursprung nur in dem Mangel an tiefer Zuneigung. Ich weiß heute: Jahre, die man ohne echte Liebe verlebt, sind verlorene Jahre. Ich bin entschlossen, ganz gleich wie der Prozess auch enden mag, meine Ehe zu lösen. Ich sehe jetzt ganz genau, dass ich zwei große Fehler begangen habe. Den ersten, als ich meine Frau heiratete, den zweiten, als ich meine erste, einzige und wirkliche Liebe zertrat und bereit war zurückzukehren. Warum habe ich diese einzigartige, wunderbare, unwiederbringliche Chance abgewiesen? Aber dafür habe ich meine Strafe schon erhalten, die Rückkehr wurde illusorisch – die Liebe hingeschlachtet. Ein Nichts ist mir geblieben. Und ich denke, dass mir recht geschieht. Narren wie ich verdienen es nicht anders. Ich glaube, ein gutmeinendes, aber zurückgewiesenes Schicksal wird sich immer rächen."

„In seinem Inneren muss ein Umbruch erfolgt sein, der alles gerodet hat", meint der Anwalt. „Er reißt alle Wurzeln gewalttätig und selbstquälerisch aus seinem Herzen. Es ist ihm gleichgültig, was die Umwelt denkt über ihn. Seine anfängliche, so ungeschickt betriebene Sorge um ein möglichst makelloses Abschneiden ist in das pure Gegenteil umgeschlagen. Nun ist er in das andere Extrem gefallen – und ich fürchte, es wird wieder nicht zu seinem Vorteil sein. Statt sich die Loyalität seiner Frau zu sichern, schiebt er die Bedauernswerte von sich und versperrt sich jeden Weg zu ihr – unbegreiflich – unbegreiflich! Aber es passt zu seiner ganzen Art. Er ist kompliziert – aber ein Mörder ist er nicht!"

Das Gespräch mit Dr. Schwingstätter führt immer auf die Möglichkeit, es könnte eine dritte Person als Täter in Frage kommen. Kann es eine dritte Person geben? Wer könnte ein Verlangen gehabt haben, Carla Turner auf so grausige Art zu ermorden? Hatte die Malerin Feinde, die sich auf sie stürzen konnten, um sich bestialisch zu rächen? Und warum und wofür rächen? Die Polizei nahm den ganzen Bekanntenkreis der Künstlerin unter die Lupe (der Vorwurf der Verteidigung besteht also – gelinde gesagt – nicht ganz zu Recht). Aber es gab keine Feinde. Keine Spur von einer Feindschaft. Carla Turner lebte mit der ganzen Welt in Frieden. Und Männerbekanntschaften hatte sie überhaupt nicht, abgesehen von denen, die ihr Berufsleben mit sich brachte. Die Polizei ist viele Wege gegangen, doch alle führten wieder zu Siegfried Braunmiller zurück. Es gibt keinen anderen Verdächtigen.

Wir haben auch mit Frau Dr. Othilou gesprochen, weil wir davon ausgingen, dass sie als langjährige und beste Freundin von Carla Turner vielleicht auch über Dinge Bescheid wisse, die sonst niemandem bekannt waren. Dinge, die nur einer tiefen und echten Freundschaft vorbehalten blieben. Sie konnte uns ebenso wenig einen Hinweis geben, eine Aussage machen, wie die Verwandten der Ermordeten; sie ist so fassungslos wie alle anderen. Wie sie sagte, sei sie drei Tage vor Carlas Tod zum letzten Male mit ihr zusammengekommen. Sie hätten über eine Reise gesprochen, die sie gemeinsam machen wollten, und die schon stattgefunden hätte, wenn dieser Braunmiller nicht dazwischengekommen wäre.

Mit Tränen in den Augen bedauert sie: „Ach, wäre ich nicht so nachgiebig gewesen! Hätte ich doch auf dem vereinbarten Termin bestanden, dann könnte sie jetzt noch am Leben sein, die Ärmste! Ich hätte beharrlich sein müssen und mich nicht abbringen lassen von unserer Abmachung. Versteifen hätte ich mich sollen und um keinen Preis auf eine Verschiebung eingehen! Hier wäre Härte wahrlich zur Milde geworden."

Auf unsere Frage, ob sie von Braunmillers Schuld überzeugt sei, hebt sie die Schultern. „Sieht es nicht danach aus?", fragt sie und hält ihre Hände stützend an den Kopf. Der Tod ihrer Freundin scheint ihr außergewöhnlich nahegegangen zu sein.

„Sieht es nicht danach aus?" Solche und ähnliche Formulierungen hören wir fast immer, wenn wir die Freunde, die Bekannten, die Verwandten fragen. Es *ist* schwer, an seine Unschuld zu glauben, und doch, wenn wir ganz kühl und sachlich überlegen, wir können die Frage nach einer dritten Person nicht übergehen. Wenn es auch nicht wahrscheinlich ist, möglich ist es, dass noch irgendwer dazwischenstand, von dem niemand eine Ahnung hat.

Seine Frau hofft darauf, aber gegenwärtig, so sagt sie, befindet sich ihr Herz in einer Art von neutralem Zustand. Entscheiden wird es sich erst, wenn das Gericht entschieden hat. Wir meinen, dass dieses Verhalten klug ist. Man muss sich einmal in die Lage einer Frau versetzen, die mehr als zwanzig Jahre mit einem Mann verheiratet ist, und die dann plötzlich vor eine solche Tatsache gestellt wird. Alles bewegt sich im Kreis um die Gedanken, die an seine Unschuld glauben möchten und zugleich aber die Tatsachen erfassen, die gegen ihn sprechen. Es ist schwer – ungeheuer schwer! Man kennt ihn, kennt ihn jahrzehntelang und will ihm so etwas einfach nicht zutrauen – kann sich da eine Frau noch auf ihr Herz verlassen? Findet sie sich da noch zurecht, wo die Weisheit eines Propheten notwendig wäre? Und wie wird sie die Zurückweisung aufnehmen, mit der er nun von vornherein jeder Annäherung entgegentritt?

Kapitel 9   Ausverkauf

Bedeutende Ausgaben der österreichischen Presse sowie ein hessisches Wochenblatt brachten den Tatsachenbericht des Wiener Redakteurs Harry Stöger. In N. fand die erste Nummer so guten Absatz, dass fast sämtliche Verkäufer nachbestellen mussten. Nach der zweiten Fortsetzung wussten sie aber Bescheid und waren in der Lage, richtig zu disponieren.

Die Sensation lebte wieder auf wie eine schwache Glut, die plötzlich frische Luft bekommt. Für ein paar Tage hatte es sogar den Anschein, als ob sich der lustlose Geschäftsgang in Braunmillers Laden wieder beleben wollte. Das dauerte aber nur so lange, bis einige bisher Ferngebliebene ihre Neugierde befriedigt hatten. Danach sank der Umsatz nicht nur auf den Stand der letzten Wochen zurück, sondern verflachte nach und nach so empfindlich, dass Helga Braunmiller, die sich lange gegen den Gedanken des Aufgebens gewehrt hatte, die ernstesten Sorgen bekam. Gewiss, das Lager war noch intakt, die Rechnungen beglichen, aber die Einnahmen so gering, dass sie damit kaum noch die täglichen Kosten bestreiten konnte. Jetzt hatte sie gar nichts mehr dagegen, dass Ida nicht mehr bei ihr war. Sie konnte es leicht allein schaffen und empfand auch Peter hier als eine Belastung, die sie kaum mehr lange zu tragen imstande sein würde. Sie sprach mit ihm. Sie schenkte ihm reinen Wein ein. Sie legte ihm die Finanzverhältnisse so dar, wie sie wirklich waren, und sie verschwieg ihm auch die fünftausend Mark nicht, die sie noch auf der Sparkasse hatte. Da nahm er Bleistift und Papier und begann zu rechnen. Er überschlug den Warenbestand und kam auf fünfzehntausend Mark, die Ladeneinrichtung taxierte er auf zweitausend.

Zusammengerechnet mit dem Bargeld ergaben sich zweiundzwanzigtausend Mark. Nach dieser sachlichen Aufrechnung wurde er phantasievoll.

„Zwanzigtausend davon nimmst du her und steigst bei Schäller ins Geschäft ein, und die zweitausend behältst du dir im Hintergrund. Du wirst stiller Teilhaber und lässt dir eine monatliche Rente von – sagen wir einmal – vierhundert Mark zahlen. Das ist nicht viel, aber wie ich dich kenne, wird dir davon noch etwas übrig bleiben zum Zurücklegen."

„Das sagst du so einfach", entgegnete sie ihm und machte eine kurze, wegwerfende Handbewegung, als ob sie von diesem ungewöhnlichen Vorschlag überhaupt nichts halte. Aber ihre unwillkürlich geweiteten Augen drückten etwas anderes aus. Und wenn sie dann sagte: „Selbst wenn der Schäller auf so etwas eingige – das Geschäft gehört mir schließlich nicht allein", so bewies sie damit, dass sie bereits darüber nachdachte. Doch diesen Einwand wischte Peter wie ein Staubkörnchen weg.

„Du meinst wegen Papa? Ach, das ist überhaupt kein Problem. Wenn er nicht einsieht, dass das der beste Weg ist, dann soll er doch von Wien aus versuchen, mit seinem Anteil das Geschäft zu halten, aber damit wird er sich natürlich gar nicht erst abgeben. Schließlich siehst du ja selbst wie die Dinge liegen ..." Er sprach nicht mehr weiter, aber seine Mutter nickte; sie war gerade dabei, die Tageseinnahmen zu zählen: 34,50 Mark.

„So geht das nicht weiter!"

„Du siehst es selbst ... Wir müssen uns an den Schäller wenden. Soll ich mit ihm reden?"

Sie sagte weder ja noch nein; sie seufzte tief, und ihre Gedanken waren in der Vergangenheit. – Das schöne Geschäft! Und wie mühselig war es aufgebaut worden. Es war nicht so im Handumdrehen gegangen, es hatte harte Jahre gekostet; aber dafür waren die letzten umso besser. Der Laden hatte sich längst zu einer schönen Existenz entwickelt. Und das soll man jetzt plötzlich aufgeben? Kann man das so einfach? Nein, man kann es nicht – man *kann* es nicht! Aber man kann auch nicht so weitermachen. Es geht nicht mehr.

Und wieder stand ein Mensch vor der Frage: Hat es denn überhaupt noch einen Zweck? Lohnt es sich noch, sich mit diesen ekelhaften Schwierigkeiten herumzuplagen? Was konnte es schon bedeuten, diesen Herrn Schäller aufzusuchen und sich vor ihm zu demütigen? Ach, wie angewidert sie von diesen Verdrießlichkeiten war, in denen sie nichts mehr sah als die Preisgabe ihrer letzten Würde.

An diesem Abend entschied sie sich noch nicht. Es folgte erst noch eine lange schlaflose Nacht und dann ein Tag mit einer Einnahme von kaum achtundzwanzig Mark, und dann war sie so weit. „Geh, Peter, geh und sprich mit ihm", sagte sie, aber sie hatte keine Zuversicht und keinen rechten Glauben an eine wirkliche Lösung. Es war ihr nur so, dass vielleicht etwas Wunderähnliches geschehen könnte, obwohl sie fühlte, dass ihr der Versuch nichts weiter sein werde als dem Ertrinkenden der nutzlose Strohhalm, nach dem er trotzdem greift. Obwohl sie faktisch ohne Hoffnung war, schickte sie zu ihm, um den Kampf aufzunehmen. Aber bei allem Misstrauen konnte sie nicht verhindern, dass sie sich bereits mit Überlegungen beschäftigte, die alle schon auf ihre neue Lage hinausgingen. Wenn nun der alte Schäller tatsächlich auf ihren Vorschlag eingänge? Das wäre doch nicht schlecht. Wenn er sich wirklich auf die vierhundert Mark einließe – die Einkommensfrage wäre für sie völlig gelöst, die Geldsorge behoben. Sie freundete sich immer mehr mit dem Gedanken an. Außerdem hatte sie ja inzwischen über den Bericht Dr. Stögers erfahren, was ihr bevorstand. Auf alle Fälle die Scheidung! Auch wenn Siegfried nicht verurteilt werden sollte. Mit ihrem Mann konnte sie also nicht mehr rechnen. So erschütternd es ihr beim ersten Mal ins Herz gedrungen war, als sie es gelesen hatte, so ruhig und beinahe verständig dachte sie allmählich über diesen Punkt. Vielleicht war es wahrhaftig das Beste? Der Bruch, der nun stattgefunden hat, würde wohl immer bleiben, er ließe sich bestenfalls zu einer hässlichen Nahtstelle verkleben, aber er würde nie mehr zu übersehen sein. Sie konnte sich kaum vorstellen, dass es sich hernach noch so weiterleben ließe wie früher. Das mochte er vor ihr klar erkannt haben, und sie musste ihm – wie so oft – auch diesmal recht geben. Mochte es sein, wie es wollte – seine Entschlüsse waren immer gut. Aber nun hatte sie eben auch an sich selbst zu denken. Und sie tat es gelegentlich bereits, und besonders jetzt, da Peter ihr solche Hoffnungen offenließ. Das wäre doch eine gute Sache für sie, wenn der Schäller darauf einginge. Vierhundert Mark – sie würde es um weniger machen – nur eine kleine Sicherheit im Hintergrund.

Sie lebte sich so in die vorgestellten Verhältnisse, dass sie es kaum mehr erwarten konnte, bis Peter zurückkam. Wenn sie dachte, der alte Halsabschneider würde sich *niemals* auf so etwas einlassen, stellte sie sich selbst sofort die Gegenfrage: „Warum eigentlich nicht?" Wenn er den Laden als

Filiale betriebe, hätte er doch die Konkurrenz los und zugleich keine neue zu befürchten. Wenn sie sich das einen Augenblick lang einzureden versuchte, widersprach sie sich aber im nächsten sofort wieder, weil sie sich sagen musste, dass der Gauner viel zu gerissen sei, um den gleichen Erfolg nicht auch billiger erzielen zu können. Was sie aber auch dachte und überlegte, wie sie auch hin und her kalkulierte, sie fand keinen festen Schluss, und die Spannung blieb, bis Peter endlich heimkam. Dann allerdings brach die neue Hoffnung jäh zusammen.

„Du hast recht gehabt, Mama", sagte er, „er ist ein ganz raffinierter Habicht, ein Spitzbube und ein Heuchler obendrein."

„Sein Optimismus hat ja ganz schön Schiffbruch erlitten", dachte sie im Stillen und war bereits imstande, sich ein Bild vom Verlauf der Verhandlung zu machen; dennoch fragte sie: „Was hat er gesagt?"

„Dass er nicht nein sagen könnte, wenn es sich um ein Darlehen handelte, aber eine weitere Absicht habe er nicht."

„So, so, eine weitere Absicht habe er nicht", wiederholte sie höhnisch, Wort für Wort, um dann erzürnt und rasch festzustellen: „Und ich sage dir, er hat die Absicht, uns auf die billigste Art und Weise zu kassieren."

„Ja, es sieht so aus. Und was er gesagt hat, war sogar einleuchtend. Gewissermaßen logisch. So, wie der Fall liege, meinte er, seien die Aussichten für uns sehr ungünstig, und den Tag, an dem wir am Ende wären, sähe er schon voraus."

„Das hat er dir ins Gesicht gesagt?!"

„Ja, und mit einer Leichenbittermiene, als ob es ihm tatsächlich zu Herzen ginge. Es täte ihm wahrhaftig leid um uns, aber er sehe die Sache so: In spätestens drei Wochen dürften wir eingesehen haben, dass sich das Geschäft nicht mehr halten lasse. Dann würden wir gezwungenermaßen zu dem Entschluss kommen, den Laden so schnell wie möglich zuzumachen. Vielleicht, dass wir uns auch bemühten, einen Käufer dafür zu finden; aber das wiederum dürfte äußerst schwer sein. Es käme einem außergewöhnlichen Glücksfall gleich, wenn wir das Geschäft an den Mann brächten. Mit Glücksfällen – das habe sein Vater schon immer gesagt – sollte man jedoch nie rechnen, nur mit der Wahrscheinlichkeit und dem Rechenstift. Es stimme ja, gerade der, der es am notwendigsten brauche, baue am liebsten auf ein Wunder; aber wenn Wunder notwendig seien, wäre es meist schon zu spät. Nach seinem Ermessen würden wir in spätestens drei Wochen resignieren und dann froh sein, unsere Ware überhaupt noch anzubringen. Er wäre nicht abgeneigt, sie en bloc zu erwerben, und könnte uns bereits jetzt eine Vorschusszahlung leisten, falls wir das wünschten; jedoch eine Verbindung im Sinne unserer Überlegung müsse er natürlich ablehnen, sie sei für ihn als Kaufmann überhaupt keine Diskussionsgrundlage. – Ach, ich gebe zu, dass ich mich gründlich getäuscht habe in ihm."

„Du kennst ihn eben noch nicht so lange wie ich; er gehört zu jener Sorte von Leuten, die immer oben sind, die nie untergehen, wie die Zeiten auch sein mögen und ganz gleich, was um sie herum geschieht; sie können tun, was sie wollen, und kommen nie in Bedrängnis. Ich weiß keine Zeit, in der es ihm einmal schlecht gegangen wäre. Dabei hat er weiß Gott keine reine Weste."

„Ein wenig Glück und etwas Gewissenlosigkeit, denke ich, das putzt wohl die Flecken ganz schön heraus; sie dürfen nur nicht so groß sein wie die unseren", gab Peter in einer Art von besinnlicher Resignation zu verstehen.

Sie spürte natürlich den stillen Vorwurf in diesen Worten und schwieg dazu. Zum ersten Mal empfand sie so etwas wie Mitleid mit ihrem Sohn. Nicht genug, dass er schon von Natur aus zu wenig mit den Gaben bedacht war, die den Erfolg im Leben verbürgen, musste er jetzt auch noch eine bittere Erbschaft mit in Kauf nehmen, die ihm zunächst weiter nichts als die Aussicht auf ein ruiniertes Geschäft und einen schlechten Ruf und möglicherweise noch eine sadistische Veranlagung einbringen wird.

Während sie so überlegte, betrachtete sie ihn auch, und sie fand, dass er eigentlich ein blendendes Aussehen hatte: die große, schlanke Figur wie sein Vater – auch die gleichen dunklen, lebhaften Augen, mit dem manchmal träumerischen Blick – nur Nase und Mund waren weicher, runder – ähnlich wie bei ihr selbst. Aber sonst war er ihr wenig nachgeraten. Wenn er sich so schnell und sicher bewegte und gestikulierte, meinte sie gerade, sie sähe des Vaters zweite Ausgabe. Und merkwürdig, allmählich nahm ihre Neigung zu dem Jungen zu. Aller Ärger, den er ihr auch schon bereitet hatte, verlor an Bedeutung. Vielleicht war sie auch nicht ganz schuldlos an dem schlechten Verhältnis; vielleicht hatte sie sich von jeher zu wenig bemüht, ihn zu verstehen. Gewiss, sie war von ihrer Gerda verwöhnt gewesen, von ihrem Herzblatt, das sie über alles geliebt hatte und das ihr immer als das Idealbild eines wohlgeratenen Kindes galt, aber Peter war eben ganz anders. Sie hätte sich wirklich mehr Mühe geben, mehr Zeit nehmen müssen für ihn. Aber wann hatte sie denn Zeit gehabt? Immer nur das Geschäft, immer nur die Arbeit! Hatte sie sich denn für sich selbst Zeit nehmen können? Ach, sie hatte wohl mehr versäumt als nur die rechte Anteilnahme an der Entwicklung ihres Sohnes. Vielleicht hätte auch das Mädchen mehr von ihr gebraucht als nur die abgöttische Zuneigung. Es sah jedenfalls nie danach aus. Gerda konnte keinen Kummer machen. Gerda war immer willig, immer folgsam, nie auflehnend – bis … Nein! „An allem bin ich nicht schuld!"

Gut, dass Peter schon gegangen war, als ihr diese Worte über die Lippen schlüpften. Gut, dass sie schon wieder allein war – und sie war viel allein in der letzten Zeit. Tagsüber war sie allein zu Hause, weil ihr der Sohn die wenige Arbeit im Geschäft abnahm, und abends traf sie ihn kaum, weil er viel unterwegs war. Sie wollte nicht fragen, und es war ihr auch ganz recht, wenn er nicht da war. Jetzt konnte sie endlich vieles erledigen, was schon so lange darauf gewartet hatte. Stets hatte sie irgendetwas hinausschieben müssen, jetzt fand sie auf einmal für alles Zeit. Aber sie musste sich oft fragen, ob es denn überhaupt noch sinnvoll war, was sie tat. Und sie ertappte sich immer wieder, dass sie sich zu viele Fragen stellte. Arbeitete sie, so wollte sie wissen, warum eigentlich. Tat sie nichts, legte sie die Hände in den Schoß und saß unnütz herum, so war dieses Warum auch da und beinahe noch aufdringlicher. Und von allen selbstquälerischen Fragen drang eine immer wieder besonders hervor, jene aufregende Frage, die durch das Gespräch mit dem Wiener Redakteur aufgetaucht war; sie wurde seither davon verfolgt wie von einem Spukgebilde. Wieso durfte der Mann mutmaßen, dass sich innerhalb ihrer Ehe etwas abgespielt haben könnte, was sie zwar seit eh und je verabscheute, aus Unwissenheit und besorglicher Hingabe aber immer wieder hatte geschehen lassen? Wieso kam er auf diesen Gedanken? Und haben diesen Gedanken etwa mehr Menschen? Ist es üblich, dass man das annimmt von einer solchen Ehe – einer Ehe mit einem ... Es fiel ihr ungeheuer schwer, „Sexualmörder" auch nur in Gedanken zu sagen; es sträubte sich alles in ihr. Überlegte sie aber klar und verfolgte sie den ganzen Verlauf – war dann wirklich Grund genug vorhanden, um an seine Unschuld glauben zu können? Dennoch brachte sie dieses schreckliche Wort kaum über ihre Lippen. Sie wusste, wie sehr alles gegen ihn sprach, erlebte, dass er noch nicht ein einziges Wort hatte hören lassen, sah, wie alle Welt von seiner Schuld überzeugt war, und merkte, was man hinter ihrer Ehe suchte. Aber sie zögerte immer noch, dieses eine Wort wie ein gefälltes Schuldurteil auszusprechen. Ein Mörder ist doch etwas Gemeines. Aber gemein war er nicht, nie. Im täglichen Leben war er sogar vorbildlich, korrekt, zuverlässig – nur das andere, im Bett hin und wieder. Nun, daran hatte sie sich gewöhnt gehabt; sie hatte es nie so schlimm empfunden wie jetzt, nachträglich, und im Zusammenhang mit dem vorliegenden Fall. Jetzt erst gruselte es sie, wenn sie an manche Szene dachte und an die Reden, die er dabei führte – unflätig, frivol, brutal – unvereinbar mit seinem übrigen Wesen. Unglaublich und abstoßend – und dann doch wieder faszinierend. Wie oft war sie verwirrt, benommen – schwankend zwischen Entsetzen und Neigung – hilflos zwischen Hingabe und Auflehnung. Sie schrieb alles seiner Leidenschaft zu und glaubte, es gehöre zum Handwerk der alltäglichen Liebe oder wenigstens zu den Geheimnissen des ehelichen Schlafzimmers. Sie beugte sich hin und her unter den aufwallenden Stürmen seiner wilden Lust, aber sie brach nicht, weil sie fest verwurzelt war und voller Kraft.

Nun war es anders. Nun meinte sie, keinen festen Boden mehr unter den Füßen zu haben. Und die Kraft war verpufft. Die Erinnerungen an eben diese intimen Zwischenfälle ihres Zusammenlebens mit ihm brachten ihr die konfliktreichsten Augenblicke ein: „Sie erinnern sich bestimmt an die eine oder andere merkwürdige Begebenheit, die Ihnen jetzt in einem anderen Licht erscheint." So hatte doch Dr. Stöger gesagt. Und sie hatte geschwiegen darauf. Sie schwieg immer noch darauf. Sie brachte es nicht fertig, sich mit jemandem darüber zu unterhalten, obschon nichts heißer in ihr brannte als dieser Wunsch. Mit wem hätte sie auch reden sollen? Es gab niemanden, dem sie das notwendige Vertrauen hätte entgegenbringen können. Es war ein fortwährendes, erfolgloses Reihumsuchen, ein Gedankenwirbel, ein Sog. Und sie fand keine Richtung, in die sie aus diesem Strudel hätte herausstoßen können. Stets wurde sie mit in die Tiefe gezogen; sooft sie sich mit diesem Gedanken auch nur einließ, sträubte sich alles in ihr. Einmal glaubte sie einen kleinen Zweig erwischt zu haben. Sie klammerte sich daran wie eine Absinkende, aber doch behutsam genug, um ihn nicht vorzeitig wegzubrechen. An dieser Hoffnung hielt sie sich eine Zeit lang über Wasser, und es schien, als ob es ihr endlich gelänge, aus diesem Mahlstrom herauszukommen.

Es war ein fixer Gedanke, der sich ihr anbot und der sie nicht mehr losließ, bis sie sich auf den Weg machte. Es war der Weg zum Pfarrhaus von St. Urban. Der schönere und einfachere, wenn auch längere, hätte über den Marktplatz geführt; aber Helga Braunmiller stieg die steilen Treppen des Katzenberges hinauf, weil das eine Abkürzung war, wie sie sich sagte. Sie wollte jedoch weniger die Zeit sparen als der Gefahr entgehen, beobachtet zu werden. Sie wollte sich so wenig wie möglich sehen lassen, als ob es ein verbotener oder verdächtiger Weg gewesen wäre. Deshalb schaute sie sich auch nach allen Seiten um, bevor sie an dem altmodischen Glockenstrang zog. Wenn die Glocke nur nicht so dröhnen möchte! Der aufdringlich laute Klang, den man nicht nur im Hause, auch in der nächsten Umgebung hören konnte, lag ihr von früher her noch in den Ohren. Stets wussten es sämtliche Nachbarn, wenn jemand an der Pfarrhausglocke von St. Urban zog, und hinter manchem harmlosen Fenstervorhang waren spähende Augen zu befürchten.

Sie hatte den eisengeflochtenen Griff bereits in der Hand, aber sie zauderte immer noch, denn die Angst vor den neugierigen Blicken war noch nicht überwunden. Hoffentlich braucht die Anna nicht so lange zum Öffnen, dachte sie und drückte sich so eng wie möglich in die Türnische hinein, dann zog sie zaghaft an – sie horchte vergebens, der Lärm blieb aus! Die alte Glocke meldete sich nicht mehr. Zum zweiten Mal wurde Helga überrascht, als sie das typische Summen eines elektrischen Türöffners wahrnahm. Im Stillen dankbar für die Modernisierung, trat sie ins Haus. Mehr als zwanzig Jahre war sie nicht mehr hier gewesen, und von der soeben erlebten Neuerung angeregt, machte sie sich auf weitere gefasst, doch schien es bei der einen geblieben zu sein. Der Korridor war wie ehedem lang, weiß getüncht, schmucklos sauber, kalt und unfreundlich. Der Gekreuzigte am Ende des Ganges – in extremer Leidensdarstellung – verdüsterte die Stimmung mehr, als er Wärme hineinbringen konnte. Gut, dass es aus einer Tür nach gekochtem Dörrobst roch; aus dieser Tür kam dann auch die Haushälterin des Pfarrers heraus, hochbetagt, voller unnötigem Fett und mit gichtigen Gelenken, aber wie zu allen Zeiten freundlich und mit einem gütigen Gesicht. Ohne lang zu fragen, führte sie den späten Gast ins Sprechzimmer. Höflich und zuvorkommend versicherte sie, dass der Herr Pfarrer nicht lange ausbleiben werde. Es dauerte aber dann doch eine Weile und Helga Braunmiller konnte sich in Ruhe umsehen. Sie war nur ein einziges Mal hier gewesen – kurz vor der Hochzeit, beim sogenannten Stuhlfest –, aber sie konnte sich noch gut daran erinnern. Es schien sich nichts verändert zu haben. Da stand noch der Tisch in der Mitte, die schwarzen Ledersessel mit den weißen Nägeln ringsum, das gleiche Ledersofa an der einen großen, tür- und fensterlosen Wand; auf der gegenüberliegenden Seite ein dunkler Rollschrank und am Fenster ein Blumentischchen. Als Wandschmuck fielen nur drei gerahmte Fotografien auf, und jede zeigte das Porträt eines anderen Oberhauptes der katholischen Kirche. Merkwürdigerweise war aber kein Kruzifix zu sehen. Sie versuchte, sich zu erinnern, ob das vor zwanzig Jahren auch schon gefehlt hatte. Genau genommen waren es fast dreiundzwanzig Jahre. Damals hatte sie, die evangelische Braut, unterschreiben müssen, dass sie damit einverstanden sei, ihre zukünftigen Kinder katholisch taufen zu lassen und zu erziehen. Außerdem war der Pfarrer seinerzeit sehr in sie gedrungen wegen des Konvertierens. Er hatte gemeint, dass es wohl am besten wäre, wenn sie den Glauben wechsle; doch das hatte sie abgelehnt. Sie war der Auffassung, dass ihre Zustimmung zur Kindertaufe und zur Erziehung eine ausreichende Morgengabe an den Katholizismus sei. Hochwürden war über diese hartnäckige Haltung ziemlich verschnupft gewesen. Und er würde sich wohl noch recht gut daran erinnern. Aber schließlich rechnete sie damit, dass er nach so langer Zeit nicht mehr nachtragend sein werde. Ja, erstaunt werde er sein, wenn er sie sehe. Er würde seine Augen weit öffnen und seine Stirn in Falten legen und eine bedeutungsvolle Miene machen. So erinnerte sie sich an ihn. Eigentümlich, warum sie gerade zu ihm kam. Er war ihr doch gar nicht besonders sympathisch. Pfarrer Schneck von der protestantischen Kirche wäre ihr viel lieber gewesen; aber seit sie sich katholisch hatte trauen lassen, waren dessen Sympathien für alles, was sich Braunmiller schrieb, sehr abgekühlt. Außerdem hatte sie, ohne es sich recht erklären zu können, in dieser heiklen Sache zu dem katholischen Priester irgendwie mehr Vertrauen. Ob das von dem Nimbus der todsicheren Verschwiegenheit herrührte, der katholische Pfarrer umgab? Mochte es so sein; letztlich ging es ihr ja um dieses unbedingte Schweigen. Dass sie den besten Rat bekäme, davon war sie dennoch nicht überzeugt. Lange genug hatte sie ja gebraucht, bis sie sich überhaupt durchgerungen hatte zu der Ansicht, dass man darüber sprechen kann. Lange und lange wollte ihr das einfach nicht gelingen, trotz aller gebotenen Gründe nicht und nicht trotz aller Last, mit der sie bedrückt war. Ihr Verlangen, eines anderen Menschen Meinung zu hören, wuchs aber mit ihrer seelischen Not. Es wurde stärker und immer stärker und überspielte die letzten Widerstände. Zuletzt blieb die Gestalt des Stadtpfarrers von St. Urban wie eine silberhelle Wolke in der düsteren Unwetterstimmung ihrer Seele hängen. Aber je näher sie ihr zu kommen schien, desto mehr verlor die Wolke an Glanz.

Helga erschrak, als der Stadtpfarrer plötzlich herankam; aber als sie ihn sah, dachte sie: Oh, ist er alt geworden! So nahe hatte sie ihn schon lange nicht mehr gesehen, und sie staunte, dass er schon so ergraut war. Seine Haltung war leicht gebückt (und was war er für ein stattlicher Mann gewesen!), und auf seinem Gesicht lag ein müder Zug, der aber die seines eigentlichen Wesens nicht zu überdecken vermochte. Es sah immer noch wuchtig und beinahe derb aus, wie das eines polnischen Bauern und trotzdem von merkwürdigem Adel. Eine Mischung aus vornehmer Bescheidenheit und scheinbarer Bereitwilligkeit.

Als er sah, dass sie, seine geistliche Würde gebührend schätzend, sich erheben wollte, eilte er auf sie zu und nötigte sie, Platz zu behalten. Seine Miene war freundlich, ließ jedoch die Spur eines schlecht verhehlten Triumphes erkennen – kaum zu merken, kaum zu erklären, aber gerade noch so, dass sie sich nicht verlor. Und Helga Braunmiller war sehr empfindlich geworden in der letzten Zeit, ihr entging diese Spur nicht, und so winzig sie war, sie reichte aus, um ihr sofort die Kehle zu verschnüren. Weil sie also nicht gleich zu sprechen begann, hielt es der geistliche Herr für notwendig, selbst anzufangen. „Sie wollen doch nicht etwa in den Schoß unserer Kirche finden?" Er stellte diese Frage liebevoll, ohne aber den salbungsvollen Tonfall des altmodischen Alleinseligmachers zu vermeiden, wo ein schlichtes menschliches Wort vielleicht einen Berg hätte abtragen können. So aber war es bei Helga Braunmiller mit einem Male aus. Sie ließ keine Silbe mehr verlauten von dem, was ihr gequältes Herz ihr in den Mund zu pressen versuchte. Und das brennende Anliegen schrumpfte zu einer oberflächlichen Frage zusammen. Sie wollte wissen, ob es möglich wäre, dass für ihren katholischen Mann eine Messe gelesen werden könne, auch wenn sie – die protestantische Gattin – eine solche bestellte. Der Geistliche, nicht ahnend, welchen Rückzieher er für einen bemerkenswerten Erfolg hielt, dozierte: „Wer durch ein heiliges Messopfer zum Fürbitter eines anderen werden möchte, hat den Wert und den Segen dieser gottgefälligen Handlung erkannt. So ist es von dieser Sicht aus gleichgültig, ob er einer anderen Konfession angehört; denn sein Glaube befindet sich bereits auf dem rechten Weg."

Nachdem er diese Worte buchstäblich zum Fenster hinausgesprochen hatte, wandte er sich wieder um und ging die zwei Schritte auf seine Besucherin zu. „Vielleicht war ich einmal ungerecht gegen Sie, Frau Braunmiller. Damals, als Sie heirateten, da hätte ich Sie am liebsten sofort und für immer bei uns gesehen. Zugegeben, ich war verärgert gewesen, weil Sie mir so unnachgiebig und unbelehrbar schienen. Sie wissen es, aber Sie wissen auch, ich habe Ihnen nichts nachgetragen. Ich hätte es gekonnt, später ..."

Hochwürden machte eine Pause, die zum Nachdenken Zeit ließ. Aber sie brauchte sich nicht lange zu besinnen; sie wusste, was er sagen wollte. Gerda hätte er das kirchliche Begräbnis verweigern können. Das wäre ganz in seinem Ermessen gelegen. Aber er hatte es nicht getan und wenigstens den Kaplan geschickt. War das besonders anerkennenswert? Als trauernde Mutter hatte sie seinerzeit kaum darüber nachgedacht, aber jetzt empfand sie es schmerzlich, dass er darauf anspielte.

Erst als der geistliche Herr davon überzeugt war, dass sie seinen Hintergedanken auch richtig verstanden hatte, fuhr er fort: „Gottes Mühlen mahlen langsam. Wir sind oft zu voreilig in unseren Wünschen und Absichten und wir glauben manchmal, den Tag nicht erwarten zu können, der uns die Augen öffnet."

Helga Braunmiller nickte wie eine artige Sonntagsschülerin; doch dann kramte sie ihre groblederne Geldbörse hervor; sie drängte zum geschäftlichen Teil, der ja auch in der Seelsorge seinen genauen Platz hat. Aber katholischer war sie nicht geworden.

Sie schlich aus dem Pfarrhaus, ängstlicher als zuvor, beschwerter denn je – und so ratlos, wie sie gekommen war.

Kapitel 10   Abartige Veranlagung

Vielleicht hätte sie es nicht so heiß und innig wünschen sollen; vielleicht wäre es besser gewesen, wenn sie nicht ihr ganzes Verlangen plötzlich nur noch auf eine Erlösung von ihrem Gewissenskonflikt abgestimmt hätte. Es mag wie ein in Erfüllung gegangenes Gebet gewesen sein, als ihr mit einem Male alle Möglichkeiten auf den Tisch gelegt wurden. Aber nun bangte ihr. Ihr Bangen bezog sich auf eine neue Gewissensnot. Sie konnte nicht ahnen, welche Flut von Aussprache über sie hereinstürzen würde, und sie konnte in keiner Weise voraussehen, was sie alles erwartete.

Der Staatsanwalt hatte sich an sie gewandt und lud sie ein, nach Wien zu kommen. Der Brief brachte ihr Herz neuerdings in Aufruhr, in ganz anderer Weise zwar, aber in nicht geringerem Maße. Sie fühlte, dass sich ein neuer Fangarm an dem gierigen Ungeheuer ihrer seelischen Not bildete; und viele hatten sich schon um ihr Herz gewunden. Durch einen kurzen klaren Satz, der für sie aber wie ein erregendes Kapitel war, wurde in ihrer Brust ein neues Warum geboren. Der Satz war unauffällig so nebenbei in das Schreiben mit hineingeflochten, doch gerade an ihm blieb sie hängen. „Wir entsprechen dem Wunsch Ihres Mannes und sind gerne bereit, ein längeres Gespräch mit ihm zu vermitteln."

Was sah sie nicht alles hinter diesen wenigen Worten?! Jetzt verlangte er nach ihr! Jetzt – und nach allem, was bekannt geworden war! Jetzt – nach der Veröffentlichung dieser vernichtenden Erklärung über sie! Mochte die Lesart des Tatsachenberichts auch verfärbt sein, die Eindeutigkeit seiner Absicht war auf jeden Fall zu erkennen. Er hatte über sie geurteilt, noch bevor man über ihn urteilte. „Los von ihr um jeden Preis", war seine Parole nach einer jahrzehntelangen Gemeinschaft! Und jetzt verlangte er plötzlich nach ihr. Das verstand sie nicht mehr. Sie zweifelte an sich. Wuchtig, wie in bleiernen Lettern hämmerte sich ihre Frage aus: *Kann sie, darf sie sich ihm verschließen?* Jetzt, nach seinem monatelangen Schweigen? Jetzt, nach dieser unverhohlenen Zurückweisung, dieser öffentlichen Abschwörung; diesem schließlich immer noch durch nichts erschütterten Verdacht, diesem grausigen Verdacht, ein Lustmörder zu sein? War es da noch angebracht, wenn sie sich großmütig zeigte, um seinem merkwürdigen, vielleicht nur einem momentanen Sinneswechsel entsprungenen Aussprachebedürfnis nachzukommen? Musste sie nicht damit rechnen, dass er sich plötzlich wieder anders besann und sie neuerdings brüskierte?

Nach einer Nacht, die ihr keinen Schlaf gegönnt hatte, war Helga klar: Sie würde mit ihm sprechen. Wenn sie ihm auch nichts mehr bedeuten sollte, wenn seine Schuld auch noch so groß sein mochte, was er ihr bisher bedeutet hatte, durfte nicht vergessen werden. Mochte es ihr letztes Opfer sein – sie musste es noch bringen! Im Geiste hatte sie schon alle Widerwärtigkeiten durchgestanden, die nach ihrem Ermessen auf sie zukommen konnten. Dennoch erschauerte sie jedes Mal, wenn sie sich den Augenblick des Begegnens mit ihm vorstellte. Hätte sie aber gewusst, was sie wirklich erwartete, wäre ihr dieser Augenblick als der harmloseste erschienen; denn was sie auch sah, die Hintergründe dieses Schreibens sah sie nicht.

Die Sorge um das Geschäft war vorläufig in den Hintergrund getreten. Helga machte sich darüber kaum noch

Gedanken. Schließlich war ja Peter da. Außerdem – was konnte schon noch schiefgehen, wenn man bereits in einer Sackgasse steckte? Und in ein paar Tagen würde sie ja wieder zurück sein, dachte sie. *Dachte* sie.

Das Angenehmste der ganzen Bahnfahrt war, dass sie unter lauter fremden Menschen saß, für die sie ein unbekannter Fahrgast war und weiter nichts. War es nicht wohltuend, endlich einmal frei zu sein von dem zermürbenden Bewusstsein, überall verstohlen lauernde Finger zu wissen, die darauf warteten, auf sie zu deuten? War es nicht köstlich, endlich einmal niemanden mehr zu sehen, der deutete, flüsterte oder sich Gedanken über sie machte, wenn er an ihr vorbeiging und sich nach ihr umsah? Unbekannt unter lauter Unbekannten zu sein, das war für sie ein beinahe glücklicher Zustand. Kein Mensch wusste hier, dass sie die Frau Braunmiller war. Niemand konnte den Grund ahnen, warum sie in diesem Zug saß und nach Wien fuhr; auch dann nicht, als sie wieder einmal den broschierten Tatsachenbericht des Dr. Stöger hervorzog und durchlas. Wer kümmerte sich schon in einem Zugabteil, was der andere war und was er las? Es war die einzige Lektüre, der sie sich immer wieder aufmerksam widmen konnte und von der sie immer wieder neu gefesselt wurde. Jedes andere Buch, ja jede Zeitung legte sie bald wieder weg; denn ihre Gedanken vermochten sich nur zu sammeln, wenn es um den Fall Braunmiller ging. Hier gelang es ihr leicht, sich immer wieder zu vertiefen, obschon sie beinahe jede Zeile auswendig konnte. Die Seiten, auf denen die ursprünglichen Hintergründe ihrer Ehe bloßgelegt wurden, schlug sie des Öfteren auf: „… dem jedoch die Entschlossenheit durch eine moralische Erpressung rasch genommen war." Da stand ihre

Schuld! Als sie diese Preisgabe ihres Geheimnisses in dem Bericht zum ersten Mal vorgefunden hatte, war ihr das Blut noch in den Kopf geschossen. Jetzt konnte sie es schon lesen, ohne zu erröten; dennoch erboste sie sich stets von Neuem, und ihr Grimm galt der „Quelle des Verfassers", wie so unverfänglich geschrieben stand. Sie wusste, wer außer ihrem Mann nur darüber gesprochen haben konnte; sie kannte diese Quelle und wusste, wo sie entsprang. Der Redakteur konnte sein Wissen über diesen Punkt nur aus Hanau bezogen haben. Aus Hanau, wo ihre Schwester zu Hause war und also die Einzige, die darüber noch Bescheid wusste. Ihr, die Helga nie recht hatte verzeihen können, dass sie zu einer Ehe gekommen war, war zuzutrauen, das Geheimnis zu lüften. Sicherlich würde sie sich nicht selbst angeboten haben, diese vergessene Sache auszugraben; aber dass sie der Findigkeit des Journalisten nicht widerstanden hatte, war Grund genug, ihr bitterböse zu sein. Wurden sie nicht ohnedem ausreichend einem sensationshungrigen Publikum präsentiert? War es wirklich noch notwendig, diese alte Jugendsünde mit hineinzuwerfen? Das Verhältnis zwischen den beiden Schwestern hatte sich bisher durch zwar sorgsam zurückgehaltene, aber unverkennbare Missgunst ausgezeichnet. Doch nun wurde es durch den unverhohlenen Zorn der Getroffenen in ein Stadium gebracht, das dem offenen Bruch näher stand als allem anderen. Trotz aller Beschäftigung mit diesen für sie unerschöpflichen Themen blieb Helga von der ganzen Reise nach Wien letztlich nur der Eindruck der Endlosigkeit. Die Stadt selbst erschien ihr wie ein Irrgarten. Ein Glück, dass die Leute freundlich sind, dachte sie und war jedem dankbar, der sie ein Stück näher an ihr Ziel brachte.

Endlich saß sie in dem fast doppelt so hohen wie breiten Zimmer des Staatsanwalts. Es war ein beinahe unscheinbarer Mann, der auch durch den auffällig hochgekämmten Wuschelkopf nicht größer erschien und den selbst ein grimmiger Schnauzbart nicht interessanter machte. Er bemühte sich, die aufgeregte Frau mit gebührender Ruhe zu behandeln; er sprach – obgleich weder durch Alter und Amt noch durch sein Aussehen dazu prädestiniert – in einem geradezu väterlichen Ton zu ihr. Vor allem fiel er nicht gleich mit der Tür ins Haus. Aber Frau Braunmiller brannte darauf, zum Thema zu kommen. Was sollen die Fragen über die Reise, dachte sie, und warum interessiert er sich dafür, ob ich schon einmal in Wien gewesen sei; ob ich eine schöne Bahnfahrt gehabt hatte; ob das Geschäft so gut fundiert sei, dass es eine solche Panne unbeschadet überstehen könne (hat der eine Ahnung!); und ob ich gesundheitlich nicht gelitten hätte.

Sie empfand diese Fragen als das, was sie waren: Floskeln, inhaltsarme Redensarten, die ihr den Kontakt zu dem trotz freundlicher Bemühung unverbindlich bleibenden Staatsanwalt nicht erleichterten und die auch nicht mithalfen, den ersten Eindruck, den sie von ihm hatte, zu verwischen: ein personifiziertes Paragrafenzeichen! Daran wurde sie am anschaulichsten erinnert, wenn er den Kopf steil in die Höhe hob und zurückgelehnt die Arme verschränkte.

Sie brannte darauf, das eigentliche Problem anzuschneiden, und er warf ständig andere Fragen auf. Natürlich ist das eine Taktik, sagte sie sich; er will mich nur mürbe machen und mich daran gewöhnen, wie es ist, wenn man langsam ausgequetscht wird wie eine Zitrone. Sosehr sie sich auch bemühte, zurückhaltend zu bleiben, es gelang ihm immer wieder, sie aus ihrer Reserve herauszulocken. Als er gar den bekannten Tatsachenbericht ins Gespräch brachte, wurde sie hellwach.

„Hören Sie einmal, Frau Braunmiller, können Sie die Schilderung dieses Herrn Stöger so ganz und gar unterschreiben?", fragte er mit der harmlosesten Miene und dem sanftesten Tonfall. Sie fühlte dennoch, dass sich hinter dieser Frage eine Gefahr verbarg, der Pfeil konnte jeden Augenblick aus dem Tarnschirm hervorschnellen. Sie wusste aus der Erfahrung mit Dr. Stöger, wie fintenreich ein Gespräch geführt werden konnte, und dieser Staatsanwalt schien ihr um einiges gefährlicher zu sein. Für diese Leute, sagte sie sich, sind wir viel zu einfältig. Sie fand, dass es aussichtslos sei, hier mit Überlegung und Voraussicht zu antworten.

„Unterschreiben, sagten Sie? Nein, das nicht."

Da sie leidlich zögerte, half ihr der Staatsanwalt etwas nach: „Verstehen Sie mich recht. Ich meine: Sind Sie davon überzeugt, dass das alles stimmt, was da beschrieben wurde?"

„Nun, ich wundere mich ja selbst, woher die alles wissen."

Es gelang ihr nicht besonders gut, seiner Neugierde auszuweichen. Der Staatsanwalt war hartnäckig und wollte es genau wissen.

„Das ist eine zweite Frage, Frau Braunmiller. Zuerst wollen wir nur wissen, ob die Burschen bei der Wahrheit geblieben sind."

„Sicherlich wird alles übertrieben und ein wenig aufgebauscht", versuchte sie ablenkend den Schachzügen des

Staatsanwalts, wenn schon nichts von der Überlegenheit, so doch vom Tempo zu nehmen.

„Wenn es so ist, dann liegt das in der Natur derartiger Berichte. Darüber könnten wir hinwegsehen, solange sie frei von offensichtlichen Verdrehungen oder falschen Anschuldigungen sind. Jede unwahre Unterstellung allerdings gäbe Ihnen das Recht, sich gerichtlich zur Wehr zu setzen, und in einem solchen Falle könnten Sie natürlich mit unserer Unterstützung rechnen."

Darauf nickte sie nur, schob wieder einmal ihre Brille auf die richtige Stelle zurück und machte den Eindruck eines völlig armseligen, sich keiner Schuld bewussten, aber auch zu keiner Zuversicht mehr fähigen Menschenkindes. Wäre sie an die vierzig Jahre jünger gewesen, hätte sie in ihrer Hilflosigkeit einfach laut zu heulen angefangen.

Der Staatsanwalt schickte sich an, ihr eine neue Niederlage zu bereiten. „Ich denke eben an eine gewisse Stelle", sagte er und machte eine bedenkliche Miene, die ihr schon von vornherein andeutete, welch schwerwiegende Frage sie zu erwarten hatte. „Es heißt da, sie hätten ihrer Eheschließung durch eine moralische Erpressung nachgeholfen. Das ist eine eindeutige Formulierung, die die Grenzen der übertreibenden Darstellung weit hinter sich lässt, Frau Braunmiller. Und nun frage ich Sie: Läge da etwa ein Grund vor, einzuschreiten?"

Die bedrängte Frau fand keine Worte, obschon die ganze Situation von damals plötzlich wieder vor ihr stand: Draußen an der Neuen Eisenbahnbrücke, abends gegen acht Uhr. Die Sonne war schon im Untergehen; kein Mensch, weit und breit. Die Wege waren noch aufgeweicht vom Regen der letzten Tage. Es war ein kühler Abend. Sie fröstelte, nicht allein der Kühle wegen; sie fröstelte auch, weil sie sich in einer aufregenden Lage und in einem aufgeregten Zustand befand. Wird er kommen oder lässt er es bei seinem letzten Wort? Es klingt ihr noch in den Ohren: „Ich kann dich niemals heiraten. Es ist sinnlos, länger beisammenzubleiben. Ich gehe weg von hier." So hatte er gesprochen und sich seither unsichtbar gemacht. – Nun waren schon zehn Minuten über die Zeit vergangen, die sie ihm in ihrem Brief gegeben hatte, und er war immer noch nicht zu sehen. Auf der anderen Seite des Flusses führte eine Straße entlang, dort war einiger Verkehr; wo sie stand, waren nur Bäume, Wiesen und Sträucher, dazwischen einsame Fußwege; und sie – sie ganz allein. Es war schon der dritte Zug über die Brücke gedonnert, sie stand jedoch noch immer am gleichen Fleck und wartete. Wenn er jetzt nicht kam, nicht bald kam, dann müsste sie ihre Drohung wohl wahrmachen! Aber konnte sie denn das? War sie dazu wirklich bereit? Nein, so ernst war es nicht gemeint, nicht so endgültig ernst. – Er *musste* doch kommen! Davon war sie überzeugt, als sie ihm den Brief geschrieben und ihn vor die Wahl gestellt hatte; darum war es ihr auch so leicht in die Feder gegangen, dieses „... bevor ich Schluss mache ..." Sie rechnete nicht damit, dass er sie allein ließe, sie wollte einfach eine Aussprache erzwingen – wirklich nur eine Aussprache? Wollte sie nicht ihn selbst erzwingen? Wahrhaftig, es wird eine Drohung gewesen sein. Eine moralische Erpressung! Aber das hatte sie damals nicht so empfunden, wirklich nicht! Als er dann da war und wenigstens einer Freundschaft zustimmte, war ja der Himmel wieder voller Geigen für sie. Mit der unbegreiflichen Sicherheit weiblicher Unlogik sah sie bereits wieder alle Möglichkeiten offenstehen. Was bedeuteten schon seine

Einwände und Vorbehalte gegen seine Zusage? Mochte er sich ausbedingen, was er wollte – er verließ sie zunächst nicht – und das war doch ihr Sieg! So hatte sie geglaubt und still in sich hineintriumphiert – damals. Jetzt freilich sah es anders aus, jetzt warf man ihr moralische Erpressung vor. Man fragte sie sogar von Amts wegen, doch sie war nicht in der Lage zu antworten.

„Frau Braunmiller", sagte der Staatsanwalt schließlich, „muss ich etwa annehmen, dass es stimmt?"

Sie versuchte sich mit einer Entschuldigung aus dieser Angelegenheit zu ziehen: „Wenn man jung und verliebt ist, macht man halt solche Sachen, ganz unüberlegt, ganz plötzlich, aus einer scheußlichen Stimmung heraus. Ich hätte nie geglaubt, dass es einmal so groß herausgestellt wird, dass einmal so viel geredet wird über das, worüber wir in unserer Ehe noch nie ein Wort verloren haben."

„Vielleicht wäre es besser gewesen, wenn Sie ihn seinerzeit hätten ziehen lassen; aber nun ist es einmal so, und nun muss darüber gesprochen werden. Zugegeben, Ihr Verhalten mag menschlich gesehen verständlich erscheinen. Sie haben sich aber bestimmt keinen Gefallen erwiesen damit, auch nicht, wenn man von dem Schritt absieht, den ihr Gatte zuletzt getan hat, ich meine, irgendwie haben Sie sich durch diesen allzu heftigen Versuch, den Mann an sich zu fesseln, wohl selbst gefesselt."

Helga Braunmiller nickte lebhaft. Die Ausführungen des Staatsanwalts erschienen ihr treffend, und sie wirkten so stark auf sie, wohl wegen der plötzlichen Deutlichkeit, mit der sie etwas ausdrückten. Sie merkte, was ihr schon lange, aber verschwommen, im Kopf umgegangen war. Langsam bekam sie etwas mehr Zutrauen zu der Person des öffentlichen Anklägers, vor der sie bisher nur einen unbehaglichen Respekt empfunden hatte. Und da ihr schon viel zu lange um den Kern der Sache herumgesprochen wurde, nahm sie sich einfach die Freiheit und warf die Stichwortfrage in die Unterhaltung.

„Sie haben mir geschrieben, dass mein Mann mit mir sprechen möchte."

Der Staatsanwalt schien auf diesen Moment gewartet zu haben. „Ja, natürlich", sagte er, „natürlich" – und machte dann eine kleine Pause, die auf das rasche Einfallen etwas eigenartig wirkte, und das umso mehr, als er sich plötzlich in seinen Akten zu schaffen machte und nur so nebenbei weitersprach. „Uns ist natürlich daran gelegen, dass Sie sich mit Ihrem Mann unterhalten können." Dann warf er seinen Kopf plötzlich herum und sprang ihr mit seinen Augen förmlich ins Gesicht, um sich für die nächsten Minuten nicht mehr davon abzuwenden. Sie bemühte sich krampfhaft, diesen Blick zu ertragen. Und der Staatsanwalt fing genau dort zu bohren an, wo er den weichsten Untergrund vermutete.

„Es sieht nicht gerade rosig aus für Ihren Mann. Merkwürdigerweise erkennt er seine Chancen nicht und beteuert unentwegt, unschuldig zu sein. Das werden ihm die Geschworenen aber kaum abnehmen. Er wäre weit besser daran, wenn er sich auf eine, sagen wir, ihn selbst überraschende Affekthandlung stützen würde, die ihren Ursprung in einer – na ja – abartigen Veranlagung haben könnte. Schließlich ist er ja nicht vorbestraft und hat – soweit uns bekannt – ein tadelloses Vorleben. Er könnte zweifellos mit einer gewissen Milde des Gerichtes rechnen. Es ist mir unbegreiflich, warum er nicht in dieser Richtung agiert. Ich kann mir gut vorstellen, dass ihm die Verteidigung in gleicher Weise zugeredet hat; aber offenbar glaubt er, durch hartnäckiges Leugnen ungeschoren wegzukommen. Es gibt kein Gericht, keine Geschworenen, die durch Hartnäckigkeit versöhnlicher gestimmt werden, wenn die Indizien eine so eindeutige Sprache sprechen wie in seinem Fall. Und sehen Sie, Frau Braunmiller, da denke ich, ob es nicht möglich wäre, dass Sie Ihrem Mann zu einem erlösenden Geständnis verhelfen könnten. Das psychiatrische Gutachten schließt eine sexuelle Abartigkeit bei ihm nicht aus. Professor Connelli ist der Ansicht, dass ein genauer Aufschluss über sein sexuelles Verhalten innerhalb der Ehe etwas Licht in die Angelegenheit bringen könnte. So ist das, Frau Braunmiller. Keine leichte Aufgabe für Sie. Auch nicht für uns, aber um der Wahrheit willen müssen wir doch bereit sein, Opfer zu bringen. Könnten Sie sich dazu entschließen, einige intime Fragen zu beantworten?"

Der Kernpunkt dieses Gesprächs, hatte sie geglaubt, müsste das Zusammentreffen mit ihrem Mann sein, stattdessen hing nun ein heikles Thema im Raum – schwer wie dicke Luft. Die Vernommene empfand eine beängstigende Schwüle. An den roten Flecken, die die Frau im Gesicht und besonders am Hals bekam, merkte der Staatsanwalt, dass sie überaus erregt war, und er beeilte sich, ihr wohlmeinend zu versichern, dass es natürlich nicht hier zu sein brauchte.

Er schilderte ihr Professor Connelli als einen alten, erfahrenen Spezialisten auf diesem Gebiet, der als ausgezeichneter Wissenschaftler und rein menschlich gesehen jedes Vertrauen verdiente. „Wenn Sie nur einverstanden sind damit – er wird Ihnen bestimmt den richtigen Weg zeigen", sagte er und bemühte sich, jeden falschen Ton zu vermeiden.

„Ihre Aussage kann von entscheidender Bedeutung sein, sowohl für die Wahrheitsfindung als auch für Ihren Mann selbst. Wir haben Anhaltspunkte, die uns annehmen lassen, dass sich im Verlauf des intimen Zusammenlebens in Ihrer Ehe Merkmale zeigten, die wichtige Hinweise auf das Triebleben Ihres Mannes ergeben könnten. Wir sind auf Sie angewiesen, wenn wir weiterkommen wollen. Selbstverständlich können wir Sie nicht zwingen, wenn Sie nicht sprechen wollen. Sie haben das Recht, jede Aussage zu verweigern; ich mache Sie ausdrücklich darauf aufmerksam, damit es kein Missverständnis gibt. Als Ehefrau haben Sie vor Gericht zwar ein Zeugnisrecht, jedoch keine -pflicht. Ich glaube aber, Sie haben eine andere Pflicht, die Sie nicht außer Acht lassen dürfen: die Pflicht, der Wahrheit näherzukommen; die Pflicht, für Ihren Mann im Großen und Ganzen gesehen das Vernünftigste zu tun – auch für Sie das Vernünftigste. Und gerade *das* möchte ich betonen: für *Sie* das Vernünftigste. Sie werden nicht die Kraft haben, ein Geheimnis mit sich herumzutragen, von dem Sie wissen, dass Sie, solange Sie schweigen, eine Mitschuld auf sich laden."

In dem angeschlagenen Gehirn der verängstigten Frau taumelten die Überlegungen und Spekulationen wirr durcheinander: Hatte ihr Mann bereits Andeutungen gemacht? War er auf Testfragen hereingefallen? Konnten Testfragen einem Experten überhaupt Aufschlüsse über das Triebleben eines Menschen geben? Oder war vielleicht alles nur gespielt? Will man nur auf den Busch klopfen, eine Falle stellen, sie hereinlegen? Ihr war nicht klar, wie sie sich verhalten sollte. Sie wusste sich keinen Rat mehr; sie fühlte sich hilflos dieser peinlichen Befragung ausgeliefert, ohne über den Wert oder Unwert ihrer Aussage noch urteilen zu können. –

Hatte denn der Redakteur seinerzeit nicht auch schon so eigentümlich gefragt? Stand ihr denn schon im Gesicht geschrieben, woran sie Tag und Nacht dachte? „… Sie werden nicht die Kraft haben …" Nein, sie würde sie nicht haben! In keinem Fall würde sie sie haben! Sie spürte jetzt schon, dass sie am Ende war. Ihre Ohren sausten wie stürzende Bäche. In ihren Schläfen hämmerte es wie in einer Hammerschmiede. Es schwindelte ihr, und sie fühlte, dass sie fallen würde, wenn sie nicht schon säße. Die Schmerzen in ihrem Hinterkopf steigerten sich. Alles steigerte sich ins Unerträgliche. Sie hörte gar nicht mehr, dass der Staatsanwalt immer noch weitersprach. Ja sie sah ihn kaum mehr; sie rang mit der Zeit, mit der Wahrnehmung, mit dem Bewusstsein. Mit letzter Kraft versuchte sie, gegen das endgültige Versagen anzukämpfen. Dann schlug sie mit dem Kopf auf die Kante des Schreibtisches und sackte zusammen. Der Staatsanwalt sprang erschreckt auf; er rief einen Gerichtsdiener herbei und sie bemühten sich, die Ohnmächtige auf den Teppich zu betten.

Bald waren andere Herren da und nach wenigen Minuten auch der Gerichtsarzt. Er machte ein bedenkliches Gesicht und ordnete die sofortige Überführung in eine Klinik an. Seine Befürchtung war, dass die Frau einen Schlaganfall erlitten hatte. Wenn dem so war, traf das auch den Staatsanwalt. Er hatte erkannt, dass er einen beträchtlichen Schritt nach vorne hätte machen können, dass er nahe an seinem Ziel war. Doch nun schien ihm die Beute zu entkommen. Dennoch verfolgte er weiter diese Fährte wie ein Spürhund, der sich seiner Nase sicher war.

Kaum war die Ohnmächtige aus seinem Zimmer gebracht, rief er Professor Connelli an und erzählte ihm, was vorgefallen war, wobei er es nicht unterließ, recht deutlich auf seine Vermutung hinzuweisen. Er bat den Psychiater, auf dieser Spur zu bleiben, die für ihn im Augenblick nicht verfolgbar war. Er betonte, wie sehr ihm daran gelegen wäre, die dünne Schicht aufzudecken, unter der er eine Fundgrube prozessual wertvoller Fakten vermutete. Er unterließ es aber, seinen ernstesten Wunsch zu äußern, dass die Herren von der anderen Fakultät medizinisch genauso tüchtig sein möchten, wie er sich in seinem Fach vorkam.

Das unsichtbare Netz, in welchem das kostbare Wild gefangen werden sollte, wechselte also bloß den Fallensteller, der es rechtzeitig zu bedienen hatte.

Professor Connelli war sich seiner Sache sehr sicher: Er glaubte an seine besondere Geschicklichkeit und bedauerte nur, dass er die Patientin nicht unter zehn Tagen zu sprechen bekam. Der Kollege von der medizinischen Abteilung erlaubte ihm keine früheren Besuche. Es drehte sich zwar nur um eine leichte Form von Apoplexie, bei der eine nahezu vollständige Wiederherstellung der Patientin durchaus im Bereich des Möglichen lag, meinte der Arzt, doch musste er vorerst darauf bestehen, dass das Besuchsverbot keinesfalls verletzt wurde. Sich den Anordnungen eines einfachen Krankenhausarztes zu fügen, schmeckte dem anerkannten Experten nicht besonders, aber schließlich konnte er sich weder noch wegen seines Rufes widersetzen.

Es kam tatsächlich so, wie der Internist vorausgesehen hatte: Nach zehn Tagen trat eine merkliche Besserung im Befinden der Frau Braunmiller ein, sodass er ihr die größten Hoffnungen machen konnte. Er versicherte ihr, dass mit einem günstigen Verlauf des Heilungsprozesses zu rechnen war und dass sich letztlich der Schaden völlig beheben lassen würde, wenn sie sich nur in Geduld fasste und über die langwierige Behandlungszeit den Mut nicht verlor.

So erschütternd es für eine Mittvierzigerin sein mochte, an den Folgen eines Schlaganfalles zu leiden, so hätte sie die Zuversicht, die man ihr von ärztlicher Seite geben konnte, wohl ermutigen müssen, wenn sie nicht die andere, die seelische Last auch noch mit sich herumzuschleppen gehabt hätte. Jene Last, die schon so oft und so stark nach außen gedrängt und doch immer wieder in ihr verschlossen blieb; die Last, von der sie beinahe mehr niedergedrückt wurde als von ihrer Krankheit. Das Verlangen nach einer befreienden Aussprache kam mehr und mehr an die Oberfläche.

So fand sich Professor Connelli, als er endlich die Erlaubnis bekam, mit der Patientin zu sprechen, in einer Lage, sich langsam und vorsichtig dem empfindlichen Thema zu nähern. Bestenfalls nach zwei bis drei Besuchen, meinte er so weit zu kommen, dass er den Kern der Angelegenheit bloßlegen konnte. Aber es gelang ihm überraschend schnell: bereits nach den ersten einleitenden Sätzen. Ihre Beichtbereitschaft lag so offen vor ihm, dass er buchstäblich nur zuzugreifen hatte wie nach einer reifen Frucht. Natürlich nützte er diese einmalige Gelegenheit und schöpfte sie mit allen Mitteln aus, die ihm zu Gebote standen, und eigentümlicherweise war es gerade die Vorsicht, die er dabei anzuwenden brauchte.

Nach zehn Minuten wusste er bereits so viel, dass er die Not und die Enge, in die sich die Frau getrieben sah, restlos begriff. Und wenn er ihr dann in verständigen, gütigen Worten glaubhaft machte, dass sie wahrlich nichts Richtigeres hatte tun können, als sich von diesem bedrückenden

Geheimnis zu befreien, so war es wohl nicht nur das geläufige Routinegespräch eines Fachmanns, sondern auch der gutgemeinte Zuspruch eines menschlich Teilnehmenden. Darüber hinaus versuchte er ihr eine einleuchtende Erklärung über das gefährliche Verhalten ihres Ehepartners zu geben, das sie so lange und so arglos geduldet hatte und das eines Tages wahrscheinlich auch ihr zum Verhängnis geworden wäre. Mit dieser Enthüllung, so versicherte er ihr, hatte sie sich und in gewissem Sinne auch ihren Mann gerettet.

Als er sich von ihr verabschiedete, ging er wie ein wohlwollender, väterlicher Freund von ihr. So fühlte sie es wenigstens, und das war psychisch von großer Bedeutung für sie. Welchen Wert es wirklich hatte, konnte sie erst später ermessen.

Des Professors erster Weg nach diesem so aufschlussreichen Gespräch führte ihn zum Staatsanwalt. Bestückt mit wissenschaftlichen Argumenten lieferte er ihm über seine soeben gemachten Erfahrungen einen anschaulichen Bericht, womit er den Juristen in die Lage versetzte, eine gut fundierte Anklage aufzubauen. Im Wesentlichen stützte sie sich auf das Sexualverhalten des Angeklagten, aber auch auf die enge Verknüpfung mit den vorhandenen Indizien und den belastenden Widersprüchen. Das Triebverbrechen war überzeugend motiviert. Die öffentliche Anklage konnte sich sehen lassen!

Nun war es nicht mehr so wichtig, ob Frau Braunmillers Genesung Sprünge machte oder nur langsam vorankam. Mochte sie bis zur Verhandlung wiederhergestellt sein oder nicht, ihre feste Aussage allein war von ungeheurer Bedeutung für den weiteren Verlauf.

Kapitel 11   Auflösung

Inzwischen eilte zu Hause auch die Geschäftskrise ihrem Höhepunkt entgegen. Peter hatte zwar noch wochenlang versucht gehabt, den Laden über Wasser zu halten, doch nun schien es seiner Meinung nach höchste Zeit zu sein, dass etwas zu geschehen hatte. Er besorgte sich aus Wien die notwendigen Vollmachten, die er von der erkrankten Mutter bereitwillig und über den Rechtsanwalt ohne Weiteres auch vom Vater bekam. So ausgestattet ging er an die Verwirklichung seines Planes, einen Totalausverkauf wegen Geschäftsaufgabe zu veranstalten. Er machte Bestandsaufnahme, krempelte das Lager um, teilte in Kategorien ein, zeichnete alles mit neuen Preisen aus. Dabei strich er die alten rot durch und schrieb die reduzierten Werte auffallend darüber. Er war klug genug, einige Leckerbissen ins Licht zu rücken, damit der Unterschied augenfällig wurde. Er war auch gewitzt genug, sich die Mühe zu machen, manchen Preis vor der Herabsetzung erst zu erhöhen, sodass die Differenz oft größer erschien, als sie in Wirklichkeit war. *„Bis zu 50 % Nachlass"*, schrieb er an die Scheibe der vollgestopften, von schreienden Preisschildern ramschhaft unruhig gewordenen Auslage. Diese Anpreisung war nicht unwahr. Wenn sie auch nicht darauf hinwies, dass eine Reihe von Artikeln kaum unter der normalen Auszeichnung lag. Er inserierte sogar im Kreisanzeiger und wartete dann auf den Erfolg. Er war erstaunt, wie schnell sich dieser einstellte. Zwei Tage nach der Eröffnung seines Totalausverkaufs war er nicht mehr in der Lage, mit allem allein fertig zu werden.

Das Publikum fiel über die Ware her wie die Geier über ein Aas, auf dessen Verendung sie schon einige Zeit gewartet hatten. So stand Peter plötzlich vor der Notwendigkeit, sich nach einer Verkaufshilfe umzusehen. Er tat das Natürlichste und suchte Ida auf, weil er wusste, dass sie schon seit einer Woche nicht mehr in der Kronen-Drogerie war. Er ging einfach abends zu ihr in die Wohnung und sagte ihr klipp und klar, wie die Dinge lagen und dass es schön wäre, wenn sie ihm helfen würde. Ida sagte ebenso klipp und klar nein. Das überraschte ihn nicht, denn schließlich war kaum damit zu rechnen gewesen, dass sie ihm prompt und freudestrahlend entgegenkam, um ihm womöglich noch zu beteuern, schon lange darauf gewartet zu haben. Nein, so einfach hatte er sich's wirklich nicht vorgestellt. Er versuchte mit dem Gespräch weiterzukommen und erlaubte sich zunächst die Frage, ob sie es grundsätzlich ablehne oder vielleicht nur, weil sie etwas anderes vorhabe. Allerdings sei dies der Fall, bestätigte sie ihm, ließ ihn aber zugleich wissen, dass sie sich noch nicht gebunden hatte und dass es auf vier Wochen hin und her gar nicht ankam. Diese Antwort ließ ihn aufhorchen; entweder verriet sie damit schon eine versteckte Bereitschaft, oder sie wollte die Rache kühl genießen. Er nickte zunächst bedächtig, als müsste er die aufschlussreiche Darstellung ihrer Auskunft erst einmal verdauen. Da zeigte sich, dass ihre Beflissenheit größer war als ihr Rachegedanke, und zwar in dem Moment, als sie erwähnte, was denn die Leute denken würden, wenn sie jetzt wieder bei Braunmillers arbeitete. Der Einwand war verständlich, doch nicht fest genug, Peter konnte ihn leicht zerstreuen. „Die Leute, meinen Sie? Ach, die wollen doch gar nicht denken, die wollen billig kaufen. Zu denken fangen sie erst an, wenn's nichts mehr gibt. Nun, und bis dahin, Ida, können Sie ja längst wieder andere Wege gehen. Nehmen wir die Sache, wie sie ist. Ich kann Ihnen vorübergehend einen kleinen Verdienst bieten und Sie mir eine große Hilfe. Und das ist eigentlich alles, worüber Sie sich Gedanken machen sollten. Sagen Sie ja und helfen Sie mir, die Firma anständig zu begraben."

War es nun die einfache, überzeugende Art, mit der er sein Anliegen vorgebracht hatte, oder war es der verlockende Verdienst, der ihr offenbar gerade recht gelegen kam? Sie war jedenfalls geneigt, nachzugeben. Und so kam es, dass sie am anderen Tag wieder in Braunmillers Herrenausstattungsgeschäft stand und redlich mithalf, den Umsatz zu steigern. Damit steigerte sich natürlich auch die Arbeit von Tag zu Tag, aber das machte ihr nichts aus, im Gegenteil, sie war eifrig bei der Sache und freute sich über den guten Geschäftsgang; und sie freute sich auch, weil sie sah, wie nötig sie der junge Braunmiller doch brauchte. Trotz aller Gewitztheit fehlten ihm ganz einfach die echten Fachkenntnisse. Was half es, dass er diesen Totalausverkauf mit staunenswertem Talent aufzuziehen verstand, jeden zweiten Tag die sensationellen Angebote im Schaufenster wechselte; wenn es ihm gelang, Stücke, die vor einigen Tagen noch weit unter Preis lagen, ganz unauffällig fast wieder regulär zu verkaufen, aber dabei kaum Strick- und Wirkwaren voneinander unterscheiden konnte? Jersey war ihm überhaupt kein Begriff, und von Knabengrößen hatte er keine Ahnung. Trotzdem – oder vielleicht gerade deswegen – bewunderte sie ihn. Eines Tages sagte sie es ihm sogar, und zwar als sie sah, wie er aus einer auswärtigen, ihm zufällig zu Ohren gekommenen Konkursmasse einen

Posten guter Unterwäsche zu einem Schleuderpreis erstand und beinahe ums Doppelte wieder verkaufte. Sie sagte ihm unverblümt, wie sehr sie über sein Talent staune und dass sie ihn für ein Verkaufsgenie halte. Selbstverständlich gefiel ihm diese Schmeichelei, aber der Erfolg an sich gefiel ihm am besten. Die Schlussrunde brachte ihm von Anfang an Pluspunkte, und so atemberaubend sie war, so sah es doch aus, als ob er sie glänzend zu Ende brächte.

Nach vier Wochen beendete er mit einem beinahe geräumten Lager den Verkauf. Er zog zuerst die Rollläden herunter, dann zog er die Bilanz. Und siehe da! Der geschätzte Warenwert von fünfzehntausend Mark war um volle fünftausend übertroffen. Er entsetzte sich nachträglich noch, wenn er daran dachte, welchen Schundpreis ihm der Schäller geboten hatte. Nachdem also ein genauer Abschluss gemacht und nun deutlich zu sehen war, was übrig blieb, verteilte er die Summen auf verschiedene Konten und schritt dann zum letzten Punkt der Geschäftsauflösung: zur Ladeneinrichtung. Sie musste selbstverständlich auch noch zu Geld gemacht werden, doch das schien ihm das Schwierigste zu sein. Wer am Ort interessierte sich schon dafür? Und für wen war sie überhaupt geeignet? Komisch, dass er immer wieder an den Schäller dachte; aber gerade der würde sich am wenigsten herablassen, sie zu kaufen, selbst wenn er sie brauchen könnte. Jetzt schon gleich gar nicht mehr, da er den Schlusserfolg des Ausverkaufs hatte mitansehen müssen, der ihm neben dem missglückten Vorhaben, den Laden zu übernehmen, auch noch wochenlang einen schlechteren Geschäftsgang gebracht haben musste.

Peter wandte sich an Ida, die ihm bei den letzten Aufräumungsarbeiten half und sich auch nicht scheute, mit Eimer und Besen zu hantieren.

„Sagen Sie, Ida, was sollen wir denn mit der Ladeneinrichtung machen?"

Sie lächelte verschmitzt, bevor sie ihm mit drei Wörtern eine verblüffend einfache Antwort gab. „Zunächst einmal sauber", sagte sie und wischte mit einem Finger über die verstaubte Oberfläche eines Stellagenfaches. Er hatte sich daran gewöhnt, dass sie gerne witzelte, das gehörte schon so zu ihrem Wesen, dass man beinahe darauf wartete.

Die Zeit ihres Zusammenarbeitens hatte sie einander wesentlich nähergebracht. Das Mädchen war sich rasch unentbehrlich vorgekommen und pflog einen recht selbstbewussten Umgang mit ihm, ohne frech zu werden. Ihr Benehmen war nie herausfordernd oder anzüglich, und es schien ihm auch, dass die Grenzen, die nun einmal da waren, durchaus respektiert wurden. Kurz und gut: Idas Art imponierte ihm. Sicher wäre er ihr auch dann wohlgesinnt gewesen, wenn er sie *nicht* so gebraucht hätte; denn das musste er zugeben, er hatte sie oft um Rat gefragt, anfangs meist in fachlichen Dingen, später auch in anderen, und sie fand, wenn schon keine Lösung, so doch häufig eine Möglichkeit, mit der weiterzukommen war. Dieses gefühlsmäßige Erkennen, das sie oft wie einen sechsten Sinn handhabte, mochte ihn auch jetzt bewogen haben, die Frage wegen der Ladeneinrichtung an sie zu stellen. Dass sie ihm diese schalkhaft ausweichende Antwort gegeben hatte, irritierte ihn nicht weiter; er ging sogar darauf ein und fragte allen Ernstes: „Ja, und dann, wenn sie sauber ist?"

„Dann lassen Sie sie ruhig einmal stehen, wo sie steht", sagte sie so gelassen, als ob es das Selbstverständlichste wäre, das es gibt. In dieser Antwort fand er weder Witz noch Rat.

„Damit ist sie aber noch lange nicht verkauft", sagte er etwas enttäuscht.

„Aber die Voraussetzung dafür haben wir geschaffen", entgegnete sie ungetrübt.

Jetzt rümpfte er die Nase und zog seine Stirn in Falten. Da trat Ida einen Schritt näher an ihn heran. Instinktiv wollte er etwas zurückweichen, er tat es aber nicht. Er wich nicht aus, obwohl er wusste, dass er alle Vorsätze mit einem Schlag verlieren würde und nur zu schnell bereit wäre, sich in ein kleines Abenteuer zu stürzen, wenn sie sich ihm in irgendeiner Weise anböte. Er kannte seine Schwäche und war überzeugt, dass er sich dann unüberlegt zu dem bereitfände, wovor er sich ohne ihr Zutun einfach willentlich zurückhielt. So hoffte er, sie möge ihm nicht zu nahe kommen. Er versuchte, ihren Blicken auszuweichen; sie aber sah ihm ziemlich eindringlich in die Augen.

„Ich muss Ihnen etwas sagen, Herr Braunmiller", flötete sie und rückte noch näher an ihn heran.

Eine schäbige Barmherzigkeit beschlich ihn. Warum eigentlich? Wovor fürchtete er sich denn? Schüchternheit kannte er doch sonst nicht, und Mädchen gegenüber schon gar nicht. Vielleicht fürchtete er sich vor einer Sache, die unversehens ernster werden könnte, als es ihm lieb wäre. So begehrenswert ihm die Mädchen, die jungen, die hübschen, erschienen, sosehr er sich zuweilen ihrem Wesen, ihrem Liebreiz ergeben konnte, so schreckte ihn stets der Gedanke an ein lebenslanges Zusammensein mit ein und derselben

Frau. Und von Scheidungen hielt er allein aus sachlichen Gründen nicht viel. Besser gar nicht erst binden, war sein Leitsatz, den er sich seit Frankfurt zugelegt hatte. Nein, für einen Ehemann taugte er wirklich nicht. So zog er sich auch dort immer rasch zurück, wo die Skala seiner Gefühle den mittleren Punkt zu überschreiten begann. War er also jetzt beklommen, so bemühte er sich, wenigstens unbefangen zu sein. In solchen Fällen (naiver Versuch, einen vergrößerten Abstand vorzutäuschen!) zünden sich Männer meist eine Zigarette an. Nachdem er die erste Rauchwolke aus Mund und Nase geblasen hatte, fragte er so lässig, als ob er schläfrig wäre: „Ist es eine Neuigkeit?"

„Für Sie gewiss", sagte sie, und ihre Blicke wurden schelmischer. „Ich weiß es ja schon seit einiger Zeit, seit Wochen, noch bevor Sie bei mir waren."

Da sah er sie prüfend und voller Ungewissheit an: Kann das noch mit Liebe zusammenhängen?!

Offenbar merkte sie sein scharfsinniges Rätselraten, und offenbar machte es ihr Spaß, ihn ein wenig zu narren. Sie drehte ihm wahrhaft verführerische Augen hin, als sie ihm zuflüsterte, dass sie es genau genommen gar nicht sagen dürfte.

Es ist ja eine Freude, dachte er, in dein strahlendes Gesicht zu schauen. Deine heiteren Augen, dein schnippisches Mündchen und deine reizende Stupsnase passen gut zusammen. Und wenn du etwas Besonderes im Sinn hast, gewinnt es noch an Glanz und Anziehungskraft. Dein hübsches Gesichtchen, das weißt du ganz genau, du kleines Luder, ganz genau weißt du das, wie verdammt hübsch du sein kannst! Seine Gedanken waren so eindringlich, dass er gar nicht merkte, wie er sich von ihren Blicken einfangen ließ. Als es ihm dann bewusst wurde, empfand er es peinlich, aber er konnte sich beherrschen. Nur jetzt nicht nachgeben!, ermahnte er sich stillschweigend und hauchte den Rauch seiner Zigarette betont gelangweilt durch den rechten Mundwinkel, denn sie stand links von ihm.

„Schließlich habe ich mein Ehrenwort gegeben, dass ich nichts sagen werde", lispelte sie geheimnisvoll. Da schmunzelte er. Also doch nichts mit der Liebe! Und er wollte sie schon zu jener Sorte von emsigen Mädchen rechnen, die nicht erst darauf warten wollen, bis sie erobert werden. Diesmal schien er sich wirklich getäuscht zu haben. Seine Laune wurde augenblicklich aufgeräumter.

„Und, nun soll ich wohl *mein* Ehrenwort geben?", fragte er sie.

„Nicht notwendig", sagte sie und lachte beruhigend. „Sie würden sich selbst am meisten schaden, wenn Sie etwas verlauten ließen."

„Machen Sie es nicht so spannend, machen Sie es kurz, wem haben Sie Ihr Ehrenwort gegeben?", drängte er.

„Dem Schäller", verriet sie nun ohne Umschweife.

„Dem *Schäller*?!"

Der Tonfall, mit dem er diesen Namen wiederholte, ließ sie so viel Erstaunen erkennen, dass sie belustigt nickte und sich dem abstrakten Genuss einer einschlagenden Neuigkeitsvermittlung sichtbar hingab.

„Ja, dem *Schäller*", sagte sie bestätigend und die Dehnung nachahmend, bevor sie dann schnell und mit burschikoser Leichtfertigkeit hinzufügte: „Deshalb fiel es mir auch nicht schwer, es zu brechen."

„Entschuldigung, Sie erlauben mir die Frage: Was haben *Sie* denn mit dem Schäller zu tun?", wollte er wissen.

„Geschäftlich, rein geschäftlich", erklärte sie trocken.
„Ah", sagte er und ließ seinen Mund eine Weile offen.
„Ich verstehe, Sie werden bei ihm anfangen, ja?"
„Ja. Und zwar in seiner Filiale."
„In seiner Filiale? Wo hat der Schäller eine Filiale?"
„Bis jetzt noch nirgends."
„Ach." Der Groschen war hörbar gefallen.
„Nicht wahr, jetzt verstehen Sie mich schon bedeutend besser?"
„Natürlich, er will hier eine Filiale eröffnen, dieser Schuft!"
„Das habe ich nicht gehört, Herr Braunmiller."
Er drückte ziemlich wütend seine Zigarette aus.
„Mich wundert es, dass Sie mir da noch geholfen haben, Ida."
„Wieso? Ich habe ja nichts gegen Sie."
„Aber *er* könnte etwas gegen Sie haben, glauben Sie nicht?"
„Ach, der ist doch ein schlauer Fuchs, der Schäller! Wenn der einen Vorteil wittert, nimmt er auch einmal etwas Unangenehmes in Kauf. Er weiß doch genau, dass ich hier die Kunden alle kenne, und diesen Vorzug lässt er sich nicht so leicht entgehen."
„Das mag stimmen", gab Peter zu. Er wurde etwas nachdenklich, sagte dann aber plötzlich: „Nun, jedenfalls war es sehr nett von Ihnen, dass Sie es mir gesagt haben. Ich war wirklich überrascht."
„Nur um Sie zu überraschen habe ich es Ihnen aber gar nicht gesagt. Es dreht sich um die Ladeneinrichtung. Sie haben das ganz vergessen, Herr Braunmiller."

„Richtig. Aber warum glauben Sie, dass der Schäller großzügig sein wird?"

„Das glaube ich gar nicht, freiwillig wird er es jedenfalls nicht sein."

„Eben."

„Eben."

„Was meinen Sie dann?"

„Ich meine, Sie sollten einmal mit Ihrer Hauswirtin sprechen; vielleicht lässt sie mit sich reden; vielleicht hat sie nichts dagegen, wenn der neue Mieter die Einrichtung einfach abzulösen hätte."

Sie sagte das so leichthin, beinahe spielerisch, dabei waren es für ihn geradezu aufregende Gedanken. Wenn er ihr entgegnete, er habe geglaubt, schweigen zu müssen, so tat er es hauptsächlich, um das Gespräch besser in Fluss zu bringen.

Die Idee faszinierte ihn, und er war begierig zu erkunden, was sich daraus machen ließ.

Ida hielt nicht lange zurück mit ihrem Konzept. „Sie brauchen ja nichts vom Schäller zu erwähnen. Es genügt, wenn Sie von dem neuen Mieter sprechen", sagte sie.

Er drehte ihr sein Gesicht ruckartig zu. Das Mädchen setzte einen doch immer wieder in Erstaunen. Wach ist sie, sagte er sich und fühlte den Augenblick wiederkommen, da die Skala seiner Gefühle den Mittelpunkt zu überschreiten drohte. Da bemühte er sich, hartnäckig ans Geschäftliche zu denken.

„Vielleicht könnte ich die zweitausend Mark doch noch bekommen", sagte er in halblautem Ton und mehr für sich selbst.

„Zweitausend*fünfhundert*, würde ich sagen", ergänzte sie seelenruhig. „Freiwillig bezahlt er sowieso kaum etwas dafür, aber wenn er gezwungen wird, kann er sich um die fünfhundert Mark auch nicht mehr herumdrücken."

„Ziemlich einleuchtend. Es fragt sich nur, ob es sich so einfach machen lässt."

„Das kommt jetzt auf die Vermieterin an. Sie stehen sich doch nicht schlecht mit ihr?"

„Das kann ich nicht sagen, ich kenne sie kaum, höchstens ihr Bankkonto, auf das sie sich die Miete bezahlen lässt."

„Immerhin – der Weg steht Ihnen offen. Sie wird Ihnen gewiss entgegenkommen", versuchte Ida ihn zu überzeugen, und um ihn aufzumuntern, glaubte sie, eine schalkhafte Bemerkung machen zu müssen: „Sie haben doch Glück bei den Frauen?!"

Das war der Moment, in welchem er seine ganzen Vorsätze wie Ballast aus dem höher und höher steigenden rosaroten Ballon warf. Mit einer beängstigenden Heftigkeit nahm er die Kleine in die Arme, um sie voll jugendlichem Ungestüm mit Liebkosungen zu überhäufen.

Mit einem Male hielt er inne, nicht um Atem zu holen, der zwar beiden vor plötzlich entflammter Leidenschaft wegzubleiben drohte, sondern um einer nüchternen Überlegung noch einmal Gelegenheit zu geben, sich zu äußern.

„Ich glaub, wenn wir jetzt nicht auseinandergehen, verrennen wir uns, Ida. Ich bin kein guter Liebhaber, was die Dauerhaftigkeit betrifft, und ich möchte dich nicht enttäuschen", sagte er mit ziemlich überzeugendem und nach Aufrichtigkeit klingendem Tonfall.

„Gib mir eine Zigarette, bitte", sagte sie, seine Worte offensichtlich überhörend. Er klopfte eine aus der Packung und bot sie ihr an. Während er das brennende Feuerzeug an die Zigarette hielt, steckte er sich selbst eine in den Mund. Sie pustete ihm den Rauch genau ins Gesicht.

„Du meinst, ich könnte dir lästig werden?"

„Davon war nicht die Rede. Ich meine genau das, was ich gesagt habe."

Sie stellte sich neben ihn und hakte sich bei ihm ein; sie lehnte den Kopf an seine Schulter wie ein verliebtes, soeben aufgeblühtes Mädchen und erklärte in der Stimmlage und dem Tonfall einer reifen Soubrette: „Falls es nicht belanglos ist, die Jungfrau liegt in der zweiten Vergangenheit."

Sie brauchte sich nicht deutlicher auszudrücken. Der junge Braunmiller kannte sich aus und ließ die Glut seiner Leidenschaft in dem Augenblick wieder aufkommen, in welchem er die seiner Zigarette zerdrückte.

„Du bist in Ordnung Mädchen", flüsterte er mit halb geöffneten Lippen. „Du bist ganz in Ordnung." Seine Augen verschlangen sie förmlich, verschlangen sie gierig und voller Verlangen, während sie seinen zudringlichen Händen keinerlei Einhalt gebot.

Die Liebe kann überall stattfinden, auch in einem ausgedienten Lagerraum, wo es auch sei. Aber gegen Störungen ist sie empfindlich.

Ida raffte ihre Kleidungsstücke zusammen und verschwand damit in dem kleinen Nebenraum, der sich dem Lager anschloss. Peter brachte sich so schnell wie möglich in Ordnung. Er warf noch einen prüfenden Blick in den schräg hängenden Wandspiegel und ging dann laut trapsend zur Feierabendtür, die sich zwischen Laden und Lager befand.

Es hatte schon zum dritten Mal geklopft.

Mit dem unguten Gefühl, das jedes gestörte Liebesabenteuer hinterlässt, vermischt mit der erregenden Neugier, die den Grund der Störung nicht schnell genug erfahren kann, öffnete er. Es war ein Telegrammbote, und das Telegramm kam aus Wien; es enthielt lediglich den Glückwunsch seiner Mutter, die ihm zum erfolgreichen Abschluss gratulierte.

In einem unerklärlichen Anflug von dummem Stolz hatte er es ihr überstürzt, viel zu überstürzt, mitgeteilt, wie er sich nun kopfschüttelnd eingestand.

Während er das Papier achtlos in seine Rocktasche schob, rief er: „Komm raus, Baby, es ist nichts!" Das Mädchen erschien vollständig angezogen unter der kleinen Nebentür. „Ein Telegramm – Frau Braunmiller hat mich beglückwünscht." Farblos und kühl sagte er das, und dass er „Frau Braunmiller" statt „Mutter" sagte, war weiter nichts als ein verhaltener Ärger.

Ida lehnte am Türpfosten und machte sich mit dem Lippenstift zu schaffen. Es fröstelte sie. Irgendwie lag etwas in der Luft zwischen den beiden, nichts Erklärbares, nichts, das man mit Missmut, mit Verstimmung oder Bedrückung allein hätte bezeichnen können. Aber das Mädchen deutete es vielleicht am besten, als es wenig später sagte: „Ich möchte jetzt gehen. Mir ist gerade, als stünde deine Mutter zwischen uns."

Kapitel 12   Miserabler Abgang

Der Ärger über die unverhoffte und vor allem vorzeitige Unterbrechung des Schäferstündchens mit Ida hielt nur kurze Zeit an. Eine viel nachhaltigere Wirkung hinterließ des Mädchens kluger Plan, der ihm wahrhaftig noch die Aussicht auf zweitausendfünfhundert Mark bot. Die Idee ließ ihn nicht mehr los; sie beschäftigte ihn fortwährend und in zunehmendem Maße. Er legte sich bereits die Redewendungen zurecht, mit denen er auf die ihm unbekannte Hausbesitzerin wirken wollte; er studierte seinen Auftritt ein wie ein Bühnenkünstler die Rolle seines Lebens. Schließlich hing ja vom guten Eindruck wirklich einiges ab. Und neben dem Bargeld reizte ihn die Spannung, die die Frage erzeugte: Erfolg oder Misserfolg? Das prickelnde Gefühl, das jedes Risiko hervorruft, mochte schon immer der Hintergrund seiner Handlungsweise gewesen sein. Doch jetzt steckte mehr Prinzip darin; jetzt arbeitete mehr Verstand mit. Der glückliche Verlauf seines Totalausverkaufes hatte es ihm schon gezeigt; in der Verhandlung mit der Hausfrau sah er eine neue Gelegenheit, es sich selbst zu beweisen.

Sein Eifer war maßlos, und wenn es nicht schon reichlich spät gewesen wäre, hätte er sich noch am selben Tage aufgemacht und sein Glück versucht. So meldete er sich wenigstens telefonisch an und erbat die Erlaubnis eines Besuches für den nächsten Vormittag. Die Hausbesitzerin war freundlich, wies ihn nicht ab und gab ihm, dem Telefongespräch nach, einige Hoffnung. Nun kannte er wenigstens ihre Stimme schon, die, wenn es nicht an der Übertragung lag, trocken und bröselig klang und bei deren Anhören man das Bedürfnis bekam, einen Schluck Wasser zu trinken.

Dennoch war sie sympathisch und von wohltuender Echtheit. Von ihrer Person konnte er sich kaum ein Bild machen; er hatte noch nie etwas mit ihr zu tun gehabt, er hatte sie kaum gesehen; ein einziges Mal, vor vielen Jahren, so erinnerte er sich schwach, war er ihr mit seiner Mutter kurz begegnet. Wie sollte er da eine rechte Vorstellung von ihrem Aussehen, geschweige von ihrem Wesen haben? Was er von ihr wusste, war nur, dass sie eine der wohlhabendsten Bürgerinnen war, in einer vornehmen Villa außerhalb der Stadt wohnte und sich um die Mieter in ihren Häusern nicht weiter kümmerte, wenn nichts Außergewöhnliches vorlag. Und das war bei Braunmillers bislang nicht der Fall.

Am nächsten Morgen machte er sich frühzeitig auf den Weg. Es lag ihm daran, seinen Antrittsbesuch so pünktlich wie möglich zu beginnen; auch das gehörte in sein Programm, wenn schon nicht zu seinen Gewohnheiten.

Die Aussprache verlief außergewöhnlich günstig.

Frau Helmensdorfer, eine robuste, kleine Endfünfzigerin mit dem schlichten Aussehen einer bigotten Kleinstadtkrämerin und den bestechenden Ansichten eines Weltbürgers, zeigte sich sehr aufgeschlossen für Peters Anliegen.

„Natürlich", sagte sie mit der größten Selbstverständlichkeit, „natürlich machen wir das, zweitausendfünfhundert Mark, das seid ihr mir einfach schuldig, und anders bekommt er den Laden nicht."

Peter war gerührt von der unkomplizierten Art, mit der sie die heikle Sache behandelte. Und höchst angenehm war er überrascht, dass sie ihn weder etwas über seinen Vater noch über seine Mutter fragte; das empfand er als äußerst taktvoll. Irgendwie bekam er das Bedürfnis, sich erkenntlich zu zeigen für ihr nobles Entgegenkommen.

„Gnädige Frau", sagte er, so wie er es in Frankfurt gelernt hatte, ältere oder wohlhabende Damen anzureden, „gnädige Frau, Sie sind so nett zu mir, ich möchte Ihnen ... ich möchte Ihnen gerne einen Gefallen erweisen; kann ich etwas für Sie tun?"

„Das können Sie schon, junger Mann", sagte sie geradewegs. „Es würde mich beispielsweise brennend interessieren, was Sie für Ihre Zukunft vorhaben. Wollen Sie mir das nicht erzählen?"

Es konnte nicht ihre Absicht gewesen sein, dass sie ihn an seiner verletzlichsten Stelle getroffen hatte. Seine Ausbildung wies nichts als Lücken auf. Und was hatte er bis jetzt schon von der Zukunft gehalten? Gleichwohl, es war dieser Gedanke, der in letzter Zeit häufiger an ihm genagt hatte. Dass er nun auf diese unerwartete Frage rot werden konnte, bewies nur umso mehr, wie unbewältigt dieses Problem vor ihm lag. Die Reihenfolge seiner verpassten Gelegenheiten rutschte sekundenschnell durch seinen Kopf: Das Gymnasium war dahin, seine Kaufmannslehre nicht abgeschlossen, die Volontärstelle vorzeitig aufgegeben, das Ladengeschäft futsch. Eine miserable Bilanz! Aber er wusste wohl nicht, dass noch nicht alles verloren war, solange der Mensch noch rot werden konnte über sich selbst. Er nicht, aber Frau Helmensdorfer wusste es; deshalb überging sie es auch nicht stillschweigend, sondern drang in ihn: „Sie sind doch gelernter Kaufmann, nicht wahr?"

Zum Kuckuck! Wo blieb jetzt seine einstudierte Inszenierung? Warum wackelte er denn innerlich so vor dieser Frau? Überall hätte er klipp und klar mit ja geantwortet. Weshalb hier diese blöde Hemmung?! Das kannte er doch sonst nicht! Sie musste es längst gemerkt haben, was für ein unsicherer

Kantonist er in Wirklichkeit war. Da gackste er umeinander und wetzte von einer Stuhlkante zur anderen, statt (Frechheit steh mir bei!) einfach ja zu sagen, und damit basta! Eine ärgerliche und unbehagliche Situation war das plötzlich. Doch es fiel ihm nicht ein, sie dafür verantwortlich zu machen. Schließlich hatte sie sich ihm gegenüber einmalig großartig gezeigt. Es konnte sie wahrhaftig nicht treffen, wenn auf eine natürliche Frage eine unnatürliche Spannung entstand, eine Spannung übrigens, die nur an ihm selbst zerrte, denn Frau Helmensdorfer stand über der Sache. Überlegen, aber nicht überheblich, erwies sie sich einmal mehr als Frau von Format.

„Herr Braunmiller", sagte sie, nachdem er über einige einleitende Passagen gestolpert war, „ich habe nicht bedacht, dass Sie Pläne mit sich tragen könnten, die Sie nicht gerne aufdecken wollen; dabei hätte ich es doch wissen müssen, dass sich junge Leute Ihren Schlages immer mit großen Aufgaben beschäftigen. Entschuldigen Sie meine Neugierde, bitte!" Sie erhob sich. „Es tut mir leid, Herr Braunmiller, ich erwarte noch Besuch; aber wenn Sie wieder einmal etwas auf dem Herzen haben, kommen Sie ruhig zu mir."

Ein paar Minuten später stand er auf der Straße; er kam sich vor wie ein begossener Pudel, aber es gelang ihm nicht einmal, sich abzuschütteln. „Eine prima Frau – eine prima Frau." Er sagte sich das halblaut, aber eindringlich und wiederholt vor. Und er sagte es hauptsächlich, um nicht einer gemeinen Neigung nachzugeben, die so gerne und so häufig dem andern die Schuld in die Schuhe schieben möchte für persönliche Misserfolge oder hundsmiserable Abgänge, wie der seinige soeben. Dieses „junge Leute Ihren

Schlages" kobolzte in seinem Kopf und ließ ihn nicht mehr zur Ruhe kommen. Was für Pläne hatte er denn? Keine. Nicht einen einzigen! Er lachte unbemerkt in sich hinein. Wenn diese gute Frau wüsste, welchen Schlages er war! Pläne machen – das jedenfalls lag ihm überhaupt nicht, weder im Kleinen noch im Großen. Er war immer schon mehr fürs Improvisieren, und sein Maß in allen Dingen war stets die augenblickliche Zweckmäßigkeit. Zwang hasste er grundsätzlich, und wo es ging, wich er ihm aus; der geringste Widerstand war ihm Widerstand genug. Gelang es ihm, eine Stunde ohne Plage zu verbringen, so fühlte er sich erfolgreich. Seine Gewandtheit, sein sympathisches Äußeres und seine freundliche Art waren ihm getreuliche Helfer, und er bediente sich dieser angeborenen Gaben ohne jede Verpflichtung; das war angenehm, bequem und einfach. Manchmal wurde er ja ein wenig nachdenklich deswegen, aber meist handelte es sich nur um eine oberflächliche, schnell vorübergehende Besinnung, die seiner herkömmlichen Einstellung bereitwillig wieder Platz machte. Es lohnte sich doch kaum! Es genügte doch, die Stunden zu vertrödeln, wo sie nicht zu genießen waren. Ein heiterer Pessimismus, sozusagen, das war seine Lebensart. *Das* war sein Schlag! Gut, aber warum verfiel er dann immer wieder auf diese Antwort? Warum versuchte er, sich fortwährend zu rechtfertigen? Diese Frau hörte ihn weder, noch würde sie ihn beachten. Sie hatte sich von ihm irgendein Bild gemacht, und ob das nun der Wirklichkeit entsprach oder nicht, würde ihr und sollte ihm doch eigentlich gleichgültig sein.

Wenn er an die Klassenkameraden seiner Gymnasiumszeit dachte: Nur drei von ihnen – mit ihm – hatten es vorzeitig verlassen. Einer hatte die Kinderlähmung bekommen und anschließend Gehirnhautentzündung; einer war vom Intellekt her einfach nicht mehr mitgekommen, hatte versagt, trotz aller Anstrengung versagt. Und er? Er hatte versagt, weil er sich überhaupt nicht anstrengte. Heute musste er es ehrlicherweise zugeben. Insgeheim wurmte es ihn sogar, doch war es beileibe keine Reue, die etwa gute Vorsätze nach sich gezogen hätte.

Am Abend saß er wieder vor dem Bildschirm und qualmte eine Zigarette nach der anderen, diesmal mehr denn je. Das Programm entsprach ihm nicht, er wechselte es ein paarmal, seine Aufmerksamkeit wuchs trotzdem nicht. Immer wieder kreisten seine Gedanken um den einen Punkt: Zukunft! Sie bauten sich einen Nistplatz und begannen zu brüten, aber es schienen lauter Windeier zu sein, auf denen sie saßen, denn es kam nichts heraus dabei.

Nach mehreren Tagen, die er in Stimmungen verbracht hatte, in denen er seine Meinungen und Absichten so oft und so rasch wechselte wie ein Verwandlungskünstler seine Masken, gab er das Sinnieren endgültig auf und beschloss, so lange von der Substanz zu leben, bis sich in Wien alles entschieden hatte.

Die Zeit war fortgeschritten, der Termin des Prozesses anberaumt, und die gesundheitliche Verfassung seiner Mutter – nach ihren eigenen Worten – ermutigend. So ergab er sich nur zu leicht jenem unverbindlichen Zustand, der von allen Unschlüssigen so liebevoll gewählt wird, alles auf die lange Bank zu schieben und hinter der Zeit herzuhumpeln. Einigermaßen zufrieden fand er sich in seinem alten Fahrwasser wieder, und schließlich war er durch seine früh erworbene Erkenntnis wieder obenauf. Die Erkenntnis, die er sich zwar meist zu großzügig auslegte, die ihm aber schon oft über schlechte Stunden hinweggeholfen hatte und auf die er im Grunde genommen stolz war. Wenn man sich nur wieder selbst gut genug war! Den anderen konnte man es sowieso nur schwerlich sein.

Ende Oktober sperrte er die Wohnung sorgfältiger ab als sonst; er verließ sie erst, nachdem er sich überzeugt hatte, dass alle Hähne ordentlich zugedreht, alle Fenster anständig verriegelt und die Türen gut verschlossen waren. Er ging die langweilige Bahnhofstraße hinunter; in der Rechten trug er einen kleinen Koffer, in der Linken einen leichten Wintermantel; es war der Wintermantel seines Vaters, er konnte ihn bereits gebrauchen. In seinem kleinkarierten Tweedanzug und dem feschen Stepphütchen machte er einen blendenden Eindruck: frisch, jung, elegant – und außerdem in aufgeräumter Stimmung.

Die Firma Schäller hatte vor zwei Tagen den Betrag von zweitausendfünfhundert Mark als Ablösungssumme bezahlt. Gestern war das Geld bei ihm eingetroffen, und er hatte es sich überlegt, ob er sich bei Frau Helmensdorfer für die freundliche Mithilfe persönlich bedanken sollte, schrieb aber dann doch nur einen wohlformulierten Brief, und er entschuldigte sich mit der Reise nach Wien, die er wegen des demnächst beginnenden Prozesses anzutreten habe. Das wird sie sicher verstehen, dachte er, und eine unangenehme Pflicht war wieder einmal apart aus der Welt geschafft. Die Tatsache, dass es nun ernst wurde mit dem Prozess gegen seinen Vater, schien ihn nicht besonders zu belasten. Auch störte es ihn durchaus nicht, wenn ihm manche Leute, wie er deutlich merkte, so interessiert nachschauten. Er fand es sogar ganz nett. Auch dass er kurz vor der Bahnstation noch dem Polizeiobermeister Korner begegnete, betrachtete er als einen vergnüglichen Zufall. Es war doch komisch anzusehen, mit welcher Betretenheit sich der Beamte bemühte, einige freundliche Worte mit ihm zu wechseln, nachdem er erfahren hatte, dass die Reise nach Wien gehe. Eigentümlicherweise lenkte er das Gespräch schnellstens um vom „Herrn Vater" auf die „Frau Mutter", der er recht gute Besserung wünschte und für die er herzliche Grüße auszurichten erbat. Peter versprach's und empfahl sich, der Würde des Herrn Polizeiobermeisters angepasst, mit gebührendem Ernst.

Kapitel 13   Fremde Verwandtschaft

Obwohl die Staatsanwaltschaft alles an- und aufgeboten hatte, Helga Braunmiller als Kronzeugin präsentieren zu können, musste sie diese Hoffnung wegen der Hartnäckigkeit des leitenden Anstaltsarztes endgültig abtreten. Der Doktor nahm seine Verantwortung so ernst, dass er sich durch nichts umstimmen ließ: nicht durch die Erlaubnis, der Zeugin im Gerichtssaal einen Rollstuhl zu bewilligen; nicht durch die Zusicherung, für beigestellte Pflegerinnen und ärztliche Betreuung aufzukommen; nicht durch das Versprechen schonendster und möglichst kurzer Vernehmung. Nicht einmal die Drohung mit einem amtsärztlichen Gremium konnte ihn bewegen, seine ablehnende Haltung aufzugeben. Dabei war der Gesundheitszustand der Patientin gar nicht so schlecht; er hatte geradezu enorme Fortschritte gemacht. Die Lähmungserscheinungen waren bis auf ein unbedeutendes Maß zurückgegangen und gaben Anlass zu hoffen, dass sie noch völlig verschwinden werden. Doch sie selbst war es, die sich der Sache nicht gewachsen fühlte und eine Ängstlichkeit an den Tag legte, die dem Arzt ein ausreichender Anlass war, ihrer inständigen Bitte zu entsprechen und seine Einwilligung zu verweigern. Sie fürchtete sich vor einem öffentlichen Auftritt wie vor einer Hinrichtung. Ihr Blutdruck stieg bei dem bloßen Gedanken daran so gewaltig, dass ihr der Mediziner allein aus prophylaktischen Gründen versprach, sich auf ihre Seite zu stellen. Von dieser Stunde an wurde sie wieder ruhiger. Da der bisherige Erfolg der medizinischen Behandlung aber auch durch nichts anderes gefährdet werden sollte, musste sie sich eine gründliche Isolierung gefallen lassen. Keine Nachrichten, keine Besuche! Das war die Verordnung für die nächste Zeit. Der Prozess sollte vorübergehen, ohne dass sie in irgendeiner Form daran teilnahm. Sie empfand diese strenge Klausur eher angenehm als einschneidend; nichts konnte sie gegenwärtig mehr besänftigen als diese gewaltsame Geborgenheit. Und da sie nicht erfuhr, dass ihr Sohn bereits das erste Opfer dieser Schutzmaßnahmen geworden war, da er sich vergeblich bemüht hatte, sie gleich nach seiner Ankunft in Wien zu besuchen, fand sie keinen Grund, sich über ihre augenblickliche Lage zu beklagen.

Peter aber, der sich eingehend mit dem Arzt unterhalten hatte und allergrößtes Verständnis zeigte, war froh genug zu hören, dass es ihr verhältnismäßig gut gehe und die einengenden Vorschriften wirklich nur vorbeugender Natur seien. So konnte er, ohne sich die Pflichtvergessenheit verzeihen zu müssen, den Punkt „Krankenhaus" sorglos abstreichen. Er fuhr dann mit der Straßenbahn die Hernalser Hauptstraße hinaus. Er sah, dass diese keine Prachtstraße war. Aber wenigstens war sie großzügig angelegt und so breit, dass sie auch noch für Alleebäume Platz bot. Großzügigkeit schien ihm überhaupt eine wesentliche Eigenschaft der Wiener Lebensart zu sein; das hatte er trotz der wenigen Stunden, die er erst in dieser Stadt war, schon herausbekommen. Wenn seine Verwandten keine Außenseiter waren, konnte er einen Besuch riskieren, dachte er, ohne sich schon schlüssig zu sein. Obwohl das Haus ziemlich weit draußen lag, brachte ihn die Tram rasch seinem Ziele näher; dem Ziele, nicht aber seinem Entschluss. Als er ausstieg, wusste er noch nicht, was er tun sollte. Er schlenderte eine Weile auf und ab und besah sich das Haus. Es war stattlich und größer als die meisten anderen in der Umgebung. Die ockerfarbene

Fassade gefiel ihm nicht sehr gut. Dann zählte er die Stockwerke. Es waren, zusammen mit den Mansarden, fünf. Schließlich studierte er die Namensschilder: „Braunmiller", im dritten Stock links, stach ihm sofort in die Augen. Er hing ein paar komischen Gedanken nach, wie merkwürdig es doch sei, wenn man seinen eigenen Namen plötzlich an einem fremden Ort zu lesen bekommt. Fremd war ihm hier eigentlich alles, auch diese Leute, die sich genauso schrieben wie er. Sie waren ihm trotz der entfernten Verwandtschaft völlig fremd. Er fragte sich mittlerweile, warum er eigentlich herausgefahren war in diese Gegend. Es stand doch gar nichts dafür, dass er sich bei ihnen meldete. Was konnten sie schon für ein Interesse an ihm haben? Vielleicht würden sie ihn sogar weiterschicken. Vielleicht würden sie sagen: „Was wollen Sie, junger Mann, wir haben Sie nicht gerufen; wir haben von Ihrem Vater genug, wir brauchen nicht auch noch den Nachwuchs, scheren Sie sich zum Teufel!" Das könnten sie sagen, dachte er, während er über die anderen Namen hinweglas: Czerny, Rimsdl (komischer Name!), Allinger. Aber müssen sie so sagen? Er konnte doch schließlich nichts dafür, dass es so gekommen war; er war wirklich unbeteiligt an der ganzen Sache, und wenn er schon einmal in Wien war – Urgansky, Stefan, Grandel, Meier (ach, Meier gibt es hier auch!) – nein, er wird nicht läuten – Schuller, Hinterdorfer, Dr. Othilou. „Othilou", wiederholte er halblaut, „das habe ich gar nicht gewusst, dass die hier im gleichen Hause wohnt; das ist doch die Freundin von der Carla Turner." – „Turner", da stand es ja noch, gleich neben „Braunmiller", klein und deutlich und blankgeputzt, als ob nichts passiert wäre, dabei war es nur noch die Bezeichnung für eine Tote. Eigenartig, dachte er, was solche Schildchen für eine Aussagekraft haben, wenn man die Zusammenhänge kennt. – Dass diese Dr. Othilou auch hier wohnt? – Er erschrak, als er plötzlich angesprochen wurde.

„Suchen Sie jemanden?"

Es war eine ältere Dame, der er, sich umwendend, ins Gesicht sah. Eine zierliche Person mit schneeweißen Haaren und trotzdem von jugendlicher Frische. Sie trug ein schwarzes Kostüm, schwarze Schuhe und schwarze Strümpfe. Sie war ohne Kopfbedeckung, an der er sich vielleicht hätte orientieren können, ob sie Trauer hatte. Vom Gesicht ließ sich das nicht ablesen, das erlaubte kein Urteil. Er wusste es längst, dass nicht alle Menschen ihre Gefühle zur Schau tragen. Nicht gerade verlegen, aber ein wenig unangenehm berührt von der unverhofften Anfrage, wollte er den Auftritt schnell beenden. Er wandte sich, leicht lächelnd, zum Gehen und sagte: „Ach, ich habe mich offenbar geirrt."

„So", sagte die Dame, „und ich habe gemeint, Sie hätten zu Braunmillers gewollt."

Peter hielt unwillkürlich inne. „Wie kommen Sie darauf?"

„Ich habe also recht? Sie wollten zu Braunmillers, nicht wahr?"

Er warf einen Blick auf seinen Handkoffer; dabei fiel ihm sofort auf, woher die fremde Dame ihre Vermutung nahm. Sie musste immerhin noch recht scharfe Augen haben, wenn es ihr möglich war, seine Adresse ohne Mühe von dem kleinen Anhängeschildchen abzulesen.

„Allerdings", sagte er dann und guckte nochmals auf das lederne Anhängsel, „man sollte seine Visitenkarte nicht so offen herumtragen."

„Respekt! Schnell erfasst, Herr Braunmiller! Übrigens, mein Name ist Turner."

„Oh", sagte Peter unversehens, „das tut mir leid."

„Dass ich die Frau Turner bin?"

„Nein – ich meine das mit …"

Sie half ihm aus der offensichtlichen Verlegenheit.

„Ich weiß, was Ihnen alles leidtut, aber es ist nichts mehr zu ändern. Sie und ich, wir sind auf alle Fälle die Bedauernswerten."

Peter wehrte höflich ab: „Ich nicht so sehr, gnädige Frau."

„Es ist gut, wenn Sie es noch nicht so fühlen, junger Mann." Sie seufzte einmal und zeigte ihm dann wieder ein freundliches Gesicht. „Ich an Ihrer Stelle würde doch mit hinaufkommen zu den Braunmillers. Miteinander reden schadet nie und oft macht es freier."

„Ich wollte wirklich lieber gehen; ich habe mir gesagt, wenn sie dich abweisen, musst du es dir auch gefallen lassen", entgegnete er.

„Denken Sie, wir seien noch eine Art von archaischer Rachegesellschaft mit Blutgericht, Sippenhaft und so? Kommen Sie ruhig mit rauf. Wissen Sie, mein Schwiegersohn ist ein guter Mensch, er wird den Sohn seines Vetters nicht für etwas verantwortlich machen, was dem Vater noch nicht einmal nachgewiesen ist. Sie sollen nicht meinen, dass er sie schief anschauen wird."

„Gnädige Frau, Sie sind so gütig; aber ich glaube, es ist doch besser, wenn ich wieder gehe; nicht wegen des schiefen Anschauens – da bin ich einiges gewöhnt in unserer Kleinstadt. Es ist nur so, dass ich genau genommen doch recht überflüssig wäre in diesem Hause. Es kam nur so von ungefähr, dass es mich hergezogen hat."

„Nun, ich kann Sie nicht zwingen, aber was soll ich oben sagen? Sie sind sich doch klar darüber, dass ich es erzählen muss. Soll ich dann sagen, Sie hätten es sich anders überlegt? Man würde mich ausschimpfen, dass ich Sie habe gehen lassen. Wollen Sie das, Herr Braunmiller?"

„Man wird Sie deswegen bestimmt nicht schimpfen", wandte Peter ein.

„Vielleicht nicht gerade schimpfen, aber es ist ja auch nicht schön, wenn sie sagen, dass ich das nicht fertiggebracht habe."

Frau Turner brauchte das auch nicht zu hören bekommen, denn Peter erlag schließlich ihrem freundlichen Zwang und ging mit ihr nach oben.

Der Aufgang war der eines guten Wiener Bürgerhauses, nicht zu neu, doch gediegen und sauber, bis zum ersten Stock waren die Stufen sogar mit einem Teppich ausgelegt. Aufzug gab es nicht, dafür waren die Treppen breit und flach und daher leicht zu steigen. Als er an der Tür vorbeiging, an der „Dr. Othilou" stand, wandte er sich unwillkürlich um. Frau Turner bemerkte sein Verhalten. „Kommen Sie, Herr Braunmiller", sagte sie, „hier haben wir keinen Grund zu verweilen." Sie eilte voraus, ihre Hast war auffallend. Erst im zweiten Stock ging sie wieder langsamer und flüsterte ihm zu: „Wissen Sie, ich mag diese Othilou nicht, ich hab sie noch nie gemocht. ‚Die wird noch einmal dein Untergang sein!', das hab ich mehr als einmal zu meiner Tochter gesagt. Diese Freundschaft hat mir nie gepasst. Da war etwas nicht in Ordnung. Eine Mutter merkt das doch; außerdem habe ich da einen sechsten Sinn, und ich wusste auch, dass Carla unter dieser Freundschaft litt. Das war keine richtige Freundschaft, das war eine maßlose Beschlagnahme der Persönlichkeit! Carla war im Grunde genommen sehr unabhängig in ihrer Gesinnung, aber gegen diese Dr. Othilou ist sie einfach nicht aufgekommen. – Ach, Herr Braunmiller, es ist schon so: Die Weiber sind nicht eher glücklich, bis sie unglücklich sind! Das klingt komisch, aber Sie können es immer wieder erleben. Alleinsein ist ihnen zu wenig, sie müssen jemanden haben, dem sie verfallen können, dem sie sich ausliefern können, auf Gedeih und Verderb ausliefern. Und das muss nicht immer ein Mann sein. Statt ihr eigenes Leben zu leben, lassen sie sich einfach verleben – so oder so. Nicht alle natürlich – ich auch nicht –, aber sehr viele."

Inzwischen waren sie bereits auf der Treppe zum dritten Stockwerk angelangt. Peter hatte aufmerksam zugehört, dennoch übersah er den Namen Rimsdl nicht, der an der Mitteltür des zweiten Treppenganges prangte. Er konnte ihn nicht übersehen, wie er sich da so geschmacklos auffällig von der blaugrünen Türfüllung abhob.

Frau Turner sprach jetzt im Flüsterton; das bedrückende Geheimnis war offenbar und die Zone des Ärgernisses überschritten.

„Sie werden sich denken: Die tratscht ganz schön, obwohl sie mich kaum kennt."

Peter entrüstete sich ehrlich: „Aber ich bitte Sie, gnädige Frau …"

„Immerhin können Sie sich etwas einbilden, denn jedem sage ich das gar nicht. Ich glaube, Sie gehören schon ein bisschen zur Familie. Und nebenbei bemerkt: Wenn Sie mir nicht von Anfang an sympathisch gewesen wären, hätte ich Sie drunten schon nicht angesprochen."

Möglicherweise wollte sie sich jetzt ein wenig vor sich selbst rechtfertigen wegen ihrer voreiligen Vertraulichkeit; doch wie Peter gleich sehen konnte, war das nicht der Grund ihrer so plötzlich erklärten Zuneigung. Kaum waren sie nämlich in der Wohnung der Braunmillers, begann sie erneut von ihm in den besten Tönen zu sprechen. „Kindchen", sagte sie zu ihrer Tochter, die eigentlich Lisa hieß und die Frau des Wiener Willi Braunmillers war, „schau, was ich für einen netten jungen Mann mitbringe. Und stell dir vor, um ein Haar wäre er wieder weggegangen."

Schneller und anschaulicher, als er es je hätte selbst fertigbringen können, war Peter vorgestellt, erklärt und eingeführt. Er war überzeugt, wenn Carla nur in etwa ihrer Mutter nachgeraten war, dann musste sie wirklich dieses liebenswerte Geschöpf gewesen sein, als welches sie schon von Dr. Stöger geschildert worden war. Lisa Braunmiller, mit der er nun Bekanntschaft gemacht hatte, fand er nicht so wortgewandt; doch erwies auch sie sich freundlich und aufgeschlossen und bot, wie er bald merkte, eine Fülle von angenehmen Eigenschaften, sodass er sich schneller, als er es je für möglich gehalten hätte, in den ungetrübten Genuss einer behaglichen Gesellschaft versetzt fühlte. Wenn er zwischendurch an Frau Helmensdorfers „junge Leute Ihren Schlages" dachte, dann tat er es nicht, um Vergleiche, sondern um eine Lehre zu ziehen. Diesmal würde es ihm nicht mehr passieren, dass er lange fackelte, wenn die Sprache auf seine Ausbildung kommen sollte, dessen war er sich sicher – so sicher, wie er eine Stunde später Willi Braunmiller entgegentrat, als dieser nach Hause kam. Einem Mann, der ständig in der Atmosphäre solcher Menschen lebte, sagte er sich, dem konnte man vertrauen, da war nichts zu befürchten in Dingen, die Takt und Umgang betrafen. Und er hatte recht. Willi Braunmiller, an dem er übrigens eine gewisse Ähnlichkeit mit seinem Vater feststellte, zeigte sich ihm gegenüber verständnisvoll und wohlwollend. Als Peter die Geschichte seiner Mutter erzählte, dass sie hier in Wien einen Schlaganfall erlitten habe und nun völlig isoliert in der Klinik liege, sah er die allgemeine Anteilnahme wachsen. Schließlich kam es ihm vor, als der am stärksten Betroffene behandelt zu werden. Das eigentliche Thema der Unterhaltung, das natürlicherweise ständig zum Mittelpunkt drängte, wurde mit viel Vorsicht und Feingefühl in Grenzen gehalten, Grenzen, die zwar nicht selbstverständlich waren, von Peter aber dankbar respektiert wurden. Dass man von seinem Vater nicht so sprach, als gäbe es keine andere Möglichkeit mehr; dass man eine Tür offen ließ und ihm versicherte, wie unbegreiflich es für sie sei, das beeindruckte und beschämte ihn zugleich. Er hatte sich noch nicht so viele Gedanken über die Lage seines Vaters gemacht wie diese guten Leute hier, deren Haltung ihm vorkam wie ein plötzliches Blütenwunder. Mit einem Male fand er es doch recht fragwürdig, dass weder er noch die Mutter jemals ein paar aufmunternde Worte an ihn gerichtet hatten. Aber auch diesmal konnte er sich rasch trösten, und zwar mit dem inneren Bemerken, dass das ausschließlich Sache seiner Mutter gewesen wäre. Von *ihm* war das doch nicht zu verlangen. Und überhaupt, zuerst sollte man wirklich den Prozess abwarten.

Die Braunmiller'sche Wohnung war groß genug für die junge Familie samt der Großmutter aus Kärnten; aber sie war nicht groß genug, um auch noch den jungen Mann aus Hessen zu beherbergen. Freilich hätte man ihm gerne

Unterkunft geboten, und gewissermaßen wäre auch Platz gewesen, nämlich in Carlas Wohnung drüben; aber dort zu schlafen, konnte man ihm nicht gut zumuten. Wenn auch inzwischen viele Monate vergangen waren, wenn das Appartement auch vollständig renoviert worden war: Das Odium des Unheils hatte sich noch nicht verzogen, es hing wie eine unsichtbare, drückende Wolke in den Räumen nebenan. Ein sensibler Mensch hätte dort sicherlich keine Stunde Schlaf finden können. Aber Peter war nicht so sensibel. Als er gemerkt hatte, dass das Thema Übernachtung in der Luft lag, zielte er bewusst auf die Wohnung, in der das Verbrechen geschah. Nachdem er wusste, dass sie noch immer leer stand, erklärte er sich ohne Weiteres bereit, dort zu schlafen, wenn es den Herrschaften nichts ausmachte, wie er vorsichtshalber noch hinzufügte.

Man lobte ihn laut wegen seiner Vernunft und wunderte sich still über seine Kaltblütigkeit; aber froh waren sie alle, dass der Bann endlich einmal gebrochen wurde. Und als dann die Zeit zum Schlafen anbrach, begleiteten sie ihn alle in die kleine Wohnung hinüber. Es schien, als ob keiner den Augenblick versäumen wollte, wo der junge Held zum ersten Mal seinen Fuß über die Schwelle setzte, hinter der er seine Mutprobe abzulegen selbst angeboten hatte. Man betrachtete ihn wohl wie einen, der auszog, das Fürchten zu lernen. Der Aufzug hatte tatsächlich etwas Pathetisches an sich. Alle Mienen wurden todernst, als Willi Braunmiller die Tür aufsperrte und einer nach dem anderen die Wohnung betrat. Eine Geruchswelle von Farbe, Lack und Wachs schlug ihnen entgegen. Frau Turner brach als Erste das eisige Schweigen.

„Oh, da müssen wir gleich lüften", sagte sie und ging an das Fenster, um es sperrangelweit aufzureißen. „Sie sehen, es ist alles neu gerichtet, nur riecht es ein bisschen schlecht, weil die Fenster immer zu sind." Sie ging an das Bett und schlug die Decke zurück. „Alles ganz frisch", sagte sie und strich mit der Hand über das Kissen, so sanft, als wollte sie es liebkosen. Das aber hatte nur Lisa gemerkt, und da empfahl sie sich (angeblich, weil sie meinte, das Baby schreien zu hören). Ihr Mann sah nur noch im Bad nach, ob alles in Ordnung wäre, und wünschte dann ebenfalls eine gute Nacht. Lediglich die alte Dame blieb noch eine Weile; sie hatte da und dort etwas zu richten, und bei allem, was sie in die Hand nahm, schien ihr einiges einzufallen, aber sie sagte es nicht. Peter empfand es nur so, weil sie sich, seiner Meinung nach, mit den Dingen länger als notwendig beschäftigte. Die Strumpfpuppe (so genannt, weil sie hauptsächlich aus Strümpfen gefertigt schien) mit ihren roten Wollhaaren und den aufgenähten Glasknopfaugen hatte es ihr besonders angetan. Er beobachtete sie, wie sie das kleiderlose Ding schon zum dritten Mal in eine andere Lage brachte (als ob es nicht gleichgültig wäre, wie sie in der Büchernische lehnte und die Füße herunterbaumeln ließ). Jetzt schien es ihr selbst aufzufallen, dass sie sich schon viel zu lange damit abgab.

„Das war ihr ‚Herzbinkerl'", sagte sie und nahm sie nochmals weg. „Ich hab ihr die Puppe selbst gemacht vor fünfundzwanzig Jahren, wissen Sie, Herr Braunmiller, und sie hat sie so geliebt. Ich glaub, ich nehm sie wieder zu mir."

Peter wusste nichts Rechtes darauf zu sagen, und was er zunächst äußerte, schien ihm nicht passend zu sein; doch als sie prompt auf sein Gerede einging, war er von dessen Wirksamkeit selbst überrascht.

„Gewiss, gnädige Frau, das würde ich auch machen", hatte er einfach gesagt, und sie war offensichtlich erfreut über seine Zustimmung.

„Nicht wahr, das sagen Sie auch? Hier ist sie jetzt nicht mehr am richtigen Platz." Sie nahm die Puppe unter den Arm (viel zu unbekümmert nach der bisherigen Sorgfalt) und verabschiedete sich von Peter mit einem warmen Händedruck.

Dann stand er allein im Zimmer, mitten im Zimmer. Und jetzt sah er sich erst genau um. Die Einrichtung gefiel ihm, er fand sie außergewöhnlich geschmackvoll und ließ die persönliche Note, die sie bot, eine Weile auf sich wirken. Wo er auch hinschaute, sein Blick verfing sich trotz allen Herumschweifens immer wieder an dem Bett, das da so sauber hinter dem schweren Vorhang stand. Das war also der Ort, an dem sein Vater aus der Bahn geworfen wurde. Es gelang ihm nicht ganz, sich deswegen keine Gedanken zu machen – ob er nun schuldig war oder nicht, ob noch ein anderer im Spiel war oder nicht, so überlegte er, hier war er auf alle Fälle gründlich entgleist. Das war ja nun klar. Undenkbar, dass er wieder zurückkönnte in das Kleinstadtmilieu. Das Geschäft war ohnehin futsch, und die Ehe – nun ja, darüber wollte er gar nicht erst nachdenken, dazu fehlte ihm sowieso das rechte Verständnis. Es war nun einmal nicht weit her mit seinen Gefühlen, die im Schatten kühler Denkungsart nie richtig gedeihen wollten und nur selten über ein paar ernsthafte Überlegungen hinauskamen. Als er sich nach einigem wahllosen Herausgreifen von Büchern endlich zur Ruhe begeben wollte, zog er es doch vor, sich statt in dem Bett lieber in dem bequemen Lehnstuhl niederzulassen, der vorn am Fenster stand.

Kapitel 14   Unglaubwürdiger Angeklagter

Am anderen Tag begann der Prozess. Der Andrang war ungewöhnlich stark. Die Polizei musste Absperrungen vornehmen, denn es war unwahrscheinlich, dass auch nur annähernd die Hälfte der Wartenden eingelassen werden konnte. Zwei Reihen waren allein für die Presse vorbehalten. Das Angebot an verfügbaren Plätzen war mehr als beschränkt. Dennoch hielten sich viele Unentwegte auf den Gängen auf, um wenigstens irgendeinen Eindruck, wenn schon keinen Eintritt zu gewinnen. Eine kleine Impression, die ihrer Neugierde entgegenkam, vielleicht ein unerwarteter Zwischenfall, ein kurzer Blick auf die Zeugen, auf den Verteidiger oder gar auf den Angeklagten – deswegen harrten sie aus. Dabei wäre gerade das alles von den Zeitungen bedeutend bequemer und genauer zu haben gewesen in den nächsten Tagen. Sie berichteten in langen Artikeln und mit vielen Bildern über den Prozess.

Siegfried Braunmiller wird in Handschellen in den Saal geführt; er trägt einen dunkelgrauen Anzug, weißes Hemd, dunkle Krawatte; seine Kleidung ist gepflegt, aber sein Gesicht ist blass und lässt einen niedergeschlagenen Ausdruck erkennen. Die Untersuchungshaft ist nicht spurlos an ihm vorübergegangen; seine Schläfen sind bedeutend grauer geworden, seine Haltung gedrückt; zudem hält er den Kopf gesenkt. So erweckt er bei den meisten Leuten den Eindruck eines reuigen Menschen; andere meinen, er schäme sich nur vor der Öffentlichkeit. Die wenigsten beziehen sein Auftreten auf die Gemütsverfassung eines zu Unrecht Verdächtigten; den Hals aber recken sie alle, und man ist überrascht von seinem einnehmenden Aussehen.

Eine einzige Frage scheint auf allen Gesichtern zu stehen: Wie konnte dieser Mensch so bestialisch morden? Kann man sich denn überhaupt noch auf seine Menschenkenntnis verlassen, wenn dieses offene, gutmütige Gesicht, diese gutmütigen, fast etwas träumerischen Augen das Gesicht und die Augen eines Mörders sind? Das Herkömmliche scheint hier nicht zuzutreffen. Er muss zu jenen Ausnahmen gehören, von denen so gerne behauptet wird, dass sie die Regel bestätigen. Leider ist seine gute Erscheinung das einzig Positive; alles Übrige sieht nicht gut aus für ihn.

Der Angeklagte steht auf, als das hohe Gericht erscheint; er hebt sogar den Kopf, schaut aber unbeirrt nur auf die Mitte des Richtertisches, nicht einmal den Vorsitzenden hält er für eines Blickes würdig. Die vornehme, vertrauenerweckende Gestalt Dr. Köstlers, mit den feinen, geistvollen Gesichtszügen, dem weißen, welligen Haar und den freimütig hinter einer schmalrandigen Goldbrille hervorblickenden Augen, sie lässt ihn offenbar genauso kalt wie etwa die Person des Gerichtsdieners.

Die Geschworenen zur Linken wenden sich ausnahmslos dem Angeklagten zu; und selbst als der Vorsitzende mit seiner samtigen Bassstimme die Verhandlung eröffnet, schauen sie immer wieder zu ihm hinüber, als könnten sie eine wichtige Regung in seinem Gesicht übersehen. Es sind zwei Hausfrauen, zwei Landwirte, ein Buchbindermeister und ein Architekt. Obschon in Alter, Gestalt und Ausdruck sehr verschieden voneinander, haben sie doch etwas Gleichförmiges an sich, sie verbergen ihr wahres Gesicht hinter einer erstarrten Amtsmiene.

Braunmiller gibt kurze klare Antworten; er spricht auch deutlich, aber zu wenig laut. Der Richter muss ihn mehrmals darauf aufmerksam machen, besonders als er ihm die Frage stellt, ob er sich im Sinne der Anklage für schuldig oder nicht schuldig bekenne. Und Braunmiller wiederholt mit kräftigerer Stimme: „Nicht schuldig." Er soll dann schildern, wie und warum er nach Wien gekommen sei, und wie sich alles bis zu seiner Verhaftung zugetragen habe. Er erzählt die Geschichte seiner Wienreise in einfachen, unpathetischen Worten. Sie weicht im Wesentlichen nicht von dem Bericht ab, der schon in früheren Ausgaben gebracht wurde.

Der Richter unterbricht ihn erst, als es um die Zeitfrage geht: „Sie haben bei Ihrer ersten Vernehmung angegeben, überhaupt nicht bei Carla Turner geschlafen zu haben. Später, als man Ihnen anhand des vorgefundenen Taschentuchs sowie die Ergebnisse der kriminaltechnischen Untersuchung nachweisen konnte, dass es unbedingt so gewesen sein musste, gaben Sie es zu. Warum haben Sie es zuerst geleugnet?"

Die Frage ist peinlich, doch sie treibt den Angeklagten nicht in die Enge.

„Ich befand mich in einer ungewöhnlichen Situation", sagt er. „Ich wusste mich unschuldig, war mir aber zugleich bewusst, in welchen Verdacht ich durch eine unglückliche Verstrickung geraten konnte."

„Sie wussten sich unschuldig?"

„Ja."

„Nun, wenn wir das voraussetzen, müssen wir auch annehmen, dass Ihr Wissen noch von keinerlei Kenntnis belastet war; mit anderen Worten: Weil Sie nichts wussten, konnten Sie sich unschuldig fühlen."

„Das ist klar."

„So klar ist das gar nicht. Ich habe das Protokoll Ihrer Vernehmung hier. Man hat Sie gefragt, wann Sie Carla Turner zum letzten Male gesehen hätten. Sie haben eine präzise Antwort darauf gegeben. Sie behaupteten, Sie hätten sich um zwölf Uhr nachts im Stiegenhaus von ihr verabschiedet. Auf die wiederholte Frage, ob das wirklich der letzte Zeitpunkt des Zusammenseins gewesen sein konnte, haben Sie wiederholt mit ja geantwortet. Als sich herausgestellt hatte, dass das keinesfalls der letzte Zeitpunkt war, haben Sie auch das zugegeben. Jetzt frage ich mich, und natürlich auch Sie, warum Sie in Ihrer angeblichen Unschuld zum zweiten Mal die Unwahrheit gesagt haben."

Der Angeklagte glaubt, auch darauf noch eine annehmbare Erklärung abgeben zu können.

„Ich sagte es schon, ich befand mich in einer heiklen Situation; ich glaubte, durch diese falschen Behauptungen etwas besser zu machen, als es zu werden schien."

„Sie sagen das so einfach, aber ich begreife das nicht so leicht", entgegnet ihm Dr. Köstler in seiner bekannt jovialen Art, so als ob er sich nur ein bisschen unterhalten wolle mit ihm. „Wissen Sie, ich bin nämlich der Auffassung, wenn man sich so völlig unschuldig fühlt und noch gar nichts über die Ermordung gesagt bekommen hat, dann fände man doch eigentlich gar keinen Grund, sich fortwährend in die Unwahrheit zu flüchten. Was meinen Sie dazu?"

Man hat das Gefühl, der Angeklagte windet sich. Immerhin bringt er es zu einer weiteren plausiblen Antwort. „Wenn man plötzlich verhaftet wird – wenn man unversehens zwischen die Mühlsteine der Justiz zu geraten scheint – ich meine, ich fühlte mich im gewissen Sinne … mein

Gewissen war sozusagen schon beansprucht – ich weiß nicht, ob Sie mich verstehen werden. Aber glauben Sie mir, ich befand mich in einer Lage, wie etwa ein Kind, das von einer verbotenen Frucht genascht hat, sich dann aber unerwartet ertappt sieht und schließlich vor lauter Furcht eine dumme Ausrede nach der anderen gebraucht. Durch die plötzliche Verhaftung war ich natürlich besonders erregt. Klar, mit dem, was *ich* getan hatte, konnte sie unmöglich zusammenhängen, aber sie ließ sofort alle möglichen und unmöglichen Spekulationen zu; ich befand mich in einem seelischen Ausnahmezustand, wenn ich so sagen kann. Ich war im Augenblick unfähig, nüchtern zu denken; meine Phantasie gaukelte mir einen verschwommenen, völlig unbestimmten, aber unheilvollen Zusammenhang vor. Soviel ich sah, musste ich in eine dumme Geschichte hineingekommen sein. Und für die Betrachtungsweise meiner Kleinstädtermoral gab es zunächst nichts Wichtigeres, als darauf zu achten, jedem schiefen Lichtstrahl aus dem Weg zu gehen."

„Damit könnten Sie Ihre erste, vielleicht auch noch Ihre zweite Lüge begründen", entgegnet ihm der Vorsitzende, „aber bei Ihrer dritten Verheimlichung gestehe ich Ihnen keinerlei Schockwirkung mehr zu. Ihr Eingeständnis, bis um zwei Uhr morgens bei der Geliebten gewesen zu sein, entsprach ja wiederum nicht der Wahrheit. Und bis man Ihnen das widerlegen konnte, war einige Zeit vergangen. Sie können sich in diesem Falle nicht mehr auf die augenblickliche Verwirrung hinausreden. Sie hätten inzwischen Zeit genug gehabt, Ihr destruktives Gedankenbild zu korrigieren. Oder wollen Sie jetzt etwa widerrufen, was Sie schon zugegeben haben?"

Der Angeklagte verneint vorerst durch lebhaftes Kopfschütteln, ehe er mit angehobener Stimme sagt: „Nein, ich habe nichts zu widerrufen und nichts mehr zu gestehen; ich habe nur zu bitten, dass Sie die anfänglichen Unwahrheiten auf das Konto jenes Zustandes buchen möchten, den ich Ihnen zu schildern versucht habe. Selbstverständlich bedauere ich es jetzt, dass ich mich, meine Lage vollständig verkennend, zu falschen Angaben hinreißen ließ."

„Nun, das ist wirklich sehr bedauerlich", gibt Dr. Köstler bereitwillig zu. „Ich nehme an, Sie können sich's ausmalen, welchen Grad von Glaubwürdigkeit ein Mensch noch hat, wenn er sich von Anfang an in Widersprüche verwickelt. Angeklagter, Sie haben dreimal hintereinander gelogen und immer erst dann etwas zugegeben, wenn man Ihnen die Unwahrheit nachweisen konnte. Das ist außergewöhnlich belastend für Sie!"

Auf diese Vorhaltung kann der Angeklagte nur mit einem Achselzucken antworten.

Der Vorsitzende versucht, ihn so mürbe wie möglich zu machen. „Es ist klar, dass wir alle Ihre Beteuerungen mit größter Vorsicht genießen werden, und es wird nicht leicht sein für Sie, uns Ihre Unschuld glaubhaft zu machen. Sie haben keinen Entlastungszeugen. Sie können uns keine überzeugenden Beweise bringen, die für Sie sprächen. Und was den Kredit Ihrer Glaubwürdigkeit betrifft, den haben Sie im Wesentlichen schon ausgeschöpft. Ich möchte Ihnen einen guten Rat geben: Gehen Sie in sich und bleiben Sie bei der Wahrheit! Erleichtern Sie Ihr Gewissen und uns die Arbeit. Das wäre das Vorteilhafteste, was Sie für sich tun können."

Es ist fast, als ob ein Hauch des Lächelns über das Gesicht des Angeklagten huscht; es ist schwer zu deuten, man sieht keine rechte Ursache dafür. Überlegenheit oder Resignation? Wer will es sagen? Auch nach seiner Erklärung, die er dann abgibt, ist man nicht klüger, aber derweilen vergisst man es.

„Soll ich etwas zugeben, was ich nicht getan habe?", beginnt er. „Nein, Herr Präsident, so einfach geht das auch nicht. Dass ich anfangs nicht bei der Wahrheit geblieben bin, das habe ich bereits bedauert; aber ich möchte nun herausgestellt haben, dass ich diese falschen Angaben nicht hier gemacht habe. Hier vor Gericht werde ich nur die reine Wahrheit sagen, auch dann, wenn ich fürchten muss, dass es mir nichts nützt und Ihnen nicht weiterhilft."

Jetzt schaltet sich der Staatsanwalt zum ersten Mal ein. (Dr. Vreni: klein, unscheinbar, mit dem jugendlich wirkenden Alltagsgesicht, dem man die beißende Schärfe und die gefährliche Wendigkeit seines unbestechlichen Verstandes kaum anmerkt.)

„Sie haben nicht ganz ungeschickt versucht, Ihre erfolglosen Lügen auf die emotionelle Ebene abzuschieben. Man kann trotzdem der Meinung sein, Sie wollten Ihren Besuch nur weit genug von dem Zeitpunkt der Ermordung wegverlegen. Sie konnten natürlich nicht damit rechnen, dass ein so wichtiger Zeuge vorhanden wäre, der bereit ist, unter Eid auszusagen, Sie um halb fünf Uhr morgens auf dem Stiegenhaus gesehen zu haben. Das ist ja auch peinlich, nicht wahr? Aber Sie waren um eine Ausrede immer noch nicht verlegen, wie wir gesehen haben. Ihr schöner Liebesbrief, glaubten Sie, gäbe Ihnen noch eine Chance. Schade, dass er ausgerechnet *auf* der Zeitung lag. Und Sie wissen ja, die Zeitung ist nachweislich erst um halb sechs Uhr eingeworfen worden, Ihr Brief kann also erst *nach* diesem Zeitpunkt in den Kasten gekommen sein. Das ist Ihnen auch klar, nicht wahr?"

Siegfried Braunmiller gibt das ohne Weiteres zu.

Der Staatsanwalt bohrt weiter. „Damit ist doch Ihr Aussagegerüst endgültig zusammengestürzt. Es ist ein seichtes Wasser, in das sie sich da hineingeschleust haben, meinen Sie das nicht auch?"

„Doch", sagt der Angeklagte und hebt bedauernd die Achseln, „doch, Sie haben recht. Ich hätte nicht dümmer handeln können. Ich war völlig durchgedreht und habe in meiner Bedrängnis nach Strohhalmen gegriffen. Mag sein, dass Not erfinderisch macht, aber wahrscheinlich beeinträchtigt sie das klare Denken."

„Ihr Resümee interessiert uns im Augenblick nicht so sehr. Was wir von Ihnen wissen wollen, das ist, wann Sie Carla Turner zum letzten Mal gesehen haben."

„Ich kann es nicht anders sagen: Es war halb fünf Uhr morgens."

„Und dabei bleiben Sie?"

„Ja."

„Die Untersuchungen im gerichtsmedizinischen Institut haben ergeben, dass der Tod zwischen vier und fünf Uhr eingetreten sein muss. Rein zeitmäßig könnten Sie also bereits als Täter in Frage kommen. Was haben Sie darauf zu sagen?"

„Dass es ein tragisches Verhängnis ist. Ich habe Carla Turner nach ernsten inneren Kämpfen verlassen. Zu dieser Zeit schlief sie friedlich und ohne zu merken, dass ich wegging. Das mag auch der Augenblick gewesen sein, in dem ich von dem Zeugen auf dem Stiegenhaus beobachtet worden war. Ich habe dann meine Sachen gepackt, den Brief geschrieben und diesen anschließend – also bevor ich das Haus endgültig verließ – in den Kasten geworfen. Das ist die volle Wahrheit. Was sonst geschehen ist, darüber kann ich nichts sagen, weil ich nichts weiß."

Der Staatsanwalt hat zunächst keine Fragen mehr.

Da der Angeklagte die ermittelten Zeitabläufe ohne Einschränkung zugibt, wird auf die Vernehmung der entsprechenden Zeugen verzichtet.

Der Vorsitzende fasst das Ergebnis des bisherigen Verlaufs der Verhandlung kurz zusammen und weist darauf hin, dass sich eine Tatsache besonders deutlich abhebe, nämlich der Verzicht des Angeklagten, sich weiterer Ausflüchte zu bedienen. Die Ursache dieser plötzlichen Wahrheitsliebe sehe er in der glänzenden kriminalistischen Arbeit der Polizei, ohne die der Angeklagte wohl weiterhin versuchen würde, die Zeitfrage zu seinen Gunsten darzustellen. Er appelliert eindringlich an dessen Gewissen und empfiehlt ihm, sich keinerlei Erfolg von neuerlichen Lügen zu versprechen. Braunmiller versichert ihm, dass ihm nichts wichtiger sei als das. Nachdem der erste Schock, die ersten bedrückenden Vorstellungen von dem Gerede innerhalb seiner Familie und seiner nächsten Umgebung überwunden waren und nachdem er eingesehen habe, welch unwichtige Dinge das im Vergleich zu dem ungeheuren Verdacht seien, der schrecklichen Anschuldigung, die auf ihm laste, gebe es für ihn nichts anderes mehr, als nur noch die Wahrheit und nichts als die Wahrheit.

Dann schwillt seine Stimme zum ersten Mal an: „Ich bin unschuldig!", ruft er. „Ich habe nichts mit der Ermordung von Carla Turner zu tun! Gewiss, wir waren ineinander verliebt – wir haben die Nacht miteinander verbracht, aber als ich von ihr wegging, blutete nur mein Herz; sie selbst schlief friedlich weiter – mehr weiß ich nicht – mehr kann ich nicht sagen."

Der Stille nach zu schließen, müssen die bewegten Worte des Angeklagten einen gewissen Eindruck hinterlassen haben. Diese Stimmung nützend, meldet sich der Verteidiger zu Wort. Er schüttelt zuerst die weiten Ärmel seiner Robe zurück – eine Geste, die seine imponierende körperliche Fülle noch besser herausstellt – und beginnt mit Mund und Händen gleichzeitig zu reden: „Hohes Gericht! Der Herr Staatsanwalt hat vorhin den Liebesbrief erwähnt; dabei hat er etwas ironisch von dem *schönen* Liebesbrief gesprochen. Ich bin aber sicher, dass ihn die Schönheit des Briefes gar nicht interessiert. Wahrscheinlich genügt es ihm, dass dieses brillante Dokument einer traurigen Seelenstimmung *auf* der Zeitung gelegen ist und so als weiteres wichtiges Indiz verwendet werden kann. Sicher ist das vom Standpunkt des Herrn Staatsanwalts aus wesentlich, doch meine ich, man sollte auch einmal die gute Seite gebührend betrachten. Leider habe ich nur einmal einen flüchtigen Einblick in diesen Brief bekommen, dennoch glaube ich, ohne zu übertreiben sagen zu dürfen: Er kann niemals nur aus einer bloßen Zweckidee geschrieben sein! Für mich entstand er aus dem Überfluss eines randvoll wunden Herzens. Ich halte diese Zeilen für ein unvergleichliches Spiegelbild einer echten seelischen Ergriffenheit. So schreibt kein Mensch, der gerade einen Mord begangen hat! Solche Worte findet kein Mann, der sich eben noch mit Blut besudelt hat! Ich möchte sagen, wer sich einer solchen Sprache bedient, verrät schlicht jenes Maß von Seelenreichtum, von aufgeschlossenem Gemüts- und Geistesleben, dass er sich zwangsläufig weitab von jeder verbrecherischen Möglichkeit stellen muss!"

Dr. Schwingstätter schaltet nach dieser kleinen, fast emphatisch vorgetragenen Rede eine knappe Kunstpause ein. Die Länge, in ihrer Wirkung genau berechnet, als Überleitung zu dem nachfolgenden, in sachlich kühlem Ton gehaltenen Text.

„Ich bitte daher, man möge den Brief verlesen, damit sich die Geschworenen selbst ein Bild machen können."

Der Vorsitzende, der nicht beabsichtigte, von Anfang an die Öffentlichkeit auszuschließen, lehnt den Antrag mit der Begründung ab, dass sich auch mehrere anstößige Stellen in dem Schreiben befänden.

Zuerst reagiert Dr. Schwingstätter noch in seiner gewohnt heiter ironischen Weise: „Ach ja", sagt er, „natürlich, das sittliche Ärgernis!" Und er scheint zu zitieren: „,Ich habe mich an dem köstlichen Nektar deiner dunklen Blume gelabt – und ich habe mich an dem Duft deiner knospenden Blüten berauscht.' Wenn das Heinrich Heine gesagt hätte, wäre es Poesie; aber weil es der Herr Braunmiller gesagt hat, ist es eine Schweinerei, nicht wahr?"

Der Vorsitzende verbittet sich diese Anspielungen und meint: „Hier ist weder Heinrich Heines noch Herrn Braunmillers erotische Lyrik am Platz."

Daraufhin kommt es beinahe zu einem Zusammenstoß.

Dr. Schwingstätter fährt erregt auf; er sagt, er halte es nicht gerade für einen Reichtum an Reinheit, wenn hier eine Anstößigkeit erblickt werde. Das bringt ihm eine Rüge ein und er muss sich die Frage gefallen lassen, ob er sich denn für rein genug halte, am Ehebruch seines Mandanten auch nichts Anstößiges zu finden. Aber er lässt sich nicht so leicht außer Gefecht setzen und sticht sofort zurück: „Dieser Ehebruch", sagt er mit ungewöhnlichem und vielleicht auch ungehörigem Stimmaufwand, „dieser Ehebruch, der durch eine echte und tiefe Liebe sowie durch seltsame Umstände bereits in ein besonderes Licht gerückt worden ist, erfährt eine unverkennbare, weitgehende Wandlung."

„Und was erfährt er durch den Mord?", fragt der Staatsanwalt dazwischen.

Der Verteidiger wendet sich blitzschnell an seinen juristischen Hauptgegner und schießt mit der Antwort heraus, als ob er sie schon vorbereitet gehabt hätte: „Wenn Sie, so wie ich, von der Unschuld meines Mandanten überzeugt wären, kämen Sie gar nicht auf diese Frage, denn der Mord hat nichts mit dem Ehebruch zu tun und der Ehebruch nichts mit dem Mord." Dann richtet er seine Worte demonstrativ wieder an den Vorsitzenden: „Jedenfalls muss ich im Interesse der Wahrheitsfindung darauf bestehen, dass die Geschworenen den Brief zu lesen bekommen."

Der Vorsitzende beruhigt ihn und sichert ihm zu, dass zu diesem Zweck sogar einige Kopien zur Verfügung stünden, die er, sobald er es für notwendig finde, vorlegen lassen werde. Inzwischen wäre es aber ratsam, die Glaubwürdigkeit des Angeklagten in konkreterer Weise zu prüfen, und es wäre wohl wissenswert, was er, der Herr Verteidiger, von den anfänglich so hartnäckig gemachten falschen Angaben seines Mandanten halte, wenn er schon so sehr von dessen Unschuld überzeugt sei.

Dr. Schwingstätter wiegt seinen Kopf von links nach rechts und von rechts nach links, und er breitet seine Arme aus, als beabsichtige er zu fliegen.

„Bitte", sagt er beinahe untertänig, „bitte – mein Mandant hat bereits mit einfachen Worten eine außergewöhnlich zutreffende Erklärung abgegeben. Ich könnte dem nur noch hinzufügen, dass es für Menschen, die sich noch nie in einer solchen Lage befunden haben, wohl sehr schwierig ist, sich hier einzufühlen. Ich glaube aber, gerade in dieser Angstpsychose eine der größten Gefahren zu erblicken, dass bestimmte Menschen, die durch ungünstige und eklatante Verstrickungen in einen falschen Verdacht geraten, sich in sträfliche Widersprüche verwickeln und sie für wesentliche Überlegungen fast blind macht. Mein Mandant, der denselben Gefahren ausgesetzt war, hat sich meines Erachtens erst durch seine Flucht in die Unwahrheit die Grundlagen für eine Anklage zusammengebastelt. Wer ein so makelloses Vorleben hat, wer so ungewollt allein nach Wien fährt und so einfältig unter die Fittiche der Liebe gerät – also ich meine, dem kann alles andere eher als eine Mordabsicht vorgeworfen werden."

Auf diese wohltemperierte Beschönigung meldet sich der Staatsanwalt sofort zu Wort.

„Wir haben uns natürlich auch für das Vorleben des Angeklagten interessiert", sagt er beiläufig und blättert in seinen Akten. Er scheint etwas zu suchen, spricht währenddessen aber immer weiter: „Wenn es auch den Anschein hat, dass der Angeklagte wie ein Biedermann lebte, wenn auf Anhieb auch nicht der Hauch eines gesellschaftlichen oder sittlichen Makels zu sehen ist, so gibt es doch einige bemerkenswerte Punkte. Da wurde zum Beispiel vor zehn Jahren in Frankfurt ein Mord verübt, der in seiner Art dem Verbrechen an Carla Turner auffallend ähnelt. Wir sind in der Lage zu beweisen, dass der Angeklagte gerade an diesem Tag in Frankfurt war. Ich habe hier eine gewöhnliche Ansichtskarte von Frankfurt; interessant ist sie, weil der Poststempel genau mit dem Tag des Verbrechens in Frankfurt übereinstimmt und weil sie vom Angeklagten geschrieben wurde, übrigens ausgerechnet nach Wien."

Der Verteidiger will dazwischenfunken, doch der Staatsanwalt lässt sich nicht darauf ein und spricht mit angehobener Stimme weiter: „Es ist klar, es lässt sich damit keine neue Anklage aufbauen, außerdem liegt alles schon viel zu weit zurück, aber es sind in diesem Zusammenhang doch recht bemerkenswerte Vergleiche zu ziehen."

Als dann Dr. Schwingstätter zu Wort kommt, entrüstet er sich über diese Art von Beweisführung, die jeder Grundlage entbehre, wie er meint, reichlich neben der Sache liege und nur zu dem Zweck betrieben werde, seinen Mandanten zu diskriminieren; er müsse sich dagegen energisch verwahren. „Denn sicher", so fährt er wörtlich fort, „waren an diesem einen Tag eine ganze Menge von Leuten in Frankfurt, zufällig in Frankfurt, und sicher haben an diesem Tag Tausende eine Ansichtskarte irgendwohin geschickt. Ich möchte sagen, es gehört schon eine Portion Phantasie dazu, den Mörder ausgerechnet unter den Ansichtskartenschreibern zu suchen."

„Sie meinen wegen des Alibis? Nun, ich denke, eine düstere Seele könnte auch auf den Gedanken kommen, durch einen harmlosen Kartengruß eine besondere Unbefangenheit vorzutäuschen. Ich muss sagen, dazu benötige ich eigentlich gar keine große Phantasie."

„Es ist dennoch keine Art und Weise, meinen Mandaten mit Verbrechen in Verbindung zu bringen, zu denen er keinerlei Beziehungen hat", versetzt der Anwalt mit unverminderter Schärfe.

Der Staatsanwalt bleibt wider Erwarten ruhig, als er seinem Gegenspieler entgegnet: „Jedermann, der an jenem Tag in Frankfurt war, könnte theoretisch, also zunächst einmal, dafür in Frage kommen, nicht nur der Angeklagte, aber eben auch *er*! Und mit gewissen Überlegungen ... Doch beruhigen Sie sich, Herr Verteidiger, Sie werden sehen, wir werden es gar nicht notwendig haben, uns mit solch kleinen Fischen abzugeben."

Die letzten Worte hat Dr. Vreni in beunruhigend versöhnlichem Tone gesprochen; jetzt lächelt er sogar und macht durch sein überlegenes, um nicht zu sagen triumphierendes Verhalten den Verteidiger offensichtlich nervös; jedenfalls verzichtet dieser vorerst auf das Wort. Erst als der Staatsanwalt den Angeklagten wieder in die Zange nimmt, indem er ihn durch eine versteckte, aber äußerst geschickte Verbalsuggestion in den Zustand völliger Ausweglosigkeit zu versetzen versucht, lehnt er sich wieder auf und spricht von einer vorgefassten Meinung des Staatsanwalts, die dieser zu gerne mit allen Mitteln durchdrücken möchte.

Dr. Vreni scheint sich darüber ehrlich zu entrüsten: „Hören Sie, Herr Dr. Schwingstätter!", ruft er seinem Gegner erregt zu, „Sie tun gerade so, als ob es sich um eine Verschwörung des Staatsanwalts gegen den Angeklagten handelte. Sie verwechseln anscheinend die Standpunkte. Ich bekomme nicht mehr und nicht weniger, ob ich in einem gewonnenen oder verlorenen Prozess meine Pflicht erfülle. Bei mir gibt es keine persönlichen Vorteile; ich vertrete den

Staat, und der Staat sind wir schließlich alle. Und wir alle haben ein Interesse daran, dass Verbrechen aufgeklärt und gesühnt werden."

„Sehr gut!", pflichtet ihm Dr. Schwingstätter sofort bei. „Sehr gut, Herr Staatsanwalt! Dieses Interesse haben wir selbstverständlich alle. Und, Sie werden es nicht glauben, aber das hat auch mein Mandant. Ich möchte sagen, der vielleicht am allermeisten."

„Darüber könnten wir lange polemisieren, ohne auch nur einen Schritt weiterzukommen. Da ist es schon besser, wir halten uns an reale Tatsachen", entgegnete Dr. Vreni, nicht ohne eine gewisse Verächtlichkeit in seine Stimme zu legen.

„Reale Tatsachen?", wiederholt Dr. Schwingstätter fast belustigt. „Die paar Indizien, die nicht einmal bestritten werden, die nennen Sie reale Tatsachen? Damit kommen Sie kaum zu einem Ergebnis. Mein Mandant erklärt sich für schuldlos. Sie müssten ihm das Gegenteil erst beweisen."

„Der Angeklagte hat sich jedenfalls hinreichend unglaubwürdig gezeigt." An diesem Punkt hakt der Staatsanwalt immer besonders gern ein. Aber Dr. Schwingstätter pustet diesen Vorwurf gleichsam hinweg.

„Was denn? Die dummen Fisimatenten, in die er sich anfangs verrannt hat? Zugegeben, das war ja ein Schmarrn! Aber hier im Prozess, hier hat er noch nicht ein unwahres Wort gesprochen. Das ist wichtig! Das muss hervorgehoben werden!"

Der Staatsanwalt macht eine Miene, die unschwer erkennen lässt, wie wenig er von dieser Ansicht hält.

„Ich glaube", sagt er dann, „Sie nehmen alles etwas zu leicht, Herr Verteidiger. Und was die Indizien anbelangt, denke ich, sind sie von hervorstechender Beweiskraft."

„Es wäre wohl zu gefährlich, einen Prozess nur auf Indizien aufzubauen, die im Grunde genommen – trotz ihrer Hieb- und Stichfestigkeit – wenig genug aussagen."

Nun mischt sich der Gerichtspräsident ein: „Herr Verteidiger, Sie werden doch zugeben, dass die wenigsten Prozesse im Sinne der Anklage enden würden, wenn sich kein Gericht mehr auf Indizien verlassen dürfte. Wann und wo ist schon ein vielleicht durch Tonband und Fotos überführter Täter zu finden? Eine Prozessführung ohne Indizien müsste zur Farce werden."

„Da bin ich aber ganz Ihrer Meinung, Herr Gerichtspräsident. Nur dürfen wir nicht vergessen, dass die Indizien in diesem Falle hier nicht *mehr* beweisen, als was vom Angeklagten bereits zugegeben wird."

„Nachdem er nicht mehr anders konnte!", ruft der Staatsanwalt dazwischen.

„Nachdem er eingesehen hatte, dass sein guter Ruf auf diese Weise nicht zu retten, seine Lage aber nur zu verschlimmern war", verbessert Dr. Schwingstätter.

„Das sagen *Sie*!"

„Ja, das sage ich, und zwar, weil ich es glaube und weil niemand da ist, der uns vom Gegenteil überzeugen kann."

„Vielleicht ändert sich das noch, Herr Verteidiger", bemerkt der Gerichtspräsident gelassen. „Im Übrigen wäre es peinlich, wenn Sie uns eine Version aufzudrängen versuchten, die uns gar glaubhaft machen soll, dass Fräulein Turner etwa mit Waffen gehandelt habe. Bitte, das ist heute sehr modern. Damit ließen sich auf alle Fälle neue Hintergründe für die Ermordung schaffen. Ich möchte mich aber gleich von vornherein dagegen verwahren."

„Die wirklichen Hintergründe aufzudecken wäre wohl Sache der Polizei beziehungsweise der Staatsanwaltschaft gewesen", sagt Dr. Schwingstätter.

„Die Arbeit, die in dieser Hinsicht geleistet worden ist, war erfolgreich, Herr Verteidiger.", wendet sich Dr. Vreni an ihn.

Der Rechtsvertreter ist unbeugsam. „Davon bin ich nicht überzeugt", sagt er. „Man hat sich zum Beispiel keine Gedanken darüber gemacht, warum an seiner Kleidung eigentlich nicht die geringste Spur von Blut entdeckt worden ist."

Auf diese Vorhaltung hin erwähnt der Staatsanwalt das blutgetränkte Taschentuch.

„*Taschentuch*", plappert Dr. Schwingstätter geringschätzig nach, als ob es sich dabei um die belangloseste Sache der Welt handelte. „Was wollen Sie denn immer mit dem Taschentuch?! Das wurde einfach vergessen und war liegen geblieben – ein harmloses Zeugnis der Liebe, weiter nichts! Es ist nur unversehens und unschuldigerweise mit den Spuren des verbrecherischen Hasses getränkt worden, eines Hasses, der niemals aus dieser Liebe kommen konnte. Dieses Taschentuch müssen Sie endlich aus Ihrer Beweisführung entfernen; und wenn Sie das tun, dann bleibt doch die Tatsache, dass auch nicht ein Molekül von Blut an seiner Kleidung war, weder an seiner Ober- noch an seiner Unterkleidung."

„Einen Mord kann man – namentlich in *dieser* Situation – auch nackt begehen", versucht ihn der Staatsanwalt aufzuklären.

„Ach so!", höhnt Dr. Schwingstätter. „Na ja, das habe ich ganz vergessen, die Sittlichkeit! Natürlich – aber ich nehme an, dass der Verhaftete auch in diesem Punkt ebenso gleich einer peinlich genauen Untersuchung oblag."

„Es ist nicht versäumt worden", versichert ihm der Staatsanwalt.

„Und?"

„Und es wurde festgestellt, dass er ein gründliches Bad hinter sich hatte."

„Herrlich! Immerhin spricht das für seine Reinlichkeit", ulkt Dr. Schwingstätter, und man merkt, wie er sich ein Lächeln verwehrt.

Der Gerichtspräsident ermahnt ihn, trotzdem den Ernst des Falles etwas mehr zu beachten und in puncto Sittlichkeit keine allzu große Nachsicht zu üben, aber dennoch ihren Anstand zu behalten.

Dr. Schwingstätter, beschlagen wie er ist, teilt ihm umgehend seine doch wohl recht freizügige Meinung mit.

„Ach, wissen Sie, Herr Gerichtspräsident, im Grunde genommen haben Sie ja recht; aber ich finde, dass dieses Gebiet von den Stützen der Gesellschaft nur zu gerne überbewertet wird. Ich persönlich bin zum Beispiel durchaus davon überzeugt, dass die Malaria am Untergang der griechisch-römischen Zivilisation seinerzeit einen weitaus größeren Anteil hatte als das berühmt-berüchtigte Lasterleben dieser Völker."

Mit dieser Bemerkung zieht er sich nicht das Wohlwollen des Gerichtshofes zu. Man sieht es deutlich, wie kalt die Ablehnung ist, die sich auf allen Gesichtern widerspiegelt; sogar unter dem Publikum macht sich eine Unruhe bemerkbar, die sich eine Zeit lang zäh hält und die eine unverkennbare Tendenz zu einer angeregten Diskussion zeigt. Sie wird erst durch eine energische Ermahnung des Gerichtspräsidenten unterbunden.

Dr. Schwingstätter scheint durch diese Abfuhr nicht sehr irritiert zu sein. Wieder einmal kein Blatt vor den Mund genommen zu haben, muss ihm doch ein echtes Vergnügen bereiten; er lächelt überlegen, wo andere schlicht von einer Niederlage sprechen würden.

Kapitel 15   Bekenntnis

Da der Angeklagte keine seiner Aussagen mehr widerruft und diese völlig im Einklang mit den kriminalistischen Ermittlungen stehen, wird auf die Vernehmung der entsprechenden Zeugen verzichtet. Der Gerichtspräsident selbst sagt, es habe den Anschein, als ob dieser Prozess ein Prozess ohne Zeugen werden wird. Er bedauert in diesem Zusammenhang, dass die wichtigste Zeugin aus gesundheitlichen Gründen nicht vor Gericht erscheinen könne, und gibt ohne Weiteres zu, welche Schwierigkeiten diese Tatsache möglicherweise nach sich ziehe, weil kaum anzunehmen sei, der Angeklagte würde sich gegen die neuerlichen Vorwürfe nicht auflehnen.

Braunmillers Gesicht verändert sich auffällig bei diesen Worten. Seine Stirn zieht Falten, sein Blick verengt sich und seine Haltung wird straffer. Er ist mehr als gespannt und mit einem gejagten Wild zu vergleichen, das aus einer unvermuteten Richtung einen gefährlichen Schuss hört.

Der Vorsitzende wendet sich nach seiner vieldeutigen und allgemein gehaltenen Einleitung ganz unvermittelt und hart mit einer präzise Frage an den Angeklagten: „Haben Sie Ihrer Frau nie, wenn auch nur in spielerischer Form, Schnitt- und Stichwunden beigebracht?"

Diese Frage wirkt nach allen Dimensionen.

Der Angeklagte antwortet nicht; aber sein Verhalten ist derart, dass niemand – am wenigsten der Staatsanwalt – glaubt, er könnte es nicht getan haben. Zuerst zuckt sein ganzer Körper zusammen, nicht sehr auffällig, doch für jeden guten Beobachter wahrnehmbar, dann richtet er sich etwas auf, seine Augen weiten sich, als erblickten sie ein grässliches Ungeheuer, und sein Gesicht wird rot, wie mit Blut übergossen.

Nach diesem so unwillkürlichen Verhalten sinkt er leicht in sich zusammen und richtet seinen Blick starr auf den Boden. In dieser Stellung verharrt er zunächst, ohne auf weitere Fragen oder Zusprüche zu reagieren.

„Sie hüllen sich in Schweigen. Warum antworten Sie mir nicht? Haben Sie gar nichts darauf zu sagen?" Die geschliffenen Fragen des Richters zerschneiden die beklemmende Stille im Saal. Eine spürbare Spannung knistert zwischen ihm und dem Angeklagten. Wird es zu einer Entladung kommen?

Da meldet sich der Verteidiger zum Wort.

„Der Vorwurf", sagt er, „der gegen meinen Mandanten erhoben wird, ist niederschmetternd; er ist von solcher Tragweite, dass ich das Gericht bitten muss, mir eine Gelegenheit zu geben, mit meinem Mandanten eine hinreichende Aussprache zu führen."

Der Gerichtspräsident ist damit einverstanden; er schlägt eine Unterbrechung von dreißig Minuten vor. Jedoch bevor noch etwas Weiteres unternommen wird, springt der Angeklagte auf und ruft erregt und mit einer sich überschlagenden Stimme in den Saal: „Ich brauche keine Aussprache!" Sein Kopf ist immer noch hochrot und sein Blick ist mehr auf die Zeugenbank als auf das Forum gerichtet. Offensichtlich soll das, was er nun sagen will, in erster Linie der Frau gelten, die solchermaßen gegen ihn ausgesagt hat und über die nun seine Erbitterung herniederzugehen scheint, auch wenn sie augenblicklich nicht anwesend ist. Er steht hoch aufgerichtet und mit funkelnden Blicken an seinem Platz und schleudert seine Worte überdeutlich und mitunter dramatisch gesteigert in den Raum: „Ich will die Karten auch in dieser Angelegenheit offen auf den Tisch legen – auch in dieser Angelegenheit, von der ich bisher allerdings geglaubt hatte, dass sie nur in die Intimsphäre zweier Ehegatten gehöre. Ich war der Meinung, so etwas müsste in jedem Fall ein Schlafzimmergeheimnis bleiben; aber wenn es nun schon hervorgezerrt worden ist, so habe ich keinen Grund mehr, mich länger zurückzuhalten. Waschen wir also die schmutzige Wäsche, die schon in der Lauge liegt! Jawohl – ich habe sie verletzt! Es bereitete mir Freude, sie zu verletzen. Was man haben muss, ohne es zu lieben, kann man auch quälen. Aber es war nicht so arg, dass sie sehr darunter gelitten hätte. Es geschah mit aller Vorsicht und nur an solchen Körperstellen, die so gut mit Fett gepolstert waren, dass es nicht gefährlich werden konnte. Also immer mit klarem Kopf, bedacht und überlegt und ohne Brutalität. Ich habe ihr nicht nur auf diese Weise körperlichen Schmerz zugefügt, ich habe sie auch auf ihre Speckseiten geschlagen, mit der Hand!"

Freimütig, um nicht zu sagen mit einer gewissen Selbstbezichtigung, gibt Siegfried Braunmiller, von dem nun jede Hemmung abgefallen zu sein scheint, über diese problematische Frage Auskunft. Er versichert in diesem Zusammenhang, dass er es stets aus reinem Vergnügen getan habe – ohne Zorn, ohne Hass –, nur weil es ihm Spaß gemacht habe, weil er draufgekommen sei, wie hübsch sich mangelnde Liebe eigentlich doch ersetzen lasse. Zufällig oder gewollt richtet er seinen Blick auf die füllige Figur einer Laienrichterin, die unter den Geschworenen sitzt.

„Glauben Sie mir", sagt er wörtlich, „seit ich gemerkt hatte, dass sie mir auf diese Weise etwas bieten konnte, war es mir leichter gefallen, die eheliche Treue ernst zu nehmen, und das wollte ich nämlich – das heißt, mich ein bisschen schadlos halten, das wollte ich auch. Ich habe meine Frau nicht geliebt. Ich habe sie geheiratet, weil sie mich erpresst hat. Weil ich zu wenig hart war und weil ich die damalige Zeit für so trostlos hielt, dass mir meine privaten Entschlüsse gar nicht mehr wichtig genug erschienen, um sie entsprechend zu überlegen. Wir haben trotzdem eine brauchbare Ehe geführt; bis zu jener unglückseligen Nacht, in der ich zwar zum ersten Mal erlebte, was Liebe eigentlich heißt, die aber der Anfang vom Ende wurde. Wie brauchbar, wie solide unsere Ehe wirklich war, das müsste allein meine Entschlossenheit beweisen, zu der ich mich letztlich durchgerungen habe, und mit der ich wieder zurückkehren wollte. – Doch hier beginnen die Zweifel und Vorstellungen des Gerichts – und von hier ab habe ich nichts mehr zu sagen."

Der Vorsitzende nickte einige Male; es ist nicht klar zu erkennen, was er damit beifällig unterstreichen will, den Zweifel des Gerichts oder die Absicht des Angeklagten, von hier ab nichts mehr zu sagen. Er wendet sich an den Gerichtsschreiber: „Wir halten das protokollarisch fest: Der Angeklagte gibt zu, seine Ehefrau wiederholt durch Schnitte, Stiche und Schläge verletzt zu haben." Und die Richtung seiner Kopfstellung wechselnd: „Nicht wahr, Sie bleiben doch dabei, Angeklagter?"

„Ja", sagt dieser laut und deutlich, „aber ich betone noch einmal: Es waren nur geringfügige Verletzungen und sie erfolgten ausschließlich innerhalb der erwähnten Kombination. Aus purer Langeweile – mit vorsichtiger Überlegung –, und einzig und allein zu dem Zweck, die Schalheit zu würzen, den Tran genießbar zu machen."

„Und um Ihre Lust zu befriedigen doch wohl auch?" Der Staatsanwalt konnte es sich nicht versagen, diese Frage dazwischenzuwerfen.

„Wenn Ihnen diese Formulierung lieber ist, bitte – bitte sehr –, dann drücken Sie sich ruhig so aus. Das ist mir jetzt – ja, das ist mir jetzt völlig egal – ich brauche keine persönliche Rücksicht mehr zu nehmen."

Der Angeklagte, wenn er auch versucht, sich kalt und gleichgültig zu geben, ist nach wie vor erregt; das ist schon an dem unregelmäßigen, von Pausen und Wiederholungen durchsetztem Tempo seiner Rede zu erkennen.

„Es geht um die Beweisführung, dass es Ihnen immer schon eine Lust bedeutete, wenn Sie im Zuge sexueller Erregung nach einem verletzenden oder wenigstens schmerzenden Instrument greifen konnten", sagt der Staatsanwalt.

Er will damit auf die sachliche Ebene lenken; aber Braunmiller, der sich während des bisherigen Prozessverlaufes vorwiegend zurückhaltend gezeigt hat, scheint nun auf einem Standpunkt angelangt zu sein, der ihm jegliche Reserviertheit, jegliche Überlegung und jegliche Vorsicht unwichtig werden lässt. Er geht aus sich heraus, gebärdet sich wie ein Draufgänger, nichts achtend, nichts fürchtend, und – offensichtlich – nur von dem einen Gedanken getrieben, einen Verrat zu rächen, und so gut zu rächen, wie es nur gerade möglich ist.

„Nicht im Zuge sexueller Erregung!", schreit er, „sondern um eine sexuelle Erregung überhaupt erst hervorzurufen! Deswegen geschah es! Also tatsächlich aus Langeweile und um den faden Geschmack zu verbessern, der dieser Frau von Anfang an anhaftete."

Der Staatsanwalt schüttelt verständnislos den Kopf; es scheint ihm unbegreiflich zu sein, eine Frau zu nehmen, die man nicht liebt.

„Warum haben Sie diese Frau dann überhaupt geheiratet?"

„Ich habe es schon gesagt, weil ich dazu erpresst worden bin."

„Das wollte ich noch einmal hören, denn es ist schwer zu verstehen."

„So etwas müssten Sie eben erlebt haben."

„Können Sie es uns nicht näher erklären?"

„Sie hat mir seinerzeit gedroht, sich das Leben zu nehmen, wenn ich sie stehen ließe."

„Ich kann mir nicht vorstellen, dass ich deswegen eine Frau ehelichen würde, wenn ich sie hasse."

„Ich habe sie nicht gehasst – aber ich habe sie auch nicht geliebt. Außerdem könnte ich es mir heute auch nicht mehr vorstellen. Schließlich war ich damals knapp dreiundzwanzig Jahre alt und es war Krieg – und davon ganz abgesehen, welcher junge Mann hat schon eine richtige Vorstellung von der Ehe? Glückt das Unternehmen, ist es gut. Geht es daneben, so kann man sich wieder trennen oder damit abfinden – abfinden und versuchen, auf eigene Faust zu korrigieren. Ich habe mich nicht getrennt, ich habe zu korrigieren versucht."

Der Gerichtspräsident hat die Debatte zwischen dem Staatsanwalt und dem Angeklagten stillschweigend geduldet, obwohl sie entgegen der Ordnung entstanden und weitergeführt worden ist. Da auch der Verteidiger keinen

Einspruch erhoben hat und, wie es scheint, mit Interesse dabei ist, war für den Richter zunächst keine Veranlassung vorhanden, sie zu unterbrechen. Jetzt aber mischt er sich ins Gespräch: „Angeklagter, Ihre Äußerungen klingen nicht gerade unglaubhaft; ich denke, sie werden dennoch nicht ausreichen, die Bedeutung, die sie im Hinblick auf den Mord gewinnen, zu verniedlichen. Aus welchen Motiven Sie die abwegigen Handlungen in Ihrer Ehe auch vollzogen haben mögen – sie müssen veranlagungsmäßig geschehen sein. Haben Sie gehört, veranlagungsmäßig!, habe ich gesagt. Sie verstehen mich doch recht?"

Braunmiller braucht eine Weile, bis er die richtige Antwort gefunden zu haben scheint.

„Ich weiß nicht", sagt er dann langsam und offenbar Wort für Wort überlegend, „ich weiß nicht, was in funktionierenden Ehen alles geschieht – aber ich glaube, wenn wir hineinsehen könnten, wir würden alle staunen über den Einfallsreichtum gegen die Ödnis und Gewöhnung."

Es fällt auf, dass die meisten der Anwesenden während der letzten Andeutungen des Angeklagten ihren Kopf leicht gesenkt oder wenigstens die Augen niedergeschlagen haben. Man scheint allgemein etwas betreten zu sein. Nur der Gerichtspräsident sieht ihm offen ins Gesicht.

„Es ist verständlich", sagt er, „dass Sie die Angelegenheit zu verharmlosen suchen, indem sie sie auf eine möglichst breite Ebene schieben. Doch es ist nicht die Sache des Gerichts, über das Ausmaß der Verbreitung von Abnormitäten innerhalb der Ehen schlechthin zu befinden. Für uns ist es wichtig zu wissen, dass Sie sich in dieser Hinsicht produziert haben. Das wollen wir festhalten."

Es entsteht eine kleine Pause. Der Verteidiger flüstert seinem Mandanten einige Worte zu. Man versteht es nicht, aber der wegwerfenden Handbewegung nach zu schließen, die der Angesprochene macht, ist leicht zu erraten, dass dieser keinen Wert auf die augenblickliche Meinung seines Anwalts legt.

Der Vorsitzende dringt weiter in ihn: „Seit wann übten Sie diese Gepflogenheit in Ihrer Ehe?"

Er antwortet nicht. Es sieht so aus, als ob er wieder eine Mauer des Schweigens um sich zu errichten beabsichtige.

Dr. Köstler wartet geduldig. Als es ihm doch zu lange dauert, wiederholt er seine Frage mit Nachdruck, doch noch vorsichtig genug, um keine weitere Verstockung des Angeklagten herauszufordern. Seine Taktik ist richtig.

Braunmiller lässt sich wieder in das Gespräch ein: „Ich glaube, es begann schon in den ersten Jahren."

„Früher hatten Sie nie solche Gedanken?"

„Doch, ich kann mich erinnern, früher schon über diese Dinge gelesen zu haben, aber der Wunsch, das Verlangen, das kam erst später. Ich meine, das erste Mal war es im Anschluss an eine ernstliche Auseinandersetzung, als gegenseitige Kompromissbereitschaft – zur Versöhnung – sozusagen."

„Und Ihre Frau hat sich nie dagegen aufgelehnt?"

„Innerlich vielleicht schon, nein, ich möchte sagen, innerlich sogar sicher! Doch nach außen hin fügte sie sich. Ich schien ihr etwas wert zu sein."

„Außerhalb dieser ehelichen Praxis haben Sie in diesem Punkt keine Erfahrungen gesammelt?"

„Ich habe es schon gesagt, es war mir ein Bedürfnis, die eheliche Treue ernst zu nehmen."

„Mhm. Haben Sie sie so ernst genommen, dass Sie beispielsweise auch nie eine Prostituierte aufsuchten?"

„Dazu hätte ich weder Zeit noch Gelegenheit gehabt, noch verlangte es mich danach", antwortet der Angeklagte reichlich ungerührt. In seiner Lage, so denkt er wohl, hat es wenig Sinn, sich über eine normalerweise unzumutbare Unterstellung aufzuregen. Er wird aber unruhig, als sich der Staatsanwalt zu Wort meldet und den bereits erwähnten Frankfurter Mordfall wieder ins Gespräch bringt: „Es handelte sich damals um eine Prostituierte – und merkwürdigerweise ist da insofern eine Parallele zu erkennen, wie die Art der zügellosen Verletzungen weitgehend mit dem jetzigen Fall übereinstimmt. Man ist dem Täter leider nicht auf die Spur gekommen, und der Fall ist bis heute noch nicht aufgeklärt. Was haben Sie eigentlich dazu zu sagen?"

Die Unruhe, die der Angeklagte anfangs gezeigt hat und allgemein für ein Zeichen der Nervosität angesehen wurde, erweist sich als unbedeutend; sie scheint nur die Reizwirkung gewesen zu sein, durch die ein Aggressionsstau entladen wird.

„Sie möchten mir wohl auch diesen Mord an den Hals hängen!", ruft er, sich deutlich an den Staatsanwalt wendend. „Ich wundere mich, dass Sie sich mit dem einen begnügen! Warum haben Sie denn nicht genauer herumgesucht in der Kriminalgeschichte? Sicher gibt es noch eine ganze Reihe von ungeklärten Sexualverbrechen."

Der Tonfall seiner Rede ist so laut und geladen, dass der Richter zur Ruhe mahnt. Der Verteidiger protestiert erneut gegen den nochmaligen Versuch des Staatsanwalts, den Fall aus Frankfurt mit in diesen Prozess hereinzuziehen. Doch Dr. Vreni gibt zu verstehen, dass das ganz und gar nicht seine Absicht sei, und er versichert, er werde von nun an kein Wort mehr darüber verlieren.

Da meint der Vorsitzende aber: „Wir wollen trotzdem hören, welche sachliche Erklärung uns der Angeklagte in dieser Angelegenheit geben kann."

Braunmiller räumt ein, dass er zwar einige Male in Frankfurt gewesen sei, sich aber beim besten Willen an keinen bestimmten Tag mehr erinnern könne. Ja, nicht einmal von diesem Mordfall wisse er etwas; er begründet seine Unkenntnis glaubhaft mit den geschäftlichen Sorgen, womit er sich seinerzeit noch reichlich herumzuschlagen hatte und wodurch sein Interesse am Tagesgeschehen sicher beträchtlich verringert gewesen sei.

Der Richter nickt, als billige er diese Erklärung.

Die Verhandlung verläuft dann ohne besondere Vorkommnisse. Der Angeklagte gibt genau zu, was ihm aufgrund der Indizienkette bewiesen werden kann. Sogar nach der peinlichen Ausbreitung seines ehelichen Geschlechtslebens behauptet er noch, an der Ermordung Carla Turners unschuldig zu sein. Er, wie sein Anwalt, versteift sich darauf, dass nach ihm, also in der Zeit zwischen halb sechs und neun Uhr, noch jemand in die Wohnung gekommen sein muss. Der Verteidiger ist sogar der Ansicht, es wäre so gut wie sicher gewesen, auf andere Spuren zu stoßen, wenn die Polizei nicht so nachlässig gewesen wäre. Die ersten Ergebnisse ihrer Ermittlungen seien so rund gewesen, meint er, dass man einfach nichts mehr weiter mutmaßte und bedenkenlos alle anderen möglichen Spuren verwischen ließ. Er findet geduldige Zuhörer, aber es sieht nicht so aus, als ob seine Worte eine besondere Überzeugungskraft hätten. Eine gewisse Spannung entsteht erst wieder, als der Gutachter, Professor Connelli, an die Reihe kommt.

Kapitel 16   Keine Zeugen?

Der angesehene Neurologe betritt den Zeugenstand nicht zum ersten Mal. Seine Gutachten haben schon manchen Prozess entscheidend beeinflusst. Er ist sozusagen gerichtsnotorisch, was allein schon durch sein sicheres, routiniertes Auftreten zu erraten wäre. Als Gelehrten erkennt man ihn hingegen weniger sicher. Groß, kräftig, braungebrannt, flott in seiner Aufmachung, aber mit einem beinahe rustikalen Gesichtsausdruck wirkt er nicht wie jemand, der geistig arbeitet, sondern eher wie ein handfester Hochseekapitän. Seine Stimme passt dazu: Sie klingt rau und wie vom Salzwasser der Ozeane angerostet, als er mit seinem Referat beginnt.

„Der Angeklagte hat versucht, sich so gut wie möglich zu isolieren; er hat wenig Verständnis und Bereitschaft gezeigt. Wenn ich dennoch zu einem abschließenden Untersuchungsergebnis über seinen Geistes- und Seelenzustand gekommen bin, so habe ich das in erster Linie seiner Frau zu verdanken, durch deren bereitwillige Offenheit meine Arbeit sehr gefördert wurde."

Braunmillers Gesicht verändert sich bei diesen Worten so auffällig, dass sich mehrere Augenpaare auf ihn heften. Sein Kinn presst sich nach oben und macht aus dem Mund einen schmalen Strich, der auf beiden Seiten abgewinkelt ist; seine Augen verengen sich, als ob sie geblendet würden; sie allein verraten die Regung, die in ihm vorzugehen scheint: ein Gemisch von Hass, Verachtung und ohnmächtigem Zorn. Am meisten scheint sich sein Verteidiger über diese demonstrative Mimik seines Mandanten Gedanken zu machen; er beobachtet ihn unablässig und hat für die Rede des gerichtspsychiatrischen Beraters anscheinend kein Ohr.

Dieser ist übrigens der Einzige, der die unmissverständlichen Züge auf Braunmillers Gesicht übersieht. Unbeeindruckt setzt er sein Referat fort und lenkt damit die Aufmerksamkeit mehr und mehr auf sich.

„Ohne ihre Mithilfe hätte das Rätsel nicht so einfach gelöst werden können, und ohne ihr mutiges Bekenntnis müssten wir immer noch im Dunkeln tappen. Jetzt aber wissen wir, dass der Angeklagte seine eheliche Sexualsphäre in beständigem Maße vergiftet hatte und kaum noch zu einem natürlichen intimen Zusammenleben fähig war. Es hat sich herausgestellt, dass er stets erst auf die aufpeitschenden und zugleich gefühlszersetzenden Stimulanzien der sexuell Pervertierten zurückgreifen musste, um zu einem ihn befriedigenden Erfolg zu kommen."

Professor Connelli hält sich länger als geboten bei diesem speziellen Thema auf. Er spricht – hier nur kurz zusammengefasst – von den verschiedenen Varianten und Abstufungen sexueller Verirrungen. Anfangs erscheinen sie meist noch harmlos, sofern sie nur geringfügig von der Form abweichen. Aber dann werden sie sukzessive zur Gewohnheit. Schließlich wird dem Bedürfnis nach unterschiedlichen Spielarten so oft nachgegeben, dass es zu erheblichen sexuellen Anomalien kommt. Diese ebnen den Weg, den jene gefährlichen Sadisten und Süchtige gehen, die in einem hemmungslosen Triebleben den ganzen Sinn des Lebens sehen.

Connelli untermauert seine Theorie mit Beispielen und kommt zu dem Resultat, dass der Angeklagte einen Musterfall einer solchen Veranlagung abgebe. Jedenfalls, so meint er, gehöre er zu jenen Naturen, deren geschlechtliche Erregbarkeit an unsittliche Themen oder erotisch pervertierte

Vorgänge gebunden sei. Ja, gerade die psychische Feinheit, die der Angeklagte in erheblichem Maße besäße, könne in Verbindung mit einer zügellosen Denkweise oft solche geradezu ekstatischen Triebkräfte erzeugen, die sich dann häufig in sinnlicher Raserei und gröblicher Berauschung erschöpften. Die Person des Partners wird dabei stets zum gedemütigten Objekt herabsinken. Je nach Grad der Charakterfestigkeit könne eine solche Verhaltensweise entweder in gediegene Bahnen gelenkt werden oder, wie in den gefährlichen Fällen, sich zu einer Art Psychose verdichten, die gegebenenfalls den verbrecherischen Vollzug zur Folge habe. Das Verlangen, das eigene Begehren zu befriedigen, könne so beherrschend werden, dass es plötzlich zur bedenkenlosen Außerachtlassung jeder gesellschaftlichen Konvention komme.

Wörtlich sagt Professor Connelli: „War der Verlauf seines ehelichen Sexuallebens schon von einer vorteilssüchtigen Unaufrichtigkeit bestimmt, so können wir uns seinen Weg zum gemeinen Verbrechen ohne Weiteres vorstellen. Und es fällt nicht schwer, hier den Zusammenhang von Ursache und Wirkung zu studieren."

Staatsanwalt Dr. Vreni hört aufmerksam zu; er schaut bitterernst; dennoch hat man das Gefühl, dass er sich diese Miene abringt. Die gutachtlichen Ausführungen des Sachverständigen klingen ihm sicher angenehm in den Ohren. Er schirmt auch gelegentlich die Härte seines Gesichtes mit der ganzen Fläche seiner linken Hand ab; wahrscheinlich dann, wenn er sich von der Anstrengung des gemimten Ausdrucks etwas entspannen will. Jedenfalls dankt er dem Vortragenden mit stiller, aber unverkennbarer Zustimmung. Man möchte sagen, es war ein verhinderter Applaus.

Durchaus nicht beifällig reagiert der Verteidiger; er meldet sich unverzüglich zu Wort. Mit einem kurz angesetzten kleinen Lacher, der sich wie ein missglückter Trompetenstoß anhört, beginnt er, und er entschuldigt sich deswegen auch sogleich. Er habe, wie er sagt, nicht umhin gekonnt, denn es sei ihm nach den Ausführungen des Herrn Sachverständigen soeben etwas eingefallen:

„Wissen Sie, es ist schon viele Jahre her, aber der Herr Professor hat mich jetzt spontan daran erinnert. Es handelte sich um eine kleine Auseinandersetzung mit einem Kollegen; offen gesagt, es ging um einen Dritten. Im Verlauf jener Debatte gelang es meinem Gesprächspartner, einen reizenden Gedanken abzusplittern. ‚Na hörst', hatte er gesagt, ‚du sollst nie falsch über deinen Nächsten urteilen. Überlasse das lieber einem erfahrenen Psychologen.' – Ja, das ist nun gewiss ein wenig boshaft zugespitzt gewesen, aber entschuldigen Sie: Ich für meine Person finde ein hübsches Stückchen Wahrheit darin. Ich bin überzeugt, dass ein anderer Experte auch zu einem anderen Gutachten gelangt; er hat nur einen anderen Ton zu wählen, dann stimmt sich alles anders aufeinander ab. Ja, ich wunderte mich nicht einmal, wenn er mit der gleichen Gründlichkeit das Gegenteil zum Ausdruck bringen würde, das pure Gegenteil von dem, was der eine sagt. Bitte, das ist alles schon dagewesen – habe ich selbst schon erlebt!"

Mit erhobenen Armen und mit erhobener Stimme sprudelt er den letzten Satz heraus, auf dass wohl jeder Einwand gleich von vornherein entkräftet werden möchte, und er beeilt sich fortzufahren: „Drei verschiedene Augenärzte – drei verschiedene Brillenrezepte! Davon kann ich persönlich ein Lied singen!", ruft er und schwingt seine schwarze

Hornbrille demonstrativ ein paarmal hin und her, bevor er sie zielsicher wieder auf seine Nase setzt. „Und Psychiater sind noch variabler", ergänzt er, aber jetzt beinahe im Flüsterton, als gehe es um ein Geheimnis. „Nach meinen Erfahrungen bekommen solche Gutachten erst einen wirklichen Wert, wenn drei von fünfen annähernd übereinstimmen. Nichts gegen die Psychiatrie als solche", räumt er versöhnlicher ein, „aber ihre Vertreter sind halt nicht nur Wissenschaftler, sondern im gewissen Sinne auch Künstler. Nun, und von Künstlern weiß man ja, mit wie verschiedenen Augen sie ein und dieselbe Sache sehen können. Und hin und wieder kommt zu dieser künstlerischen Eigenart noch der persönliche Wunsch des Auftraggebers mit ins Bild."

Der Staatsanwalt fährt sich mit der Hand über seinen Schnurrbart; es sieht aus, als wischte er sich Schaum vom Munde. Dieser Schwingstätter (so mag er vielleicht denken), immer verwässert er einem den besten Tropfen! Aber diesmal wird es ihm nicht gelingen, die Geschworenen umzustimmen. Der Fall liegt zu klar auf der Hand. Kein Mensch hält dem Angeklagten noch etwas zugute. Unverständlich, wie der alte Fuchs seine Verteidigung immer noch auf völliger Schuldlosigkeit aufbaut. So mag er vielleicht wirklich denken, aber er mischt sich erst in die Rede, als der Rechtsanwalt in seinen Betrachtungen über die Psychologen zu der Überzeugung gelangt, dass wohl kein Gefolgsmann einer akademischen Disziplin gegenüber Fehldiagnosen anfälliger sei als der Psychiater und dass die Ausführungen des Sachverständigen seines Erachtens das Musterbeispiel eines Kunstfehlers böten.

In diesem Augenblick fährt der kleine Dr. Vreni wie ein angeschossener Hase in die Höhe und ruft dem Verteidiger empört und voller Galle zu: „Ich finde es unerhört, wie Sie die sorgfältige und hochqualifizierte Arbeit eines renommierten Fachmanns herabzusetzen versuchen! Eine derart abwertende Beurteilung steht Ihnen einfach nicht zu! Wie können Sie sich einen derartigen Verriss erlauben in einer Sache, von der Sie – gelinde gesagt – nichts verstehen!?"

Dr. Schwingstätter konterte augenblicklich: „Ach *so*, meinen Sie, weil ich vom Kochen nichts verstehe, soll ich auch nicht sagen können, ob eine Suppe gut oder schlecht ist. Nun, das Beispiel mag ein wenig simpel sein, vielleicht hinkt es sogar etwas, aber es hat den Vorzug, dass es jeder sofort versteht. Hier ist es der Geschmack, der mir hilft, dort eine gewisse Stufe von geistigem Niveau, und das wollen Sie mir doch nicht absprechen, Herr Staatsanwalt?"

„Sie versuchen vom Kern abzukommen, indem Sie mit billigen Mitteln agitieren. Ich möchte aber trotzdem festgestellt haben, dass Sie eine Fachleistung verunglimpften, der gegenüber Sie keinerlei berufliche Fähigkeiten nachweisen können."

Diese Worte sind sehr bissig gesprochen worden, und Dr. Schwingstätter ist bereit, schon wieder eine neue Attacke zu reiten; aber da legt sich der Gerichtspräsident ins Zeug.

„Hören Sie, Herr Verteidiger, ich bin auch der Ansicht, dass Sie bei Ihrem Angriff zu weit gegangen sind. Wenn Sie Ihre Taktik gegenüber Professor Connelli nicht ändern, muss ich Ihnen in diesem Punkt das Wort entziehen. Im Übrigen hätte es Ihnen ja freigestanden, weitere Gutachten beizubringen."

„Ich dachte, und das denke ich auch heute noch, dieses Geld können wir uns sparen", gibt der Angesprochene kurzerhand zu verstehen und stößt damit nicht nur seinen eigenen Mandanten vor den Kopf. Der so Betroffene macht unwillkürlich eine Wendung und schaut seinem Anwalt ins Gesicht, als ob er die Frage stellen möchte, was das zu heißen habe. Dr. Schwingstätter, der verblüffenden Wirkung seiner Worte wohl bewusst, geht noch einen Schritt weiter: „Es könnte nämlich sein, dass ich dieses zweite Gutachten genauso ablehnen müsste. Ich habe meinen Mandanten in den Monaten der Untersuchungshaft selbst genau studiert, und ich bin, allerdings ohne Schlafzimmer-Schnüffelei, zu dem Ergebnis gekommen: absolut unschuldig! Und ich bleibe dabei, auch wenn noch einige Indizien gegen ihn sprechen würden. Ich gebe ja zu: Das, was man hier noch herausgefunden hat, war momentan schockierend und glänzt vorläufig noch als Trumpfkarte der Anklage. Aber ich sage Ihnen, sie wird ihren Glanz einbüßen, und sie wird nicht stechen! Diese ganze läppische Spielerei eines verhinderten Liebhabers, diese Fisimatenten – etwas anderes ist es in meinen Augen nicht –, können nicht zum Fundament einer Verurteilung gemacht werden. Wer zwanzig Jahre neben einer ungeliebten Frau schläft und mit ihr ein Familienleben führt, das trotz allem als beispielhaft bezeichnet werden kann, der, meine ich, ist einfach ein heldenhafter Mensch. Erst recht, wenn er dann noch den Mut findet, sich selbst zu besiegen, sich in selbstloser Weise zu dem Vorsatz durchringt, zurückzukehren, nachdem er plötzlich und ungewollt in den berauschenden Sog eines echten Liebesabenteuers geraten war. Ein Mann, von dem man vieles erwarten kann, nur keine Gemeinheit, geschweige denn ein Verbrechen! Auch dann nicht, wenn er dieses sexuelle Wischiwaschi mit hineingebaut hat in seine Ehe. Darauf gebe ich nichts, und wenn es von fachkundiger Seite noch so dramatisiert und hochgespielt wird."

„Herr Dr. Schwingstätter, Ihre emotionellen Regungen in Ehren, aber Sie werden doch dem Gericht nicht zumuten wollen, dass es damit etwas anfangen kann? Sie gehen von Voraussetzungen aus, die zu beweisen Ihnen bis jetzt nicht gelungen ist." Dr. Köstler hat diese Ansicht sehr ruhig und sachlich vorgebracht. Es ist angenehm, einen ruhenden Pol zu wissen in der von zwei Hitzköpfen aufgeladenen Atmosphäre. Es ist auch angenehm, dass er das Bedürfnis nach frischer Luft hat. Ein allgemeines erleichtertes Aufatmen quittiert ihm dankbar sein Verlangen nach geöffneten Fenstern.

Eine Weile sieht es so aus, als ob in dem Prozess eine Wendung eintreten, eine Veränderung vor sich gehen könnte. Es ist aber nur der frische Luftzug, der diese Täuschung hervorruft.

Der Gerichtspräsident fasst den bisherigen Verlauf der Verhandlung noch einmal zusammen. Er kommt zu dem erstaunlichen Ergebnis, dass der Prozess, obschon sich seinem Ende nähernd, immer noch nicht auf Zeugenaussagen angewiesen sei. Alles, was bezeugt hätte werden können, habe der Angeklagte vor Gericht uneingeschränkt zugegeben, und für alles, was er nicht zugebe, seien keine Zeugenaussagen vorhanden. Mit anderen Worten, er habe keinen einzigen Entlastungszeugen. Die Aussagen seiner Frau, die leider nicht hier vor Gericht gemacht worden seien, hätte er zwar leugnen können, wodurch ihm die Möglichkeit gegeben gewesen wäre, eine Unterbrechung des Prozesses herbeizuführen. Offenbar habe er die Nutzlosigkeit eines solchen Verhaltens erkannt; vielleicht leitete ihn auch ein Rest von Mitleid jener Frau gegenüber, die ihm jahrzehntelang ergeben zur Seite gestanden und nun vernehmungsunfähig darniederliege. Der Hass und die Heftigkeit, mit denen er auf die Beichte seiner Frau reagiert habe, seien ganz natürlich gewesen und vertrügen sich durchaus mit dem Überbleibsel einer menschlichen Regung.

Mit diesen nicht gerade verheißungsvollen Worten wird der Abschluss des wichtigsten Teiles der Verhandlung, der Abschluss der Beweisaufnahme, eingeleitet.

Der Prozess ohne Zeugen schreitet seiner Endphase entgegen. Der Staatsanwalt setzt zu seinem Plädoyer an. Dr. Vrenis großer Auftritt beginnt. Der kleine Mann steht hinter seinem Pult und macht sich größer, als er ist; vielleicht hat er ein kleines Podest unter seinen Füßen. Dann rollt er die ganze Geschichte, wie er sie sieht, noch einmal auf. Auch er fasst zusammen, aber öfter reißt er auseinander, zerteilt, zerstückelt, zerpflückt die Einzelheiten noch in ihre Bestandteile und weidet sich sichtlich dort, wo er dem Angeklagten unwiderleglich jene Widersprüche nachweisen kann, in die sich dieser anfangs so verhängnisvoll verstrickt hatte. Die Versuche der Verteidigung, alles auf eine Art von Verhaftungspsychose zurückzuführen, weist er weit zurück. Er bezichtigt den Angeklagten der bewussten Irreführung und ruft mit scharfer Stimme in den Saal: „Wo ist da der vom Herrn Verteidiger so gerühmte Heroismus?, frage ich, und wo die Tugend, der Mut und all die guten Eigenschaften, die er dem Angeklagten anheften will? Ein Mensch, der so oft die Unwahrheit sagt, ist unzuverlässig in jeder Beziehung. Und was der Herr Verteidiger hier als Tapferkeit herausstellen möchte, nennen wir schlicht Feigheit! Er hat nie genügend Schneid aufgebracht, sich von der ungeliebten Frau zu trennen. Lieber hat er sie langsam zermürbt mit seinen Quälereien, um, wie er selbst sagt, auf seine Kosten zu kommen. Er wollte sich schadlos halten für die entgangene Liebesmöglichkeit, schadlos auf Kosten der hörig gewordenen Frau, die hilflos der bequemen Befriedigung seines unnatürlichen Triebes ausgesetzt war. Eine schöne Tugend, muss ich sagen! Es war uns selbstverständlich nicht möglich, sein gesamtes Vorleben auszuleuchten, und wir wissen nicht genau, ob er ein Doppelleben geführt hat. Wenn wir auch an der Mustergültigkeit seiner Haussitten zweifeln, die uns sein Verteidiger aufreden wollte, so möchten wir dennoch nichts gegen ihn anbringen, was nicht als erwiesen belegt werden kann. Was aber erwiesen ist, das wollen wir auch gebührend zur Kenntnis nehmen, darüber wollen wir uns durchaus nicht mit der Leichtfertigkeit eines Dr. Schwingstätter hinwegsetzen. Und es ist wahrhaftig leichtfertig, Stechen, Schlagen und Blutsaugen als eine läppische Spielerei abzutun. Hier, ja, hier haben wir uns, ganz schlicht gesagt, einfach an das Wort eines wirklichen Kenners zu halten." Dr. Vreni wendet sich mit beschwörenden Blicken an die Laienrichter. „Und ich bitte", ruft er emphatisch, „ich bitte die Geschworenen, die Ausführungen des Herrn Professors Connelli sehr genau zu nehmen! Vergessen Sie nicht, dass er eine Kapazität von internationalem Rang ist! Vergessen Sie nicht, dass gerade er die Materie des Sexualverhaltens von Triebverbrechern in einem besonderen Maße beherrscht und dass sein Gutachten über den Angeklagten sicher nicht zutreffender hätte ausfallen können."

Dr. Vreni verliert sich dann in der Auslegung dieser Arbeit, wobei er jeweils die ihm besonders wichtig erscheinenden Hinweise heraushebt und unterstreicht. Kein Fleckchen bleibt frei an dem zusammengetragenen Mosaik. Sicher und mühelos versteht er es, jedes Steinchen am rechten Fleck unterzubringen. Er macht es so meisterhaft, dass ihm die Zuhörer aufmerksam, ja gespannt bis zum letzten Wort folgen. Es gelingt ihm, den Geschworenen das Bild, das er von dem Angeklagten entwirft, so ins Gedächtnis einzubrennen, dass es fraglich erscheint, ob der Verteidiger noch in der Lage sein wird, es etwas zu verwischen.

„Niemals", so betont der Staatsanwalt, „niemals hätte ein wahrhaft Unschuldiger sich so in die Nesseln gesetzt. So groß ein Verdacht auch immer sein mag, das erste und sicherste Mittel, sich gegen ihn zu schützen, ist stets bei der Wahrheit zu bleiben. Wer – in einem Rechtsstaat, selbstverständlich! – trotz aller Wahrheit und bedingungsloser Redlichkeit je verurteilt wurde, fällt unter jene ungewöhnlichen Ausnahmen, die einen juristischen Seltenheitswert haben und die, an der Masse der Verurteilungen insgesamt gemessen, kaum von Bedeutung sind."

Bei diesen Worten entsteht eine leichte Unruhe im Saal. Offenbar wird diese Behauptung missbilligt. Sofort bemüht sich der Staatsanwalt um eine deutlichere Definition.

„Ich habe gesagt: volle Wahrheit und bedingungslose Redlichkeit! Halb- oder Viertelwahrheiten können schon zu einer verhängnisvollen Gefahr werden für einen zu Unrecht Verdächtigten. Und in fast allen Fällen von Fehlurteilen hat der Betroffene eine erhebliche Mitschuld. In unserem Falle allerdings brauchen wir uns mit diesem Problem nicht zu befassen. Hier liegt alles klar auf der Hand, hier spricht die

Schuld für sich selbst. Der Angeklagte hat in jener Nacht, in der er sich hätte bewähren können, seine letzten Hemmungen abgestoßen und einem Blutrausch Tür und Tor geöffnet. Einem Blutrausch, den er in jahrzehntelangen Übungen herauspräpariert hatte. Es ist alles so eindeutig, dass die Annahme, ein unbekannter Dritter könnte die Unglückselige ermordet haben, einfach naiv erscheint. Es sind keine Feinde vorhanden. Carla Turner lebte mit allen Menschen in Frieden und Eintracht. Nicht die Spur einer Feindseligkeit war zu entdecken, kein verschmähter Liebhaber zu finden. Und gegen einen Raubmord sprechen sämtliche Umstände. Nur der Angeklagte war mit ihr bis zum frühen Morgen zusammen. Nur der Angeklagte kennt die letzte Stunde ihres Lebens – und verschweigt sie uns! Er verschweigt sie uns aus guten Gründen und hofft auf eine letzte, verschwommene Möglichkeit, sich herauszuziehen. Weil der Todeszeitpunkt nicht exakt auf die Minute feststellbar ist, glaubt er, noch eine Masche zu finden, durch die er schlüpfen könnte. Wieder einmal soll der berühmte mysteriöse Unbekannte herhalten; er wird ihn uns aufzudrängen versucht, weil sonst nichts anzubieten ist."

Der Staatsanwalt missbilligt diese Taktik mit heftigen Worten; er nennt sie eine Zumutung, eine Unverfrorenheit, vom Angeklagten vielleicht noch zu verstehen, meint er, jedoch unbegreiflich, sobald sie sich im Gehege des Herrn Verteidigers herumtreibe. Das logische Maschenwerk der Anklage, so behauptet er, weise nicht eine einzige Lücke auf und hebe sich klar und deutlich vom düsteren Hintergrund des Geschehens ab.

Nach einer wahrhaft beschwörenden Aufforderung an die Geschworenen, sich das Zwielichtige im Charakter des

Angeklagten bei der Urteilsfindung ständig vor Augen zu halten, beschließt er sein fast zweistündiges Plädoyer mit einem Strafantrag, der mit seiner Beweisführung vollauf übereinstimmt: Die Staatsanwaltschaft fordert für den Angeklagten eine lebenslängliche schwere Kerkerhaft.

Es ist keinerlei Veränderung in der Haltung des Angeklagten zu bemerken, als er dieses Strafmaß vernimmt. Vielleicht ist seine Gesichtsfarbe um eine Nuance fahler geworden, doch das kann auch an den draußen vorüberziehenden Wolken liegen, die die Lichtverhältnisse im Saal schon seit einiger Zeit fortwährend verändern. Jedenfalls bleibt er zusammengekauert sitzen, die Hände über seine Knie gekreuzt und den Blick auf den Boden geheftet, so, wie er es fast während des ganzen Prozesses getan hat, falls er nicht gerade Rede und Antwort stand. Unbewegt und unbeweglich – „verstockt" mögen manche sagen, „zermürbt" andere.

Inzwischen ist es weit über Mittag. Der Gerichtspräsident kündet eine Pause von einer Stunde an. Der Gerichtshof zieht sich zurück. Der Angeklagte wird abgeführt. Dr. Schwingstätter begleitet ihn. Der Saal beginnt sich zu leeren. Viele behalten allerdings vorsichtshalber ihren Platz und begnügen sich mit einem kleinen mitgebrachten Imbiss. Auf dem Korridor werden die Reporter emsig. Blitzlicht um Blitzlicht zuckt auf. Einige bestürmen Dr. Schwingstätter, um ein paar Worte von ihm zu erhaschen. Er ist in Geberlaune und verstreut etliche Sätze, ohne sich wirklich aufhalten zu lassen. Die Zeitungsleute notieren eifrig und haben Mühe mitzukommen.

„Die Rede des Staatsanwalts hat auf mich überhaupt keinen Eindruck gemacht." – „Keine Suppe wird so heiß gegessen, wie sie gekocht wird." – „Lassen Sie erst einmal Abend werden." – „Auf was ich plädieren werde? Selbstverständlich auf Freispruch mangels Beweises." – „Natürlich bin ich nach wie vor von der Unschuld meines Mandanten überzeugt."

Vor der Tür, hinter welcher der Angeklagte dann mit seinen Bewachern verschwindet, wendet sich der Ausgefragte noch einmal um. „Meine Herren", sagt er mit verbindlichem Lächeln, „jetzt reicht's einstweilen. In meiner Verteidigungsrede werden Sie noch etwas mehr erfahren."

Schwungvoll und elegant wie ein süffisanter Salonlöwe entzieht er seine wuchtige Gestalt den Blicken seiner Verfolger. Nach einer graziösen Verbeugung und einer folgenden kühnen Wendung auf dem Stiefelabsatz, die seinem Alter wie seiner Figur kaum zuzutrauen ist, gleitet er über die Schwelle ins Innere des Raumes. Einige der Neuigkeitsjäger sind von dem Auftritt so begeistert, dass sie zu applaudieren beginnen. Aufmerksame Beobachter hätten am anderen Ende des Korridors einen fassungslos geschüttelten schwarzwuscheligen Männerkopf wahrnehmen können: das große Haupt des kleinen Staatsanwalts Vreni. Für ihn scheint das Verhalten seines beruflichen Widersachers mehr als unverständlich zu sein. Es ist in der Tat verwunderlich, woher Dr. Schwingstätter seine Zuversicht nimmt. Der Eindruck, den man nach der Rede des Anklägers hat, lässt alles andere als Optimismus aufkommen. Und gerade von den Geschworenen, denen der zu Verurteilende am Ende ausgeliefert ist, dürfte, nach deren Ausdruck und Gebaren zu schließen, eine weitgehende Übereinstimmung mit der Auffassung des Vertreters der Anklage zu erwarten sein. Wie schon einmal gesagt: Dr. Schwingstätter wird es sehr schwer haben, diese Wirkung abzuschwächen. Sollte also hinter seiner sorglosen Aufgeräumtheit mehr stecken als bloße Publicity, so wäre anzunehmen, dass er sich für sein Schlusswort eine besondere Überraschung aufgespart habe, die aber dann wohl von außergewöhnlicher Tragweite sein müsste, um nicht, wie schon mehrere seiner Pointen, letztlich doch zu verpuffen, ohne gezündet zu haben.

Kapitel 17 — Dunkle Machenschaften

Dr. Schwingstätter hat seinen Talar weit geöffnet, als er eine Stunde später wieder seinen Platz im Gerichtssaal einnimmt. Vielleicht hat er ein zu reichhaltiges Mahl hinter sich; jedenfalls erweckt er tatsächlich den Eindruck, als ob es ihm zu heiß wäre. Als er mit seinem Plädoyer beginnt, rafft er die Robe tunlichst zusammen, doch schon nach kurzer Zeit klafft sie wieder auseinander, und er bemerkt es im Eifer seines Vortrages entweder nicht oder es ist ihm durchaus gleichgültig; denn auch während weniger temperamentvoller Passagen fällt es ihm nicht mehr ein, sie wieder in Ordnung zu bringen. Zeitweilig, wenn er mit erhobenen oder ausgebreiteten Armen spricht, sieht es aus, als ob eine riesige Fledermaus gerade zum Flug ansetze. Seine Rede kommt mehr und mehr in Fluss. Sie scheint nicht so ausgeklügelt zu sein wie die des Staatsanwalts, doch zeigt sie zu Beginn schon, dass sie nicht ermüdend werden wird. Nach einer knappen, verhältnismäßig trockenen Einleitung kommt der Verteidiger rasch in sein gewohntes Fahrwasser und zieht mit seinem oft dramatisch zugespitzten Vortrag das gesamte Auditorium in seinen Bann. Selbst das skeptische Gesicht des Staatsanwalts, wie auch die sachlich kühlen Züge des Gerichtspräsidenten, verraten eine gewisse Spannung. Was wird er noch alles zu sagen haben? Was wird er noch alles sagen können? Mit welchen Mitteln wird er versuchen, die Lage des Angeklagten zu verbessern? Er fängt mit der Vorgeschichte an, hält sich aber nicht zu lange dabei auf.

„Ach ja", so fällt er sich selbst ins Wort, „das ist doch durchaus bekannt, sattsam bekannt – das hat Ihnen der Herr Staatsanwalt schon viel genauer erklärt –, wir wollen nicht bis zum Überdruss darüber reden, wir wollen uns ersparen, dass es uns zum Hals heraushängt. Sie haben sicherlich nichts dagegen, wenn ich mich gleich wesentlicheren Punkten zuwende? Als wesentlichen Punkt sehe ich zum Beispiel die Ausführungen des Herrn Professors Connelli an. Es lässt sich nicht vermeiden, darauf zurückzukommen. Ich habe mich in der Zwischenzeit ein wenig mit diesen psychologischen Dingen befasst. Es hat mich nämlich gewurmt, dass mir der Herr Staatsanwalt so geringe Kenntnisse auf diesem Gebiet vorgeworfen hat. Ja – und dabei bin ich auf allerhand Wissenswertes gestoßen. Und nun muss ich sagen, die Arbeit des Herrn Sachverständigen ist schon eine recht bemerkenswerte Leistung. Wenn man das alles so überdenkt, wenn man das geheimnisvoll verwobene Gefüge der menschlichen Psyche erst einmal erhascht hat; wenn man erfasst hat, wie sich unsere Äußerungen, unser Gebaren, unsere Gesten im Grunde ganz und gar an analoge Verhaltensweisen im Tierreich anlehnen; wenn man die Gleichheit entdeckt hat zwischen animalischem und menschlichem Imponiergehabe, dann mag man vielleicht zu der Annahme kommen, dass wir es in gewissen Fällen tatsächlich mit einem Knotenpunkt zu tun haben, wo Aggression und Liebe eng verknüpft sind. So wie es hier zum Beispiel von Professor Connelli angenommen wird. Das mag ja auch alles stimmen – woanders, aber nicht hier! Hier irrt sich der Gutachter! Und ich sage Ihnen auch warum: Weil er nämlich vergisst, dass es nicht nur auf die Triebfedern, sondern auch auf die hemmenden Faktoren ankommt. Damit will ich dem Herrn Gutachter nicht etwa nachsagen, dass ihm dies nicht bekannt sei. Nein, beileibe nicht! Solche fachliche Mängel würde ich nicht einmal einem Studenten unterstellen. Er hat jene Faktoren nur einfach nicht berücksichtigt. Aus irgendeinem Grund. Vielleicht auch aus Vergesslichkeit. Einfach übersehen, dass der Angeklagte über eine Vielzahl von hemmenden Bestrebungen verfügt, um die – übrigens aufgebauschten – Gefahren seiner Lust spielend in Schach zu halten. Das Charakterbild, das Professor Connelli entworfen hat, passt sicher auf den Mörder, aber niemals auf den Angeklagten. Der Mörder ist seinem Aggressionstrieb nicht mehr Herr geworden. Das ist klar. Siegfried Braunmiller aber hat der natürlichen Verlockung widerstanden und sich selbst bezwungen. Das haben wir gesehen. Niemand kann das abstreiten. Niemand kann ihm beweisen, dass es anders gewesen ist – auch durch das verhängnisvolle Ereignis nicht, das nach seinem Weggehen eingetreten ist. Dieses unglückliche Ereignis war ein entsetzlicher Zufall, der ihm zwar seine Freiheit kosten könnte, nie aber die großartige Bedeutung seines Verzichts. Das ist und bleibt eine Gentleman-Haltung, und vor ihr müssen alle Recherchen verblassen, die man über sein Sexualverhalten innerhalb der Ehe zusammengekratzt und breitgetreten hat. Dadurch sind die sexuellen Praktiken zwar nicht schöner, aber auch nicht komplizierter geworden. Sie bleiben auch so nur das Resultat einer an kaufmännischem Denken ausgerichteten Mentalität. Mein Mandant war nie ein Freund phantastischer Lebenskombinationen. Seine charakterliche Beschaffenheit entsprach seiner gründlichen kommerziellen Ausbildung. Der Kampf ums Dasein hatte ihm jede Lust genommen, sich unwirklichen Vorstellungen hinzugeben. Und alles, was sich in seiner Ehe zugetragen haben mag, wird nichts anderes gewesen sein als ein Modus vivendi. Ihn zu erreichen und zu halten galt sein Sinnen und Streben, galt seine Ausdauer und Geduld. Aus dieser rechnerischen, aber auch klaren und gesunden Lebensauffassung heraus ist auch die eigene Überwindung seines größten und schönsten Liebesabenteuers zu erklären. Und die zweifelhaften Angaben, die er zuerst gemacht hat und die ihm jetzt so schwer angekreidet werden, sind doch nichts weiter als Fehler eines vorübergehend falsch gesteuerten Denkapparates. Sie sind für mich so unwesentlich, dass ich gar nicht mehr näher darauf eingehen will. Für mich steht es fest: Mein Mandant hat die Geliebte nach einem Verzichtsentschluss verlassen, aber schuldlos verlassen – bewusst schuldlos? Ja – bewusst schuldlos! Wieweit er unbewusst an diesem Verhängnis schuldig geworden ist, wird sich noch herausstellen; aber das gehört schon auf ein anderes Blatt. Zu einer echten Schuld gehört ein echter Willensakt. Alles andere ist schicksalhaft bedingt. Sicher wäre Carla Turner heute noch am Leben, wenn Siegfried Braunmiller ihre Wege nicht gekreuzt hätte. Sein unerwartetes Auftauchen muss ursächlich mit der Katastrophe zusammenhängen. Da bin ich ganz sicher, so wie ich sicher bin, dass er mit dem Mord selbst nichts zu tun hat. Er hatte nicht ahnen können, welches Blutbad sich nach seinem Weggang ereignen würde. Hätte er eine Gefahr gesehen, er wäre geblieben. Und das wäre ja tatsächlich wohl das Beste gewesen, ich möchte sagen: für alle Teile das Beste gewesen. Der Mord muss kurz nach seinem Weggang verübt worden sein. Sie sind nicht in der Lage gewesen, zu beweisen, dass es anders war. Dafür bin ich in der Lage, Ihnen wenigstens einiges mitteilen zu können, was sich in den letzten Tagen in der Hernalser Hauptstraße abgespielt hat. Ich fürchte, wir stehen hier nicht am Schluss, sondern an einem neuen Anfang. Und meine Verteidigungsrede wird Anlass zu neuen Untersuchungen geben."

Hat bisher eine aufmerksame Stimmung geherrscht, so beginnt man jetzt mit Spannung seinen Worten zu lauschen. Namentlich Staatsanwalt Dr. Vreni wendet sich ihm so interessiert zu, dass es allgemein auffällt. Er folgt seinen Worten buchstäblich mit Aug und Ohr und verrät, dass er trotz aller Skepsis von der Ankündigung des Verteidigers überrascht ist. Überraschungen ist man bei Dr. Schwingstätter gewöhnt, aber man weiß auch, wie gerne er mitunter blufft und Seifenblasen hinterlässt. So etwa mag auch der Staatsanwalt denken; doch irgendwie hat er sich einfangen lassen, so wie die Geschworenen, die wie in Reih und Glied ausgerichtet auf den Verteidiger schauen. Am sachlichsten und am wenigsten beeindruckt gibt sich der Gerichtspräsident. Er erinnert an einen über der Sache stehenden, souveränen Herrscher, der auch in brenzligen Situationen seinen Gleichmut zu behalten versteht. Das Fußvolk aber in den Reihen hinter dem Angeklagten hebt die Köpfe und spitzt die Ohren. Seit der Stunde, in welcher die heikelste und verhängnisvollste Frage an den Angeklagten gestellt wurde – die Frage nach dem Sexualverhalten innerhalb seiner Ehe –, war keine weitere Sensation mehr eingetreten. Nun aber scheint sie sich anzubahnen. Es ist mäuschenstill im Saal. Niemand möchte dazu beitragen, dass ein Wort überhört wird. Dr. Schwingstätter fühlt, dass er im Mittelpunkt steht; fühlt, dass er mit seinen Worten alle gefangengenommen hat, und er scheint sich bereits im Glanz dieses kleinen Erfolges zu sonnen. Manchmal glaubt man, er koste mit der Zunge den prickelnden Geschmack seiner Worte, ehe er sie ausspricht.

„Es ist erstaunlich, wie schnell sich alles daran gewöhnt hat, dass in diesem Prozess nicht ein einziger Zeuge notwendig sein muss, um bei der Klärung der Schuldfrage mitzuhelfen. So einfach hat sich alles angeschaut, und so sicher ist man geworden! Aber ich kann Ihnen sagen, das wird sich jetzt ändern. Ich weiß nicht, wie Sie sich den Fortgang denken werden, ob Sie die Verhandlung unterbrechen, eine neue Beweisaufnahme festsetzen oder ob Sie trotzdem eine rasche Beendigung des Prozesses herbeiführen wollen. Ich weiß nur, dass ich für alle Fälle gewappnet bin. Und ich kann Ihnen jetzt schon versichern, dass ich alles unternehmen werde, um meinen Mandanten zu rehabilitieren. – Vielleicht haben Sie schon gemerkt, dass dieser Platz hier ...", Dr. Schwingstätter streckt seinen rechten Arm aus und weist mit dem Zeigefinger auf einen leeren Platz in der ersten Reihe, „dass dieser Platz hier seit heute Morgen unbesetzt ist? Ehrlich gesagt, mir wäre es nicht aufgefallen, wenn ich es nicht aus bestimmten Gründen wüsste."

Wie auf ein Kommando recken sich alle Köpfe auf die angewiesene leere Stelle, auf der doch wirklich nichts zu sehen ist. Der Vortragende lässt seinen Zuhörern genügend Zeit, dieses „Phänomen" zu würdigen, dann erklärt er mit fast zu leiser Stimme: „Es ist eine kleine und unscheinbare Dame, die sich hier seit Anbeginn aufhielt und die seit heute fehlt und außerdem ist sie die Mutter der Ermordeten."

Der Gerichtspräsident zieht die Stirn in Falten, eine bemerkenswerte Geste bei einem so beherrschten Mann.

„Sie wundern sich vielleicht", fährt Dr. Schwingstätter fort, „dass diese Dame nirgends erwähnt wird; das kommt daher, dass sie einfach übersehen worden ist. Zuerst, weil

Willi Braunmiller, der Schwager der Ermordeten, eine vorläufige Zurückstellung der Vernehmung erreichen konnte: Seine Frau, die Schwester von Carla Turner, stand nämlich wenige Tage vor der Entbindung und wollte damals eben bei ihrer Mutter in der Nähe von Klagenfurt wohnen. Man hatte erfreulicherweise dafür Verständnis gezeigt. Aber hernach vergaß man dann die alte Dame oder hielt es wenigstens nicht mehr für lohnend, sie zu beachten, nachdem so schnell eine glühend heiße Spur gefunden und eine so abgerundete Anklage aufgebaut war. Warum auch noch unnötige Nachforschungen anstellen, wo doch der Täter so gut wie überführt war?! Das kann man begreifen, aber man kann es nicht dulden. Wir werden noch sehen, was von der einen Seite alles versäumt worden ist, und wir werden staunen, was von der anderen für eine Pionierarbeit geleistet worden ist. Die Polizei wird noch einiges zu tun haben, ihr Marschweg ist bereits festgelegt. Und das verdanken wir in erster Linie dieser mutigen, hartnäckigen Frau, die schon am ersten Verhandlungstag zu mir gesagt hat: ‚Dieser Mann (sie meinte den Angeklagten) ist unschuldig!' Sie können sich vorstellen, wie mich das aus dem Munde der Mutter der Ermordeten zu hören verwunderte, und ich wollte natürlich wissen, warum sie sich da so sicher sei; sie gab mir keine klare Antwort, stattdessen sagte sie mir, dass ich von ihr noch mehr hören werde, da sie mehr wisse als alle anderen. Ich habe ihr natürlich zugeredet, das sofort zu tun; wenn sie mehr wisse als alle anderen, dann habe sie die Pflicht, das sofort zu sagen und keine Minute zu zögern. Aber sie blieb unnachgiebig. Sie werde erst darüber sprechen, wenn sie noch einen Schritt weitergekommen sei, sagte sie, und sie hoffe, dass das noch vor dem Ende dieses Prozesses der Fall sein werde. Nun, seit gestern Abend weiß auch ich ein wenig mehr. Sie war noch zu später Stunde bei mir, und wir sind lange beisammengesessen. Sie hat sich mir anvertraut und mir alles erzählt. Und ich werde es hier vor Gericht weitererzählen, in gehörigem Maße und zuträglicher Weise natürlich. Und dann werden Sie verstehen, warum Carlas Mutter sich von Anfang an veranlasst fühlte, an die Unschuld meines Mandanten zu glauben, und warum sie so hartnäckig dabeiblieb, eine bestimmte Spur zu verfolgen. Ich bin von der Unschuld dieses Mannes überzeugt, weil ich an ihn glaube; sie aber ist es, weil sie von der Gefährlichkeit einer anderen Person wusste. Sie hatte keinen leichten Stand, selbst innerhalb ihrer Familie nicht; man warnte sie stets vor ihrem eigenen Mut und riet ihr immer wieder, die Finger davon zu lassen, die sie sich dabei nur verbrennen könnte. Sie blieb jedoch unbeugsam, und als sie einen jungen Mann zum Gesinnungsgenossen machen konnte, brachte sie niemand mehr von ihrem Wege ab. Gewiss, sie kann noch keine handfesten Beweise vorlegen, und sie läuft noch immer Gefahr, sich wenigstens die Fingerspitzen zu verbrennen, doch was sie zu sagen hat, ist auf alle Fälle jetzt schon ausreichend, um den Angeklagten außer Verfolgung zu setzen."

Bei diesen Worten hört man ein allgemeines Geraune. Den Angeklagten außer Verfolgung setzen? Welch kühne Aussage! Staatsanwalt und Gerichtspräsident sehen sich unwillkürlich in die Augen.

Dr. Schwingstätter übergeht die Wirkung und fährt fort: „Ich habe vorhin einen jungen Mann erwähnt, der eine bedeutende Rolle spielte. Ich werde ihn an den Anfang meines Berichts stellen: Es war am Vorabend des Prozessbeginns, da tauchte der Betreffende bei der Familie Willi Braunmiller in der Hernalser Hauptstraße auf, das heißt, er war eigentlich schon wieder im Weggehen, er hatte es sich anders überlegt; aber der Zufall führte ihn vor dem Haustor mit Frau Turner, Willi Braunmillers Schwiegermutter, zusammen. Sie konnte ihn bewegen, auf alle Fälle einmal mit hinaufzukommen. Die Unschlüssigkeit und die zunächst vorherrschende Abneigung des Fremden waren begreiflich und erst durch die verständigen und überzeugenden Worte der alten Dame zu überwinden. Auch wenn er mit einem halben Vorsatz hergekommen war, so schienen schließlich doch gewisse Hemmungen zu siegen – er war immerhin der Sohn des Angeklagten."

Siegfried Braunmiller, der wie alle anderen die neuerlichen Ausführungen des Verteidigers interessiert verfolgt, richtet sich ruckartig auf. Die Erwähnung seines Sohnes scheint ihn mehr zu berühren als alle bisherigen Punkte. Man hat ihn jedenfalls noch nicht so teilnehmend gesehen, so passiv teilnehmend. Als Dr. Schwingstätter sagt, dass der Sohn sogar anwesend sei, verflacht die Regung des Angeklagten offenbar wieder; jedenfalls wendet er sich nicht um und erweckt eher den Eindruck, als ob ihm die Gegenwart des Sohnes unangenehm sei. Er schaut nach wie vor mit lauernder Neugierde auf seinen Verteidiger, der dann in fließender, mitunter etwas dramatischer Form erzählt, wie freundlich man den jungen Mann aufnahm, wie man ihm alle Bedenken zerstreute und ihm schließlich anbot, im Haus zu übernachten. Er schildert es genau, wie man ihn in die völlig neu hergerichtete Wohnung von Carla Turner führte und wie man sich darüber freute, dass er so vernünftig war, die gute Gelegenheit nicht aus sentimentalen Gründen abzulehnen. Irgendwie sei man tatsächlich froh gewesen, dass in die bislang leer gebliebene Wohnung endlich ein furchtloser Mensch kam und durch seine Bereitschaft, darin zu übernachten, einen verschwiegenen, aber unverkennbaren Bann brach.

„Man hatte ihn, wie er sich wohl selbst, ein wenig überschätzt. Denn statt des frischen Bettes wurde ein Lehnstuhl am Fenster sein Nachtlager. Forschen wir nicht lange, was ihn dazu bewog. Begnügen wir uns einfach mit der Tatsache. Und auch mit der, dass der junge Mann zum ersten Male in seinem Leben so gut wie keine Nachtruhe fand. Trotz aller Renovierungsarbeiten hatte das Tatzimmer wahrscheinlich noch eine genügend eindringliche Wirkung auf den Gast. Tatsächlich verging fast die halbe Nacht, bis der Schlafsuchende einschlummerte. Gegen zwei Uhr morgens erwachte er aber schon wieder. Er glaubte, ein Geräusch zu hören, das vom Vorplatz kam, als ob jemand die Gangtüre aufsperrte. Eine kleine Weile lauschte er. Als er schließlich sicher war, dass draußen die Tür ging, wurde er hellwach und lief dann mit leisen, aber zügigen Schritten von seinem Lehnsessel in das Schlafgemach hinüber. Das Gemach befindet sich im selben Raum und ist nur durch einen Vorhang abgetrennt. Peter Braunmiller stellte sich schlafend und lauschte dabei angespannt in die Dunkelheit hinein. Eine Weile lang hörte er nichts. Fast war es ihm, als ob er sich geirrt hätte, doch dann merkte er deutlich, dass die Zimmertür geöffnet wurde und jemand auf Zehenspitzen über den Teppich schlich. Das kam ihm höchst sonderbar vor, zumal eine Taschenlampe benützt wurde. Er vermutete, dass es jemand von den Braunmillers war. Durch den dicken Vorhang konnte er so gut wie nichts sehen. Nur der Schein der Taschenlampe, die immer wieder an- und ausgeknipst wurde, verriet ihm die ungefähre Position des nächtlichen Besuchers, von dem er nicht einmal ausmachen konnte, ob es ein Mann oder eine Frau war. Nur einmal, als die Gestalt kurz ins knappe Blickfeld geriet, das ihm ein winziger Spalt im Vorhang ließ, glaubte er, dass es eine Frau sein müsste. Die Person machte sich an der Bücherwand zu schaffen. Er hörte, wie einige Bücher, eines nach dem anderen, herausgenommen, durchgeblättert und wieder hineingestellt wurden. Seine Phantasie arbeitete fieberhaft. Wer von den Braunmillers konnte ein Interesse daran haben, mitten in der Nacht ein Buch zu suchen? Ein Kissen entglitt ihm. Das Geräusch war kaum wahrnehmbar, doch der merkwürdige Bücherfreund musste es gehört haben. Die Taschenlampe erlosch unmittelbar darauf. Peter Braunmiller hörte, wie das Buch sorgfältig zu rückgestellt wurde. Er fühlte, dass sich die Person mit sachten Schritte näherte; er spürte auch, dass sie nun hinter den Vorhang schauen würde, denn zweifellos wollte sie sich vergewissern, ob er auch schlief; er schloss die Augen, um nicht erkennen zu lassen, dass er wach war. Der Vorhang wurde für einen Moment auseinandergezogen. Peter Braunmiller hatte den Eindruck, dass die Taschenlampe aufleuchtete; aber dann entfernten sich die Schritte leise und rasch. Die Zimmertür wurde behutsam geschlossen. Danach herrschte eine ganze Weile Ruhe. Erst deutlich später vernahm er, dass die Gangtüre geöffnet und wieder verschlossen wurde.

Nachdem er die Gangtüre von innen verriegelt hatte, begab er sich wieder ins Zimmer. Es gab dort nichts Auffälliges, auch an der Bücherwand nicht. Die Frage, für welche Bände sich der seltsame Besucher interessiert hatte, blieb völlig offen. Er schätzte die Zahl der Titel ab, die in den Regalen standen, und kam auf annähernd fünfzehnhundert Stück. Eine respektable Menge! Erschreckend, wenn man sich vorstellte, jemand müsste irgendeine Stelle oder etwa einen Zettel heraussuchen, von denen er nicht mehr genau weiß, wo sie sich befinden. Ein Rezept, ein Hinweis, eine wichtige Notiz. – Gewiss, das wäre zu verstehen gewesen, aber das Unverständliche daran blieb die ungewöhnlich späte Stunde. Dafür gab es einfach keine vernünftige Erklärung.

Der Rest der Nacht verging ohne weitere Vorkommnisse, aber Erholung brachte sie dem Übermüdeten nicht mehr.

Gegen Morgen war er zwar auf eine knappe Stunde in einen bleiernen Schlaf gesunken, doch dann wurde er durch heftiges Läuten und Klopfen geweckt. Wegen des Prozessbeginns waren die Braunmillers frühzeitig aufgestanden und sorgten natürlich auch dafür, dass ihr Gast nicht Gefahr lief, zu spät zu sein. Damit war die Nachtruhe endgültig verloren. Und als man beim Frühstück auf den Prozessverlauf zu sprechen kam, erwähnte der junge Mann die eigentümliche Störung. Das überraschte, doch die Braunmillers glaubten nicht recht daran und meinten, er müsse geträumt haben. Sie versicherten ihm hoch und heilig, dass sie ihm keinen Besuch abgestattet hatten, und als er ihnen bewies, dass er den Vorfall nicht geträumt hatte, fiel der Verdacht auf Frau Turner. Sie hatte Mühe, sich zu behaupten, aber es gelang ihr, nachdem sie den Ungläubigen zur Seite genommen, ihn in ihren Plan eingeweiht und ihm ihre Argumente dargelegt hatte. Freilich, sie hatte gestutzt, als sie von ihm – auf ihre Frage natürlich – erfuhr, dass er erst zweiundzwanzig Jahre alt sei; aber schließlich hielt sie ihn doch für reif und ernst genug, um mit ihm über das Thema zu sprechen, das die Tragweite ihrer Mutmaßungen erst begreiflich macht. – Ich will mich hier nicht zu sehr in Einzelheiten verlieren; ich will nicht einer Sache vorgreifen, die Gegenstand gerichtlicher Ermittlungen sein wird; aber eines kann ich schon sagen: Was Carla Turners Mutter mit dem jungen Braunmiller herausgefunden hat, reicht aus, um der Anklage in diesem Prozess den Boden zu entziehen. So weit ist es nämlich jetzt schon, dass mein Mandant mangels Beweises freigesprochen werden müsste, denn alle Indizien werden wie Wachs wegschmelzen, alle gelehrten Untersuchungen über sein Sexualleben wie Rinnsale im Sande verlaufen! Übrig bleiben wird eine zerstörte Existenz, eine endgültig gescheiterte Ehe und eine neue Schuldfrage. Es besteht mittlerweile kein Zweifel mehr, dass der Angeklagte spätestens um halb sechs Uhr morgens das Haus an der Hernalser Hauptstraße verlassen hat. Das wurde im Verlauf der Verhandlung eindeutig klargelegt, so eindeutig, dass sich's erübrigt, näher darauf einzugehen. Halten wir also diese erwiesene Tatsache fest. Und dann stellen wir ihr sofort eine andere gegenüber, nämlich die, dass der Mord erst um halb neun Uhr entdeckt wurde. Wir haben nun eine Lücke von ganzen drei Stunden! Innerhalb dieser relativ langen Zeit ist noch jemand in die Wohnung von Carla Turner gekommen. Ich behaupte das. Sie werden vielleicht wieder sagen, dazu seien keinerlei Anhaltspunkte vorhanden. Nun, immerhin wissen wir bereits mit Bestimmtheit, wer außer der Familie Braunmiller noch einen Wohnungsschlüssel besitzt. Es ist eine Frau. Und diese heißt Dr. Othilou. Sie hatte jederzeit die Möglichkeit, in die Wohnung ihrer Freundin zu gelangen. Sie hatte diese Möglichkeit auch am frühen Morgen des siebzehnten August gehabt. Wer kann jetzt noch mit Gewissheit sagen: ‚Das gibt es nicht'? Wenn meinem Mandanten vorgeworfen wird, dass er der Mörder ist, dann entgegne ich: Er könnte der Mörder sein – könnte! Aber genauso gut könnte es beispielsweise auch diese Dr. Othilou sein. Ich beschuldige sie nicht – noch nicht! –, obschon ich mich an eine bestimmte Nachforschung anlehnen könnte. Aber ich betone, dass sie theoretisch ebenso leicht zu verdächtigen wäre wie Siegfried Braunmiller. Braunmiller oder Othilou – das ist hier die Frage! Ich maße mir nicht an, diese Frage zu entscheiden – das ist anderer Leute Sache. Aber ich werfe sie auf. Ich werfe sie mit aller Deutlichkeit auf und bin mir durchaus bewusst, welche Verantwortung ich dabei übernehme. Es könnte sich nämlich ergeben, dass das Gericht nicht mehr in der Lage sein wird, dem Angeklagten die Tat zweifelsfrei nachzuweisen."

Die Äußerungen von Dr. Schwingstätters haben wie eine Bombe eingeschlagen. Bei den Berichterstattern in den Pressebänken laufen die Bleistifte heiß. Die ersten Reporter verlassen den Saal. „Dr. Othilou vom Verteidiger verdächtigt!" – Das muss eine Schlagzeile geben! Diejenigen, die wegen der sicheren Lancierung ihrer Meldung vorzeitig weggegangen sind, kommen um eine kleine Sensation.

Staatsanwalt Vreni ruft erregt in den Saal: „Ich protestiere!"

„Gegen was denn, Herr Staatsanwalt?", fragt der Verteidiger. „Gegen die Aufklärung, die ich geleistet habe, weil sie von Ihnen versäumt worden ist?"

„Ich protestiere!"

„Oder gegen die Möglichkeit, ein Fehlurteil zu verhindern?"

„Ich protestiere!"

Gerichtspräsident Dr. Köstler beendet die Debatte. „Das Gericht zieht sich zu einer Beratung zurück", sagt er ruhig, aber bestimmt.

Kapitel 18   In neuem Licht

Das Ergebnis dieser Beratung war eine zweitägige Unterbrechung der Verhandlung. In diesen zwei Tagen trug sich Folgendes zu:

Frau Turner hatte eine Vorladung bekommen und sollte zur Vernehmung erscheinen; sie erschien jedoch nicht, sondern ließ sich durch Dr. Schwingstätter, den sie zu ihrem Rechtsbeistand bestimmt hatte, vertreten. Sie ließ ein ärztliches Attest vorlegen, das ihr bescheinigte, gegenwärtig nicht vernehmungsfähig zu sein; die Aufregungen der letzten Tage, so hieß es darin, hätten dies bewirkt. An ihrer Stelle informierte also Dr. Schwingstätter nach Kräften und Dafürhalten. In inoffiziellen Gesprächen, auch mit dem Staatsanwalt, konnte er bald beweisen, in welcher Krise sich der Prozess befand. Er berichtete darüber, was Carlas Mutter bis jetzt erreicht hatte, und schilderte in seiner gewohnt fesselnden Art die dramatische Aktion dieser Frau.

„Meine Herren, Sie dürfen nicht vergessen, warum diese Frau so erpicht war, gerade diese Richtung zu verfolgen. Ihr waren eben Hintergründe bekannt, die sonst niemand ahnte; sie waren ihr längst bekannt, aber sie hatte sich immer darüber ausgeschwiegen. Sie wollte das Ansehen ihrer Tochter nicht schädigen. Und hätte der Prozess nicht solche Formen angenommen, wäre der Angeklagte nicht in eine so verteufelt schwierige Situation geraten, und hätte es nur halbwegs den Anschein gehabt, dass er wenigstens mangels Beweises freigegangen wäre, sie würde wohl jetzt noch um ihrer Tochter willen weiterschweigen, deren Ehre ihr zu kostbar schien, um sie gegen Rache einzutauschen. Obwohl sie mit der ganzen Angst eines Mutterherzens das Unheil langsam kommen sah, hatte sie nie etwas verlauten lassen.

Sie wusste genau, dass die Freundschaft ihrer Tochter Carla mit der um gute zehn Jahre älteren Dr. Othilou ein Verhängnis war, ein Verhängnis, aus dem sie sich trotz allen mütterlichen Zuspruchs und allen gelegentlichen Aufbäumens nicht befreien konnte. Diese Dr. Othilou hatte die Jüngere so vollkommen in Besitz genommen, dass aus der Freundschaft ein absolutes Abhängigkeitsverhältnis geworden war. Das dürfte denn auch Ziel und Absicht dieser exzentrischen Akademikerin gewesen sein, der es außerdem aus beruflichen Gründen auch nicht schwerfiel, den Willen der Freundin durch Drogen zu schwächen. Schweigen wir mit Rücksicht auf die Liebe der Mutter und mit Rücksicht auf die Ehre der Toten über das, was der erfahrene Verstand hinter diesem Verhältnis noch vermuten kann. Nennen wir die Dinge nicht beim Namen, begnügen wir uns mit der Tatsache, dass sich ein wertvoller, aber etwas zu schwacher Mensch nicht genügend dagegen aufzulehnen vermochte. Gewiss war es nicht nur Schwäche, was ihn lähmte, sondern auch die unbestimmte Angst vor einer ganz bestimmten Gefahr. – Ein einziges Mal, nämlich als Siegfried Braunmiller in Carlas Leben getreten war und in ihr für kurze Zeit den normalen Gefühlszustand eines weiblichen Herzens wieder aufriss, fand sie Kraft genug, das Halseisen der Hörigkeit abzulegen, und bezahlte dies mit ihrem Leben!"

Dem Verteidiger hielt man daraufhin entgegen, dass diese Anschuldigungen ungeheuer seien, dass sie ein Ausmaß hätten, welches eine handfeste Begründung erfordere, wenn sie nicht ins Gegenteil umschlagen sollten. Hier wären unerschütterliche Beweise notwendig, die jede Möglichkeit ausschlössen, dass eine Gegenklage wegen falscher Anschuldigung und übler Nachrede erhoben werden könnte.

„Beweise, meine Herren, unerschütterliche Beweise, die so handfest sind, dass sie einen gleich umwerfen, sind natürlich noch nicht vorhanden. Und Sie haben völlig recht, wenn Sie etwa sagen, dass Beweise, die nicht restlos ausreichen, eine Verurteilung herbeizuführen, schlechter sind als gar keine. Auch oder gerade deswegen, wenn es sich um einen noch so verdächtigen Angeklagten handelt. Da bin ich ganz Ihrer Meinung."

Wahrscheinlich hatte keiner der Anwesenden den fein versteckten Tadel überhört, doch taten sie alle so.

„Ich verstehe sehr gut: Es kann Ihnen nicht genügen, was eine wissende Mutter zu sagen hat. Und es mag Ihnen wohl auch nicht genügen, wenn ich Ihnen ein paar bezeichnende Sätze aus einem Brief vorlese, den die Ermordete vor mehreren Jahren an ihre Mutter geschrieben hat. Glücklicherweise ist er aufbewahrt worden. Es ist ein Brief, der eine verborgene Anklage gegen eine sanfte, aber fortschreitende Beschlagnahme ihrer bis dahin noch selbstständigen Persönlichkeit enthält. Er stammt aus der Zeit, in der sie soeben eine grausame Enttäuschung mit einem Manne hinter sich gebracht hatte und in der sie zufällig in die Freundschaft mit dieser Dr. Othilou getrieben wurde. Leider erwähnt sie in diesem Brief nicht ein einziges Mal deren Namen, doch ist es aus jeder Zeile schon zu erkennen, wer gemeint ist. Sie wollte sich damals bereits gegen sie auflehnen – aber hören Sie selbst …"."

Dr. Schwingstätter zog ein Blatt Papier aus der Tasche, glättete es ein wenig, suchte die entsprechende Textstelle und wies mit dem Zeigefinger darauf: „Hören Sie selbst:

‚Ich wurde schon wieder eingeladen, eine Reise mitzumachen. Stell dir vor Mama, eine phantastische Reise, die ich mir nie leisten könnte. Ich weiß, ich werde verwöhnt und angebetet. Trotzdem, liebe Mama, trotzdem wollte ich, dass ich nein sagen könnte. Ich hätte es beim ersten Mal schon sagen sollen ...'

Sagen Ihnen diese Worte etwas? Ihr Schweigen gibt mir die Antwort. Zu wenig, nicht wahr? Aber glauben Sie mir, für das hellhörige Ohr einer fühlenden Mutter, die ihr Kind schließlich genauer kennt als jeder andere Mensch, haben sie eine wesentlich andere Aussagekraft gehabt. Von da an hatte sie immer wieder versucht, ihrer Tochter im Gespräch über dieses Thema beizustehen, ihr zu helfen, ihr eine Stütze zu sein. Es nützte nichts. Sie wurde dabei zwar langsam wissender, aber sie musste auch erkennen, wie das Sorgenkind trotz allem mehr und mehr ihrem Einflussbereich entzogen wurde. Gut, Sie können sagen, das seien alles keine handfesten Beweise. Aber Sie können es auch nicht ohne Weiteres ignorieren. Das sind Anhaltspunkte, die einfach beachtet werden müssen! Und sie werden umso stichhaltiger sein, wenn wir den weiteren Verlauf betrachten, wie er sich nach dem erwähnten nächtlichen Erlebnis des jungen Braunmiller gezeigt hat. Die alte Dame war sofort davon überzeugt, dass es sich bei dem Besuch nur um die Person von Dr. Othilou handeln konnte. Sie überlegte ganz einfach, wie groß die Wahrscheinlichkeit war, dass diese Frau über einen zusätzlichen Schlüssel verfügte. Seit die finanziell unabhängige Dr. Othilou in dem Hause in der Hernalser Hauptstraße wohnte, was ihr durch eine kostspielige Machenschaft vor nicht allzu langer Zeit geglückt war, schien sie außer den ideellen auch die materiellen Belange der Freundschaft mehr und mehr zu kontrollieren. Carlas Mutter wusste auch, dass ihre Tochter seit Langem gedrängt wurde, ihre Stellung und ihre Wohnung aufzugeben und ganz zu ihr zu ziehen. Das hatte sie von Carla selbst erfahren, aber dabei konnte sie ihr zugleich das Versprechen abnehmen, dass sie das niemals tun würde. Nun, sie gab ihre Stellung nicht auf und sie gab ihre Wohnung nicht auf, doch wird sie diese abschlägige Haltung wohl die Aushändigung eines zweiten Schlüssels gekostet haben. Ich finde, man vergibt sich nichts, wenn man der Mutter zugesteht, dass das lauter logische Schlüsse sind und dass auch ihre weiteren Überlegungen den beachtlichen Grundlagen eines scharfsinnigen Denkens entspringen. Was hatte diese Dr. Othilou in dieser Nacht gesucht? Und war es überhaupt das erste Mal, dass sie nachts allein in die Wohnung kam? War sie auf der Suche nach einem Hinweis, der ihr gefährlich werden könnte? Wahrscheinlich handelte es sich um einen Zettel, einen Abschnitt, einen Beleg, der irgendwo zwischen den Seiten eines Buches vermutet wurde. Lauter Überlegungen, wie sie selbst ein Kriminalist nicht hätte besser anstellen können. Und was tat Frau Turner? Sie bat den jungen Herrn Braunmiller, ihr zu helfen, sämtliche Bücher, Seite für Seite, durchzuschauen, und das bei rund sechzehnhundert Bänden! Nacht für Nacht schlich sie sich ohne Wissen ihres Schwiegersohnes und ihrer Tochter zu dem jungen Mann ins Zimmer, um ihm beim Durchblättern zu helfen und um ihn anzuspornen, wenn er müde zu werden drohte. Alle Mühe schien vergebens. Sie fanden nichts. Die Bücher gaben nicht her, was man in ihnen suchte. Das war nicht ermutigend, aber es hieße die Zähigkeit dieser unscheinbaren, zierlichen Dame zu unterschätzen, wenn man annähme, sie hätte nun aufgegeben. Nein, sie war nie vom Schlage derer, die die Flinte allzu schnell ins Korn werfen. Nach den sechzehnhundert Bänden nahm sie die Kunsthefte und Zeitschriften in Angriff – es war wieder nichts! Zwar stieß sie noch auf eine Mappe mit Zeitungsausschnitten, vorwiegend Berichte über Kunstausstellungen, über Künstler, Interviews, Nachrufe, Buchbesprechungen, Kritiken und zwischendurch auch einige kuriose Reportagen. Sie zweifelte selbst schon daran, dass noch etwas herauskommen könnte dabei. Misserfolg lähmt. So verlor auch sie langsam den Mut; es gelang ihr nicht mehr, die nötige Sorgfalt aufzubringen, die notwendig gewesen wäre, um alle diese Ausschnitte wenigstens oberflächlich auf die Möglichkeit einer Beziehung zu Dr. Othilou hin durchzusehen. Da fiel dem jungen Braunmiller eine Notiz auf, sie steckte unter anderen in einem weißen Umschlag. Es war ein Ausschnitt aus einer in englischer Sprache gedruckten Zeitung und ließ dem vergilbten Papier nach auf ein Alter von einigen Jahrzehnten schließen. Die Meldung stammte aus Melbourne und war mit einem 16. Februar datiert; leider war keine Jahreszahl angegeben. Die mäßigen Englischkenntnisse des jungen Mannes verlangten plötzlich, gewürdigt zu werden. Er interessierte sich dafür und übersetzte es mehr schlecht als recht. Was dabei herauskam, war die Meldung über ein vierzehnjähriges Mädchen, das ihre gleichaltrige Freundin erdrosselt hatte und zu einer Jugendstrafe von zehn Jahren verurteilt worden war; dass es aus den besten Kreisen stammte, und dass die Eltern an die Hinterbliebenen des bedauernswerten Opfers eine beträchtliche Summe bezahlt hatten. – Peter Braunmiller, dem es mehr auf eine Übersetzungsübung angekommen war als auf den Text selbst, wollte das Stückchen Papier schon wieder zu den übrigen

Ausschnitten geben, als es ihm Frau Turner aus der Hand nahm. Ihr „Gespür", wie sie es nannte, meldete sich. Sie hat mir den Abschnitt mit der felsenfesten Überzeugung gebracht, dass nur dieser es sein konnte, den Dr. Othilou gesucht hatte. Den Bericht musste sie ihrer Freundin Carla in kaltem Zynismus, vielleicht als Warnung, gegeben haben. Wir müssten nachforschen, wer dieses vierzehnjährige Mädchen in Melbourne war. Zehn Jahre Jugendstrafe, womöglich wegen tadelloser Führung, sind schnell ausgestanden. Mag sein, dass auch das Geld der Eltern noch eine zusätzliche strafverkürzende Wirkung gehabt hat. Jedenfalls stünde der Möglichkeit, dass aus jenem Mädchen eine Frau Dr. Othilou geworden ist, theoretisch nichts im Wege. Und wenn das so wäre, meine Herren, was würden Sie dann sagen?"

„Vorläufig sind das nichts weiter als Spekulationen", wandte Dr. Vreni ziemlich ruhig ein, aber sein Kopf war gerötet von dem Eifer, mit dem er bei der Sache zu sein schien.

„Ja, gewiss, aber angenommen, es wäre so, was würden Sie sagen?" Dr. Schwingstätter wollte es genau wissen.

Dr. Köstler, der auch in dieser inoffiziellen Sitzung den Vorsitz führte, gab ihm eine befriedigende Antwort: „Dann wäre wohl die Niederschlagung des alten und die Eröffnung eines neuen Verfahrens am Platze."

„Genau das wollte ich hören", gab Dr. Schwingstätter zu. „Ich freue mich, dass Sie unbefangen sind. Aber ich glaube, so weit brauchen wir noch gar nicht auszuholen. Frau Turner hat sich nämlich noch einen Vorsprung verschafft; sie hatte die Frau Dr. Othilou aufgesucht; sie hatte sich in die Höhle des reißenden Tieres gewagt, wie sie sich ausdrückte. Denn sie war und ist davon überzeugt, dass diese Dr. Othilou die Bestie ist, die mit vierzehn Jahren bereits gemordet und nun auch ihre Carla auf dem Gewissen hat. ‚Ich konnte nicht wissen, wie ich wieder aus dieser Wohnung kommen würde', sagte sie zu mir, als sie mir alles erzählte. ‚Ein solcher Mensch ist zu allem fähig! Aber ich musste es einfach tun, nachdem mir der Gedanke einmal gekommen war. Gerade, als ob ich unter einem unabwendbaren Zwang handelte, als ob Carla hinter mir gestanden wäre und mich angespornt hätte.' – Ja, meine Herren, ich glaube, es gehört wirklich eine Portion Mut dazu, und ich bewundere die Entschlossenheit und das Stehvermögen dieses körperlichen Leichtgewichts von einer Person. Schade, dass Sie sie nicht kennen, Sie würden meine Ansicht zweifellos teilen."

„Nun scheint es sie aber doch umgeworfen zu haben", bemerkte Dr. Köstler und spielte dabei auf das ärztliche Attest an, das der Anwalt vorgelegt hatte.

Dr. Schwingstätter hob die Achseln und legte den Kopf etwas zur Seite, als fiele es ihm schwer, die rechten Worte zu finden. Was ihm auf der Zunge lag und der Wahrheit wahrscheinlich nahekam, das wollte er anscheinend nicht gerne sagen.

Dr. Köstler kam ihm entgegen: „Es gibt auch Fälle von prophylaktischen Erkrankungen, wenn Sie das meinen sollten."

Der Rechtsanwalt verbeugte sich, um seine Hochachtung für diese Haltung auszudrücken; er lächelte verbindlich, als er sagte, welches Vergnügen eine Aussprache sein könne, wenn sie auf großmütiger Basis stattfinde.

In die kleine Gesellschaft – es waren neben Dr. Köstler und dem Staatsanwalt nur noch zwei Amtsrichter anwesend, die auf die Worte Dr. Schwingstätters hörten – kam eine merkliche Veränderung hinein. Die anfänglich vorherrschend abwartende und vorsichtige Zurückhaltung schien langsam einem geneigteren, an einer wirklichen Lösung interessierten Korpsgeist zu weichen. Selbst der Staatsanwalt zeigte sich versöhnlicher. Man besprach sogar die Aussichten und Folgen von Eventualanträgen und rückte einen günstigen Ausgang für den Angeklagten Braunmiller immerhin schon in den Bereich des Möglichen. Aber dann forderte man Dr. Schwingstätter auf, über den Verlauf des Zusammentreffens der beiden Frauen zu berichten.

„Frau Turner fiel buchstäblich mit der Tür ins Haus", fuhr er also fort; aber dabei blieb es vorerst, denn in diesem Augenblick klopfte es draußen. Alle schauten unwillkürlich auf. Dr. Köstler rief ein lautes „Herein!". Die Tür wurde zögernd und nur einen Spaltbreit aufgemacht, und durch diese schmale Öffnung schob sich eine zierliche Dame fortgeschrittenen Alters herein, ganz in Schwarz gekleidet, ein kleines Mützchen auf dem Kopf und von durchsichtiger Blässe leuchtend. Dr. Schwingstätter sprang sofort auf und ging ihr entgegen.

„Frau Turner!", rief er höchst erstaunt über ihr persönliches Auftauchen. „Nun kommen Sie *doch*?" Er führte sie an seinen Stuhl und nötigte sie mit milder Gewalt Platz zu nehmen.

Sie versuchte etwas zu lächeln. „Entschuldigen Sie bitte die Störung, aber ich musste kommen. Ich habe Ihnen eine wichtige Mitteilung zu machen."

Dr. Köstler redete sie freundlich an. „Frau Turner", sagte er, „sosehr wir es begrüßen, Sie persönlich sprechen zu können, so finde ich doch, Sie hätten lieber zu Hause bleiben sollen. Sie sind wirklich krank!"

Sie wehrte ab, als wäre das unbedeutend.

Dr. Schwingstätter versicherte ihr, dass es ihm jetzt schwerfalle, in ihrer Gegenwart fortzufahren, da er gerade dabei gewesen sei, von ihrem Besuch bei Frau Dr. Othilou zu berichten. Auch fiele es ihm schwer, betonte er, ihr nun zuzumuten, das an seiner Stelle zu tun.

„Ich werde es schon sagen, Herr Dr. Schwingstätter", beruhigte sie ihn, „dann kann ich gleich das andere auch noch hinzufügen."

Nachdem man gegenseitig fragende Blicke wechselte, wandte sich Dr. Köstler dann freundlich an sie: „Wir dürfen Sie also bitten, uns diesen Vorfall zu schildern?"

Sie nickte, schaute eine Weile auf den Platz zu ihren Füßen, hob plötzlich den Kopf und begann zu berichten: „Das, was ich über meinen ersten Besuch bei ihr zu sagen habe ..."

Weiter kam sie nicht, denn ihr Anwalt warf sofort eine Frage dazwischen: „Entschuldigen Sie, wenn ich Sie unterbreche. Waren Sie denn noch einmal bei ihr?"

Sie senkte ihren Blick abermals und nickte wieder.

„Davon haben Sie mir aber gar nichts gesagt, Frau Turner!"

Der Hauch eines müden Lächelns glitt über ihr Gesicht, als sie sich ihm nun zuwandte. „Das zweite Mal war ich erst heute Morgen bei ihr."

„ Heute Morgen? Da bin ich aber überrascht. Hatten Sie einen besonderen Anlass gehabt?"

„Keinen besonderen Anlass, aber einen besonderen Gedanken."

Sie machte wieder eine kleine Pause, ehe sie unvermittelt zu sprechen begann: „Doch wenn die Herren noch nichts über meinen ersten Besuch wissen, dann will ich nicht vorgreifen, obschon er unbedeutend war gegenüber dem, was sich heute ereignet hat. Das erste Mal habe ich ihr ohne Umschweife einfach gesagt, dass sie erkannt worden sei bei ihrem nächtlichen Besuch in Carlas Wohnung."

„Interessant", sagte der Staatsanwalt. „Sie müssen uns genau sagen, wie sie darauf reagiert hat."

„Schlecht", sagte sie zunächst nur, und der Staatsanwalt forschte weiter: „Was heißt in diesem Fall schlecht?"

„Schlecht für mich, weil sie es einfach leugnete. Sie wisse durchaus nicht, was ich meine, sagte sie und wollte, dass ich es ihr näher erklärte. Sie hörte aufmerksam zu, beherrschte sich in einem Maße, dass es mir unmöglich war, die geringste verräterische Miene in ihrem Gesicht zu entdecken. Sie ist eine eiskalte Person mit einer gleichmäßig wohltemperierten Fassade. Ich glaube, sie trägt auch den Rest eines Lächelns um den Mund, wenn sie mordet."

„Und davon sind Sie überzeugt, dass sie das kann?", wollte Dr. Vreni wissen.

„Gewiss", sagte sie ernst und mit vollem Nachdruck.

„Aber Sie haben selbst gesehen in diesem Prozess, wie schwer es ist, den Beweis für einen ausgesprochenen Verdacht zu erbringen. Auch wenn es so wäre, wie Sie annehmen, wird man ihr kaum beikommen können." Einsichtige Worte für einen Staatsanwalt.

„Ich habe mir gesagt, ich *muss* ihr beikommen – wenn das zunächst auch gar nicht so aussah", entgegnete sie.

Alle Augen waren fragend und prüfend auf sie gerichtet.

„Zunächst war es ein glatter Misserfolg, aber dann wurde ich in meiner Überzeugung bestärkt. Ich habe ihr gesagt, ich wisse es von Carla, dass sie einen Schlüssel zur Wohnung habe, und dass ich mich wundere, warum er noch nicht zurückgegeben worden sei. Da ging sie, ohne ein Wort zu sagen, an eine Kommode, zog eine Schublade auf, tat so, als ob sie ein wenig herumsuchte, und kam dann mit dem Schlüssel in der Hand auf mich zu. Sie habe ganz darauf vergessen ihn ausgeliehen zu haben, versicherte sie mir mit ihrem wohl nicht mehr zu vermeidendem undurchsichtigen Lächeln, das wahrscheinlich schon ein fester Bestandteil ihres Gesichts geworden ist."

„Das war taktisch klug von ihr", stellte Dr. Vreni fest. „Sie hat Ihnen den Schlüssel, aber keinen Beweis gegeben."

„Man kann so was durchaus einmal vergessen haben", meinte Dr. Köstler.

Und Dr. Schwingstätter sagte: „Aber man kann auch glauben, sich durch diese, eine völlige Unbefangenheit vortäuschende Handlungsweise am besten aus der Affäre zu ziehen."

Amtsrichter Klingelbach, ein Muster vornehmer Blasiertheit; semmelblond, soweit noch Haare vorhanden; glattrasiert, aber von einer leichten Röte im ganzen Gesicht und mit einer altmodischen, aber sicherlich echten Goldrandbrille behaftet, machte plötzlich von sich reden. Er äußerte seine Ansicht nachdrücklich. Frau Dr. Othilou, so meinte er, habe entweder wirklich ein so ruhiges Gewissen, dass sie es sich leisten konnte, den Schlüssel unbedenklich auszuhändigen, oder aber – oder sogar wahrscheinlich – handelte sie infolge der Überrumpelungstaktik der alten Dame völlig falsch. Einen abgeleugneten, nicht vorhandenen Schlüssel könnte man ihr wohl ebenso schlecht nachweisen wie den nächtlichen Besuch. Gegen die Behauptung, man wisse es von der Ermordeten selbst, dass sie einen solchen Schlüssel besitzen müsse, ließe sich nichts leichter als eine gegenteilige Behauptung aufstellen. Etwa so: Carla Turner könnte ihn wieder zurückverlangt haben. Wenn sie entschieden bestritten hätte, den entsprechenden Schlüssel zu besitzen, könnte ihr kein Mensch das Gegenteil beweisen. So aber – indem sie ihn hergegeben hat – ist auf alle Fälle das Glied in der Kette des Gedankens vorhanden.

„Deshalb meine ich ja, dass der anfängliche Fehlschlag doch zu einem kleinen Erfolg geworden ist", ergänzte Frau Turner.

Dr. Vreni blieb still; auf seinem Gesicht lag ein finsterer Ausdruck. Es war, als brütete er über einer tiefgreifenden Geschichte, die ihm nicht Zeit ließ, an der Unterhaltung teilzunehmen.

Auch die alte Dame schwieg. Und das Gespräch drohte durch ein oft plötzlich und schnell um sich greifendes Schweigen ins Stocken zu geraten. Dr. Schwingstätter behob die Gefahr, indem er seine Mandantin an ihren Bericht erinnerte. Er gab ihr ein Stichwort, sie griff es auf, und das Gespräch kam wieder in Gang.

„Ach so. Sie meinen wegen der Sympathie. Ja, ich hatte ihr noch einmal gesagt, sie sei bestimmt erkannt worden, und nun müsse sie sich einen Grund einfallen lassen, was sie zu suchen hatte, worauf sie mir gelassen antwortete, dass nichts leichter wäre als das, wenn es notwendig erscheinen sollte. Im Übrigen aber, so erklärte sie mir, sei sie von der Sympathie überrascht, die ich ihr entgegenbrächte. Ich wusste, es war Ironie, aber ich sagte ihr dennoch, dass ich nie von ihr begeistert gewesen sei; da habe ich sie erstmals wirklich lachen gesehen. ‚Eben, eben!', rief sie. ‚Und jetzt sind Sie so offen zu mir!' Ich kannte mich nicht aus, was das bedeuten sollte. Ich grübelte noch lange darüber nach, so lange, bis ich sie heute Morgen noch einmal aufsuchte. Mir war ein neuer Gedanke gekommen. Ich wollte ihr so viel wie möglich auf den Kopf zusagen; ich wollte ihr sagen, dass sie schon seit geraumer Zeit beobachtet werde, dass man sich für ihr Vorleben interessiert habe und genau wisse, wer das Mädchen gewesen sei, das seinerzeit in Australien die eigene Freundin erdrosselt hatte. Aufs Ganze wollte ich gehen, weil ich mir sagte, nun darf sie nicht mehr zur Ruhe kommen, nun muss sie gejagt und erlegt werden. Mir war sterbensübel heute Morgen, aber ich hatte den Vorsatz gefasst, und nun konnte mich nichts mehr davon abhalten. Allerdings, wenn ich geahnt hätte, was sich vor meinen Augen noch abspielen, was meinem wunden Herzen noch hinzugefügt werden sollte, dann wäre ich wohl weggeblieben. Nur die Gewissheit, einen Unschuldigen gerettet zu haben, macht es mir überhaupt erträglich."

Sie stockte nochmals, bevor sie die zwar zu erwartende, aber dennoch verwirrende Mitteilung machte, dass sie sich vor ihren Augen selbst gerichtet habe.

„Das war entsetzlich!", fuhr sie fort. „Aber was sie vorher noch in mir da drinnen angerichtet hatte, das war noch viel entsetzlicher." – Plötzlich bebte ihr ganzer Körper; sie schlug ihre Hände vor das Gesicht und brach in bitterliches Weinen aus.

Keiner der Anwesenden rührte sich. Man wagte kaum zu atmen. Dieses Verhalten war keine Folge von Teilnahmslosigkeit, vielmehr schienen alle wie gelähmt zu sein durch das ergreifende Ereignis eines berstenden Herzens. Keiner wollte den Fluss heilender Tränen stoppen, die im Augenblick vielleicht die einzige wirkliche Hilfe waren. Alle waren gepackt wie von einem gewaltigen Naturereignis, dem man ohnmächtig gegenüberstand, aber von dem jeder hoffte, dass es bald vorübergehen möge, ohne Schaden anzurichten. Und als die Ärmste endlich wieder Worte fand, schienen alle wie erlöst zu sein.

„Ersparen Sie es mir ...", schluchzte sie, „... ersparen Sie es mir, alle Einzelheiten wiederzugeben, mit denen sie das Andenken an meine Tochter geschändet hat! Ich kann es nicht wiedergeben. Vielleicht genügt es, wenn ich Ihnen andeute, dass es wohl nichts gibt, womit sie nicht erniedrigt wurde. Sie war zum willenlosen Werkzeug dieser grauenhaften Sadistin geworden. Ich wundere mich nur, ich wundere und wundere mich nur, wie Carla trotzdem noch nach außen hin so liebenswert erscheinen konnte – bei diesem Leben! Ach wäre doch dieser Mann bei ihr geblieben! Ich glaube, nur er hätte sie noch aus diesem Abgrund retten können. Und das hat die andere ja auch geglaubt; darum war sie eine Nacht vorher bei ihr und hatte ihr gedroht und Angst gemacht. Ich weiß nicht, was Carla bewog, sich dieses eine Mal zu behaupten. War es ein letzter Versuch sich aufzubäumen? Hatte sie gemeint, ihre letzte Chance zu erkennen? Oder war sie durch diesen Mann einfach wieder zu sich gekommen? Was nützen die Fragen? Vorbei, vorbei ..."

Sie schien sich wieder einigermaßen zu fassen; sie kramte ein weißes Spitzentüchlein aus ihrer Tasche und wischte sich ihre tränennassen Wangen ab. „Sie müssen mir meine

Schwäche nachsehen", sagte sie. „Sie können es nicht nachfühlen, wie es bei mir da drinnen aussieht, Sie können mich bestenfalls zu verstehen versuchen."

Dr. Schwingstätter wandte sich jetzt an sie; er legte seine Pranken behutsam auf die zarten Schultern seiner Klientin und sagte in rührender Einfalt:

„Wir sind erschüttert – wir sind erschüttert!"

„Erschüttert", wiederholte sie nachdenklich. ‚Ich bin erschüttert', das habe ich auch noch zu ihr gesagt. Darauf hat sie mir geantwortet, ich sei nicht die Einzige, die durch Carlas Verhalten erschüttert wurde – eiskalt, bis zur letzten Faser ihres Herzens! Sie betrachtet Carla als die Schuldige. Und als ich sie anschrie: ‚Sie haben sie doch ermordet!', entgegnete sie mir: ‚Ich tat es nicht gerne, aber es musste wohl sein; außerdem vermochte ich dadurch tatsächlich noch eine eminente Expansion des innerlichen Schauers zu erzielen.' – Ja, genauso hatte sie gesagt. Ich höre ihre Worte noch in mir nachklingen. Und ich werde sie wahrscheinlich nie mehr vergessen. *Expansion des innerlichen Schauers* – gibt es so etwas? Ich verstehe das nicht. Vielleicht hätte ich die Lust noch begriffen, aber den Mord niemals!"

Man ließ ihr wieder Zeit, sich zu sammeln; keiner der Anwesenden konnte sich mitfühlender Erschütterung verschließen; und niemand war mehr betroffen als der Staatsanwalt, auch beruflich betroffen.

Dr. Schwingstätter fragte sie, ob sie ein Glas Wasser wünsche.

„Nein", sagte sie, „ich wünsche zu Ende zu kommen. Es ist nicht mehr sehr viel. Es hat sich alles so schnell und unerwartet abgespielt, dass ich es kaum begriff, was vorging.

Sie war aufgestanden, nachdem sie sich also ausgeleert, restlos umgestülpt hatte, und sagte zu mir, jeden Satz mit einem kurzen hohlen Gelächter unterbrechend: ‚Jetzt werden Sie natürlich zur Polizei gehen und große Töne spucken. Und dort wird man große Augen machen und sich auf mich stürzen wollen. Aber es wird alles nichts nützen. Hier …', dabei zog sie eine kleine Kapsel aus ihrer Tasche, zeigte sie mir und schob sie in den Mund, ‚damit Sie noch eine schöne Erinnerung mitnehmen können.' – Ehe ich mir recht klarmachte, was sie eigentlich trieb, begann sich ihr Gesicht zu verfärben und ihre Haltung zu verändern. Das stereotype Lächeln verschwand und machte einer ekelhaften Miene Platz. Der Ausdruck eines letzten grauenhaften Selbsterkennens schien sich darin zu spiegeln. Dann schwankte sie und sackte in sich zusammen. Ihr Körper wand sich noch mit ein paar krampfhaften Zuckungen, bäumte sich auf und blieb regungslos liegen. Trotz aller Abscheu konnte ich meinen Blick nicht von ihr wenden. Ich glaube, dass auch das Hässliche faszinierend ist – oder vielleicht nur das Außergewöhnliche? Und das war sie doch, außergewöhnlich kalt – und bis zur letzten Minute. Ein normaler Mensch begreift das nicht. Und was man nicht begreift, darüber kann man nur noch staunen."

Kapitel 19   Scheiden und Meiden

Drei Stunden später verließ Siegfried Braunmiller als freier Mann das Untersuchungsgefängnis. Die ersten Zeitungen brachten die Nachricht von der sensationellen Wendung bereits als Schlagzeile; doch das berührte den Entlassenen kaum, es berührte ihn so wenig wie die Freiheit selbst; er ging daran vorbei, als beträfe ihn das alles nicht. Es war, als könnte er weder mit der Freiheit noch mit den Schlagzeilen etwas anfangen. Nichts regte sich in ihm, was sein Denken und Fühlen umgestimmt hätte. Die Benommenheit, die beinahe schon fatalistische Abgestumpftheit, die in den letzten Monaten und Wochen in sein Gemüt eingezogen war, verschwand nicht; sie umwuchs ihn wie Moos, das sich langsam angesetzt hatte; es schmerzte nicht, aber es verschloss; es machte ihn unempfindlich gegen Einflüsse von außen, und es schien sich eher zu mehren, als dünner zu werden.

Dr. Schwingstätter nahm ihn in seine Kanzlei mit; er schrieb ihm einen Scheck über das Geld aus, das als Anzahlung geleistet worden war, und er rundete es – ohne es zu bereden – etwas auf. „Ich werde mein Geld aus der Staatskasse bekommen", sagte er so nebenher, während er ihm den Scheck überreichte.

Braunmiller bedankte sich; er bedankte sich auch noch für die großartige Verteidigung. In seinen Worten lag eine echte Herzlichkeit. Er verabschiedete sich von seinem Anwalt und wandte sich zum Gehen. Schon an der Tür stehend hörte er, wie ihm Dr. Schwingstätter noch einmal zurief: „Herr Braunmiller, was ich noch sagen wollte: Für den Fall, dass Sie mich brauchen sollten, ich stehe Ihnen natürlich jederzeit zur Verfügung!"

„Denken Sie, dass ich Sie noch einmal brauchen werde?", fragte er mit einem leeren Ausdruck in den Augen.

„Ich weiß nicht – vielleicht brauchen Sie einen guten Rat oder eine Empfehlung für einen Frankfurter Kollegen."

Frankfurter Kollegen – das Wort ging ihm eine Weile im Kopf um. Was sollte das bedeuten? Er bemühte sich ernsthaft, einen Sinn dahinter zu finden, ehe er fragen wollte.

„Oder möchten Sie wieder zu Ihrer Frau zurück?"

Ach ja, die Scheidung! Da fiel es ihm plötzlich wie Schuppen von den Augen. Richtig, er war ja immer noch mit dieser Frau verheiratet! Sie war ihm schon so entfremdet, so entglitten, dass er weder gedanklich noch seelisch in einem Verhältnis zu ihr stand. Wer war das denn – seine Frau? Er musste sich anstrengen, sich noch eine rechte Vorstellung von ihr zu machen. Es erschien ihm alles so blass, so farblos, wenn er an sie dachte, und was bedeutete sie ihm noch? Eine Erinnerung eines Abschnitts, der trotz seiner jahrzehntelangen Dauer nur durch seine Beendigung eine gewisse Rolle spielte. Und selbst die Tatsache, dass sie ihn in diesem Prozess bedenkenlos ans Messer geliefert hätte, erschien ihm unerheblich. Er empfand einfach nichts mehr für sie. Kein Hassgefühl, keine Rachegedanken, nichts – rein gar nichts war mehr vorhanden zwischen ihm und ihr. Dieses graue, gestaltlose Nichts, ohne Temperatur, ohne Leuchtkraft und ohne Bewegung, war der ganze Inhalt, der Überrest seiner Beziehung zu ihr, einer Beziehung, die weder verstandesmäßig noch emotionell einen Hintergrund besaß. Er hatte nichts gewusst von ihren Nöten, von dem Strick, den man auch ihr um den Hals gelegt hatte, und von der Vergewaltigung ihres Gewissens. Das interessierte ihn auch nicht. Sie existierte nicht mehr für ihn. Aus. Vorbei. Der Gedanke an eine Rückkehr war ihm jedenfalls so fremd geworden, dass er ihn einfach nicht mehr hatte. Die Scheidung war innerlich bereits vollzogen, so endgültig vollzogen, dass er jetzt von der Andeutung des Anwalts geradezu überrascht war. Er ging wieder zu ihm zurück.

„Daran zu denken, habe ich ganz und gar vergessen", sagte er. „Selbstverständlich muss das auch in Ordnung gebracht werden. Würden Sie die nötigen Schritte einleiten, Herr Doktor?"

„Natürlich. Und wenn Ihre Frau keine Schwierigkeiten macht, wird das alles bald erledigt sein." Dr. Schwingstätter wechselte das Thema: „Was werden Sie denn nun eigentlich machen? Ihr Geschäft besteht nicht mehr, läge auch wahrscheinlich nicht mehr in Ihrem Sinne, und ob Ihr Kapital nach der Scheidung noch ausreicht, um eine neue Existenz aufzubauen?"

Braunmiller verzog die Lippen. „Ich bin mir noch nicht ganz klar", sagte er nach einer Weile. „Jedenfalls habe ich mich entschlossen, mit meiner Vergangenheit so gründlich wie möglich Schluss zu machen. Und was das Geld anbelangt, so ist es nicht so weit her damit. Vorläufig genügt mir, was ich in der Hand habe – alles andere kann sie behalten."

Dr. Schwingstätter ging auf ihn zu, nahm seine Hand und sah ihm fest ins Gesicht. „Herr Braunmiller, was Sie auch machen werden: Es ist Ihre Sache. Aber um eines bitte ich Sie: Machen Sie das Drama nicht noch größer!" Mehr sagte er nicht; er klopfte ihm nur noch auf die Schulter und entließ ihn dann mit der Bitte, ihn in den nächsten Tagen wieder aufzusuchen.

–

Einige Wochen später:
Helga Braunmiller, fast völlig wiederhergestellt, stand in ihrem Wohnzimmer hinter den Gardinen und schaute auf die Straße hinunter; ihr Blick war verschleiert wie die verhängten Fenster und ließ sie keine Einzelheiten erkennen; danach verlangte sie auch gar nicht. Ob jemand auf der Straße ging und ob es dieser oder jener war, darauf richtete sie nicht die geringste Aufmerksamkeit, das war ihr mehr als gleichgültig. Was sich drunten abspielte, zog an ihr vorüber wie ein unterbelichteter Film, der keinerlei Eindruck mehr hinterlässt. Sie war nur aufgestanden, weil sie schon über eine Stunde auf einem Fleck gesessen und immer wieder auf die drei Briefe gestarrt hatte, die vor ihr auf dem Tisch lagen. Der eine, den Gerda seinerzeit hinterlassen hatte und den sie schon auswendig konnte; der andere, der vom Rechtsanwalt ihres Mannes, in dem ihre Einwilligung zum Scheidungsantrag verlangt wurde, und schließlich jener, der erst heute in ihre Hände gelangt war – der Brief von ihrem Sohn. Diesen las sie immer wieder, und nach jeder weiteren Lektüre war es ihr, als ob sie ihre Lage immer noch besser erkennen würde. Zuletzt war sie aufgestanden und ans Fenster gegangen. Da stand sie nun schon wieder eine geschlagene Stunde und wartete und wartete, bis es endlich dunkel genug wäre. Als sie glaubte, dass es die richtige Zeit sein könnte, wandte sie sich vom Fenster weg und ging noch einmal an den Tisch, auf dem die Briefe lagen. Den vom Rechtsanwalt unterschrieb sie und zwängte ihn in den Umschlag; den von Gerda küsste sie, faltete ihn zusammen und steckte ihn in den Ausschnitt ihres Kleides; und den von Peter nahm sie, um ihn noch einmal zu lesen.

„Liebe Mutter", hatte er geschrieben – zum ersten Mal übrigens, früher war sie einfach die Mama –, „ich habe von dem Erlös des Geschäftes 2000 Mark mitgenommen. Es ist nicht zu viel als Starthilfe, denke ich. Ich möchte ganz neu beginnen. Dr. Stöger, der Redakteur, du kennst ihn schon, hat mir eine Chance geboten. Er meint, ich sollte mein Glück als Journalist versuchen. Er, wie übrigens auch ich selbst, ist der Ansicht, dass das der richtige Job für mich wäre. Ich glaube natürlich nicht, dass er sich aus reiner Nächstenliebe oder Freundschaft für mich einsetzt, denn er hat mir auch gleich gesagt, ich brauchte nicht mit rosigen Zeiten zu rechnen, könnte aber, wenn ich mich dazu entschließen würde, die ganze Welt kennen lernen und eine Unmenge erleben. Immer an einem Fleck zu sitzen ist nichts für mich, das habe ich längst erkannt. Ich muss mich für das entscheiden, was mir am meisten liegt. Da ich weiß, dass du mich nicht besonders vermissen wirst, brauche ich mich nicht gebunden zu fühlen, und das beruhigt mich. Nicht dass ich es gewünscht hätte, dass alles so kommen sollte, aber nachdem nun die Familie schon auseinandergefallen ist, denke ich, kommt es auf mich auch nicht mehr an. Ich greife zu und werde den neuen Weg einschlagen, der sich mir anbietet; ob es der harte nach oben oder der noch härtere nach unten sein wird, ist nicht so wichtig, wenn er nur nicht in der Trostlosigkeit eines eintönigen Alltags endet. Unsere Familie schien eine gutbürgerliche Grundlage zu haben, aber wenn wir ehrlich sind, haben wir uns alle gegenseitig und beinahe andauernd enttäuscht. Und so gesehen, finde ich, kommt das allgemeine Auseinanderfallen eigentlich einer Erlösung nahe. Dennoch möchte ich sagen, du bist am bedauernswertesten von uns, weil du die sein wirst, die das am wenigsten erkennt. Vor ein paar Tagen habe ich Papa im Wartesaal des Wiener Westbahnhofs sitzen sehen. Ganz zufällig und auch unauffällig. Ich habe eine Weile gestanden und mit mir gekämpft, aber ich bin nicht zu ihm gegangen – so wie ich nicht zu dir gegangen wäre. Ich will nicht den geringsten Anlass dazu geben, die Auflösung zu verzögern. Das ist echtes Leben, und wenn wir es so anerkennen, glaube ich, dann enttäuscht es nicht einmal. Wir sollten uns nie so viel vormachen, dann wäre alles viel einfacher."

Es waren noch ein paar belanglose Sätze zum Schluss, aber hier brach sie ab.

„Wir sollten uns nie so viel vormachen, dann wäre alles viel einfacher …", wiederholte sie halblaut, während sie langsam über das Blatt strich, als wollte sie es glätten; dass sie dabei einen Teil der Schrift verwischte, musste wohl daran gelegen haben, dass ihr eine Träne daraufgefallen war. Es war ja egal.

Kapitel 20   Die letzte Entscheidung

Und dann ging sie den Fluss entlang. Die gleiche Richtung wie vor dreiundzwanzig Jahren. Die gleichen Wege. Auf dieser Seite sind sie unverändert geblieben. Und an vieles erinnerte sie sich. Auch in der Dunkelheit. Wenn sie die Augen schloss, erschien ihr manche Szene wieder so deutlich, als sei sie erst gestern und nicht vor so langer Zeit abgelaufen. Damals hatte sie sich den Zurückziehenden mit allen Mitteln sichern wollen; aber sie konnte sich keine ehrliche Antwort geben, wenn sie sich fragte, ob sie ernst gemacht hätte an jenem Tag, falls er nicht gekommen wäre. Gewiss war sie in einer elenden Stimmung gewesen, doch ihr Leben weggegeben hätte sie wohl nicht – das nicht! Nun, er war ja gekommen damals und hatte ihr die letzte Entscheidung abgenommen. Aber war das gut gewesen? War es richtig, sich die Liebe erzwingen zu wollen? Sie lächelte müde. Liebe ist nicht zu erzwingen, bestenfalls eine Ehe. Und was das wert ist, hat ihr ja die Zeit bewiesen.

Heute wird niemand kommen. Heute wird ihr niemand die Entscheidung abnehmen. Alle Gedanken, die sie befielen, waren so dunkel wie die Nacht und die Wege. Doch die wurden wenigstens hin und wieder von einer spärlichen Beleuchtung erhellt. Auf dem anderen Ufer war es heller. Da führt die Hauptstraße vorbei, da fahren Autos, flutet ein mäßiger Verkehr vorüber, aber ihr begegnete niemand. Je weiter sie flussabwärts ging, desto einsamer wurde es um sie. Allmählich wurde es auch auf der anderen Seite stiller. Zu einer anderen Zeit hätte sie sich gefürchtet, so allein. So im Dunkeln. Aber wenn man sich mit den letzten Gedanken abquält, wie sie es tat, ist kein Platz mehr da für die Angst. Sie zog die Bilanz ihres Lebens und fühlte sich ausgebrannt.

Immer nur Liebe und Sorge für die anderen, immer nur für sie dagewesen und jetzt alleingelassen, von allen alleingelassen. Dreiundzwanzig lange Jahre gearbeitet, vom frühen Morgen bis zum späten Abend, sich beschieden, gekargt, gegeizt, zurückgelegt – und nun der Ruin! Keine Anerkennung, kein Lohn, kein Dank, nicht einmal mehr Achtung. Nein, nicht einmal mehr Achtung! Kein Mensch kümmerte sich darum, was sie alles ausgestanden und mitgemacht hatte in den vergangenen Monaten. Es war doch nicht so, dass sie einfach hingegangen wäre und das ganze Privatleben nur zu dem Zweck aufgedeckt hätte, um ihn zu belasten. Niemand hatte sich über ihre Not Gedanken gemacht, keiner überlegt, dass sie schlechterdings nur überfordert worden ist. Ihr Zusammenbruch hatte es doch bewiesen! Aber wer sah das schon ein? Jetzt ist er frei und sie nur noch die heimtückische Natter, die ihm in den Rücken fiel. Das ist ihre Lage, wie sie sie beurteilt. Und warum sollte sie sie anders sehen, wo doch alles dafür spricht? Und spricht nicht auch aus jeder Zeile, die ihr Peter geschrieben hat, ein versteckter Vorwurf gegen sie? „Wir sollten uns nie so viel vormachen, dann wäre alles viel einfacher." Machte sie sich etwas vor, wenn sie auf ihre letzte Liebestat eine endlose Kette von Schlägen sieht? Und sie fragte sich, warum sie ihn eigentlich so gedrängt und genötigt hatte, die Reise zu machen, wenn sie der Anfang vom Ende war? Eine sinnlose Frage! Sinnlos, wie alles um sie. Nein, sie wird sich nichts mehr vormachen.

Helga Braunmiller blieb stehen. Sie dachte an nichts mehr. Sie überlegte nichts mehr. Sie starrte nur noch vor sich hin ... Auf einmal sah sie aus den Fluten das Antlitz ihrer Tochter auftauchen. „Gerda!" Willenlos formten ihre

Lippen das Wort. Doch dann schüttelte sie lebhaft den Kopf. Sie wusste, sie wurde genarrt von überreizten Nerven. Und als sie genau hinsah, bemerkte sie, dass ihr nur die gleichmäßig rastlos dahinströmenden Wellen entgegenglitzerten.

Dann erschrak sie doch. Sie hörte ein paar tapsende, aber rasche Schritte im Kies. Und ehe sie sich umdrehte, um zu schauen, wurde sie von einem dunklen weichen Etwas in die Waden gestupst. Sie rührte sich nicht. Sie merkte, dass es ein Hund war. Ein beträchtliches Tier, wenn auch nicht allzu groß. Es war zu finster, um es genau zu erkennen. Eigentümlich, da bekam sie Angst, in die Beine gebissen zu werden. Plötzlich konnte sie die Aussicht auf das bisschen Schmerz erschüttern. Und eben war es ihr doch noch, als ob es nichts mehr gäbe, was ihr unter die Haut gehen könnte – als ob sie nur noch ein nervloser Faden mit dem Leben verbände. Der Hund beschnupperte sie von allen Seiten, und als sie sich nur ein wenig bewegte, fing er an zu knurren. Jemand pfiff jetzt. Sofort verschwand der Streuner; aber es dauerte nicht lange, dann war er ihr wieder um ihre Füße. Sie war kaum drei Schritte gegangen. Nun rührte sie sich nicht mehr. Ein lästiges Tier, dachte sie. Dann pfiff wieder jemand. Der Hund sprang weg und kam wieder. Sie hüstelte etwas, um sich bemerkbar zu machen. Da hörte sie eine Männerstimme, die den Hund anfuhr. Da war die Angst wieder weg. Der Hund kam nun nicht mehr. Anscheinend war er jetzt an der Leine. Dafür hörte sie Schritte näher kommen. Feste, kräftige Schritte. Sie ging langsam weiter, war aber bald eingeholt.

„Guten Abend!", grüßte jemand neben ihr im Dunkeln. „Ich hoffe, mein Hund hat Sie nicht erschreckt."

Sie kannte die Stimme. Da vom anderen Ufer gerade etwas Licht herüberfiel, erkannte sie auch die Gestalt.

„Wirklich, ich habe mich nicht mehr weitergetraut, Herr Polizeimeister", sagte sie so unbefangen, wie es ihr möglich war.

„Ach, Frau Braunmiller! An Sie habe ich jetzt wahrhaftig nicht gedacht", versicherte ihr der Polizeiobermeister in gut gespieltem Erstaunen und überzeugendem Tonfall. „Sie machen noch einen Abendspaziergang? Haben Sie denn keine Angst in dieser einsamen Gegend?"

Sie versuchte, eine nette Antwort zu geben: „Angst? Wo unsere Polizei doch so wachsam ist!"

Polizeiobermeister Korner nahm das heiter auf.

„Das mit der Polizei ist reiner Zufall. Außerdem bin ich gar nicht im Dienst."

„Seltsamer Zufall", murmelte sie.

„Was meinen Sie, Frau Braunmiller?", fragte er, da er sie anscheinend nicht verstanden hatte.

„Ich meine nur so, wegen des Zufalls, dass der Sie gerade hierhergeführt hat."

„Ja, ja, das ist oft merkwürdig", sagte er, aber er dachte: Gut, dass sie es nicht weiß, dass es nicht der Zufall, sondern ganz einfach ein kluges Mädchen war, das ihn hergeführt hat. Und er freute sich noch einmal, als er die letzten zehn Minuten zurückdachte:

Er saß gerade bei seinem Abendbrot, als er stürmisch herausgeläutet wurde, und er war erstaunt, Ida vor sich zu sehen. Er hatte sie sofort erkannt und auch gleich gewusst, dass etwas los sein musste. Und als ihm die Kleine mit kurzen Worten erklärt hatte, dass sie die Frau Braunmiller mutterseelenallein den Südanger hinuntergehen gesehen habe, dass die Gedankenverlorene an ihr und ihrem Freund vorbeigegangen sei, ohne sie zu bemerken, und sicherlich ziellos den Fluss abwärtswandere, da ließ er alles liegen und stehen, pfiff seinem Hund und machte sich auf den Weg. Er schmunzelte in sich hinein und war dem Mädchen dankbar, dass es so schnell geschaltet hatte.

„Wissen Sie, Frau Braunmiller", sagte er dann, sich aus seinen Gedanken reißend, „diesen Weg gehen wir fast täglich, meine Stella und ich." Der Hund, der seinen Namen gehört hatte, bellte und sprang ein paarmal in die Höhe. „Ja, schon gut, Stella!", beruhigte Herrchen das Tier und klopfte ihm freundschaftlich das Fell.

Frau Braunmiller ging auf die schwache Seite des Herrn Polizeiobermeisters ein (das ganze Städtchen wusste, dass er ein Hundenarr war). „Haben Sie diesen Prachtkerl schon lange?"

Wer seinem Hund schmeichelte, schmeichelte ihm, und sie hätte sich bestimmt sympathisch machen können durch dieses beiläufige Lob, wenn das noch nötig gewesen wäre. Jedenfalls sah er sich veranlasst, ihre Frage ausführlich zu beantworten. Und nachdem er sie so ziemlich alles über Alter, Herkunft und Rasse hatte wissen lassen, gab er ihr noch zu verstehen, dass dieser Hund alle seine Vorgänger an Anhänglichkeit übertreffe. Das werde wohl auf Gegenseitigkeit beruhen, meinte sie, und er gestand ihr, davon überzeugt zu sein, Hunde seien die besten Freunde.

Da sagte sie: „Ich mag sie eigentlich auch gerne, aber ich habe nie Zeit gehabt für ein Tier."

„Schade", bedauerte er. „Ich glaube, man versäumt etwas im Leben, wenn man die Tiere übersieht."

„Man versäumt wohl immer etwas", sagte sie müde.

Korner wusste nicht recht, wie er das auffassen sollte, aber er pflichtete ihr bei. Inzwischen hatte er sich ganz ihrem gemächlichen Tempo angepasst, und wenn sie schwieg, schwieg auch er, so wie jetzt.

Dann sagte sie: „Sie können es machen, wie Sie es wollen, einmal kommt der Tag, an dem Sie erkennen werden, dass Sie es falsch gemacht haben."

„Sie sind ein bisschen arg schwermütig heute, Frau Braunmiller. Lassen Sie diese miese Stimmung nicht gedeihen. Lehnen Sie sich auf dagegen! Ich stehe auf dem Standpunkt: Stur immer wieder neu anfangen und sich nie zu lange bei den Verdrießlichkeiten aufhalten, sonst lassen sie einen überhaupt nicht mehr los."

„Sie haben leicht reden, Herr Polizeimeister", sagte sie behutsam.

„Nun, so leicht auch wieder nicht, Frau Braunmiller." Er holte tief Atem, bevor er weitersprach. „Ich habe auch mein Päckchen zu tragen. Man weiß nur nichts von mir, weil ich nie etwas darüber sage und nie frage. Das Schicksal gibt ja doch keine Antwort. Und die Menschen zweimal nicht, oder höchstens eine falsche."

Sie horchte auf; dass andere Menschen auch Leid und Kummer haben, hatte sie unter der Wucht ihrer eigenen Bürde ganz vergessen. Und dass sie ausgerechnet von einem Manne wie dem Hauptwachtmeister Korner, der stets nur Ruhe und Gelassenheit ausstrahlte, darauf aufmerksam gemacht wurde, durch sein offenbar persönliches Leid aufmerksam gemacht wurde, das griff sie an. Und vielleicht war sie auch neugierig geworden. Welches Leid konnte eine solche selbstzufriedene, einschichtig sorglose Beamtenseele schon haben? Vielleicht war er nicht ganz gesund? Aber schließlich, wer ist schon ganz gesund?

„Wenigstens sind Sie für sich allein", sagte sie dann und war selbst überrascht, als sie sich den Abschluss ihres Gedankenganges aussprechen hörte.

Der Polizeiobermeister atmete hörbar, als ob er mit einem schweren Entschluss ränge, der ihm eine ungeheure Anstrengung verursachte.

„Frau Braunmiller", sagte er dann mit belegter Stimme, „Sie, jetzt sind Sie die Erste, die etwas von mir erfährt." Es klang bitterernst und feierlich zugleich, wie er das sagte, und es lag eine Hoffnung darin, die Hoffnung, dass sie sein Vertrauen zu würdigen wisse.

Sie empfand die Tiefe dieses Augenblicks tatsächlich so stark, dass sich ihre eigene Trübseligkeit buchstäblich in nichts auflöste.

„Ich bin nicht allein. Ich habe einen Sohn", gestand er ein.

„Sie haben einen Sohn?"

„Ja. Dazu braucht man nicht unbedingt verheiratet gewesen zu sein. Das wäre auch gar nicht mehr möglich gewesen. Die Mutter des Kindes starb kurz nach der Geburt. An Erschöpfung. Es war in den letzten Kriegstagen, auf der Flucht vor dem Schlachtfeldgemetzel. Wenn ihre Eltern nicht dabei gewesen wären, hätte die Möglichkeit bestanden, dass das Neugeborene verloren gegangen wäre. Aber das sollte wohl auch nicht sein. Wir haben uns gesucht und bald gefunden. Dann habe ich mich halt des Würmleins angenommen. Die alten Leute waren zu gebrochen, als dass man ihnen noch eine weitere Last hätte aufhalsen können. Ich habe den Säugling in ein Heim gegeben …"

Der Mann sprach nicht mehr weiter, als ob die Geschichte schon zu Ende wäre; sie war es natürlich nicht. Und Helga Braunmiller wartete schweigend, bis er wieder fortfahren würde; sie wagte nicht zu fragen, zunächst nicht, aber als es ein Schweigemarsch zu werden drohte, wendete sie doch ein Wort ein: „In ein Heim, haben Sie gesagt?"

„Ja", sagte er nur, als fiele es ihm schwer, wieder ins Gespräch zu kommen.

„Lange?", fragte sie, nur damit etwas gesagt war.

Und dann beendigte er seine knappe Geschichte mit einem einzigen Satz: „Sehr lange – bis heute!"

Sie sah sein Gesicht nicht, weil es zu dunkel war, doch wäre sie nicht überrascht gewesen, wenn er Tränen in den Augen gehabt hätte. Sie selbst kämpfte damit, als sie fragte: „Ist Ihr Sohn so krank?"

„Nein, das nicht. Eigentlich ist er kerngesund, nur blöd. Vollkommener Idiot. Schönes Gefühl, Frau Braunmiller, nicht wahr? Aber, nun ja, lehnen wir uns auf gegen die miesen Stimmungen und reden wir von etwas anderem. Wenn Sie nichts dagegen haben, ich hätte Sie gerne eingeladen, mit mir ein Gläschen Wein zu trinken. Wäre das nichts?"

Sie wagte kein ausgesprochenes Nein. Jetzt nicht. Aber wenigstens einen Einwand brachte sie vor: „Das ist sehr liebenswürdig von Ihnen, Herr Polizeimeister, aber was meinen Sie, was die Leute sagen würden?"

„Die sollen mal ruhig reden. Da gebe ich nichts darauf. Kommen Sie also mit?"

Sie zögerte noch mit der Antwort. Schließlich war sie ja auf etwas ganz anderes vorbereitet. Und jetzt wurde sie plötzlich eingeladen, mit in eine Weinwirtschaft zu gehen. –

Vielleicht ist es gut, wenn ich mitgehe, dachte sie. Vielleicht muss es so sein, redete sie sich ein. Sie spürte, dass sie sich zu entscheiden habe. Einen Mann wie den Herrn Polizeimeister konnte man nicht wie einen Schuljungen warten lassen. Und überhaupt, jetzt, wo er ihr sein Geheimnis anvertraut hatte! Da sagte sie ja. Und merkwürdig: Der hauchdünne Faden, der sie noch mit dem Leben verband, wurde langsam wieder stärker.